ANDREA WALBERG

IM SCHATTEN DES GOLDES

Roman

Bibliografische Information der Deutschen Nationalbibliothek:
Die Deutsche Nationalbibliothek verzeichnet diese Publikation in der
Deutschen Nationalbibliografie; detaillierte bibliografische Daten sind im
Internet über http://dnb.dnb.de abrufbar.

© 2017 Andrea Walberg

© 2017 Herstellung und Verlag: BoD - Books on Demand, Norderstedt.
Umschlaggestaltung: www.rausch-gold.com - Catrin Sommer
Umschlagmotiv: © Shutterstock 73663069, © Shutterstock 84785395

Alle Rechte vorbehalten

Nachdruck nur mit schriftlicher Genehmigung der Autorin. Personen und
Handlung sind frei erfunden, etwaige Ähnlichkeiten mit real
existierenden Personen sind rein zufällig und nicht beabsichtigt.

ISBN: 978-3-74319-226-3

Für Viktoria

KAPITEL 1

Dreimaliges Klopfen, dann öffnete sich die mit hellem Leder gepolsterte Bürotür und Frau Diekmanns grauhaariger Kopf erschien im Türspalt.

»Entschuldigung, Herr Lauritz.« Sie wandte ihren Kopf dem Seniorchef zu. »Ich habe einen dringenden Anruf auf Leitung eins für Sie.« Der Blick, den sie ihm zuwarf, war bedeutungsschwer.

Herr Lauritz blickte seine Sekretärin einige Sekunden prüfend an, nickte kurz. »Gut, legen Sie mir das Gespräch in den Konferenzraum nebenan. Ich komme sofort.« Dabei erhob er sich aus seinem Sessel, wandte sich lächelnd an Ellen. »Entschuldigen Sie mich bitte, Frau Sander. Ich lasse Sie für einen Augenblick mit meinem Sohn allein.«

»Natürlich, kein Problem.« Ellen nickte zustimmend. Dabei spürte sie Mark Lauritz' kritischen Blick. Im Gegensatz zu seinem Vater trug er keinen dunklen, sondern einen grauen, maßgeschneiderten Anzug mit einem hellblauen Hemd, dessen Manschettenknöpfe an den Ärmeln zu sehen waren. Seine mit dunkelblauen und roten Streifen durchwebte Krawatte passte farblich perfekt dazu. Sein volles, braunes Haar war als langer Stufenschnitt geschnitten, wobei jedes einzelne Haar genau seinen Platz zu kennen schien. Sein Gesicht besaß klare, markante Linien, die lange, schmale Nase war vielleicht etwas zu dominant, verlieh seinem Gesicht aber den Ausdruck von Entschlusskraft. Alles in allem besaß Mark Lauritz äußerlich alles, was das Herz jeder Frau höher schlagen ließ. Jedoch nur auf den ersten Blick, korrigierte sich Ellen schnell, als sie in seine eisgrauen Augen blickte, die sie abschätzig betrachteten.

Sie spürte deutlich seine Abneigung, als er sich langsam in seinem Sessel zu ihr vorbeugte, ohne jedoch seinen Blick auch nur für den Bruchteil einer Sekunde abzuwenden.
»Damit wir uns nicht falsch verstehen, Frau Sander, ich teile nicht die Meinung meines Vaters, dass wir eine Branding Agentur benötigen, um diese Fusion erfolgreich durchzuführen, geschweige denn, Sie bereits zu diesem Zeitpunkt in den Prozess einzubinden.«
Damit hatte sie nicht gerechnet, ein Schlag in die Magengrube hätte die gleiche Wirkung gehabt.
Mark Lauritz sprach unbeirrt weiter: »Ich kenne die Vertreter Ihrer Branche sehr genau. Damit es klar ist, ich bin nicht an einer schönen Präsentation mit blumigen Worten interessiert. Wir brauchen konkrete Ergebnisse. Daher frage ich mich, welchen Mehrwert Sie uns bringen«, provokant glitt sein Blick über Ellen, »abgesehen von einem angenehmen Zeitvertreib.« Seine Mundwinkel hoben sich zu einem kurzen Lächeln, das jedoch seine Augen nicht erreichte.
Unbeschreibliche Wut stieg in Ellen auf. Nur mit Mühe widerstand sie dem Impuls aufzustehen, Mark Lauritz eine schallende Ohrfeige zu verpassen und wortlos das Büro zu verlassen. Stattdessen hielt sie trotz heißer Wut seinem Blick eisern stand. Fest krallte sie den Nagel ihres Zeigefingers in die Handinnenfläche. Der Schmerz half ihr, sich zu zähmen und nach außen hin eine trügerische Gelassenheit zu zeigen. Abwartend fixierte Mark sie, lauernd wie ein Jäger seine Beute.
Ellen verzog ihren Mund zu einem unschuldigen Lächeln.
»Ich schätze Ihre Offenheit und versichere Ihnen, dass ich ebenso wie Sie ergebnisorientiert arbeite und meine Energien

nicht auf bunte Folien oder Ablenkungsmanöver von der Arbeit verschwende.« Um ihren Worten mehr Gewicht zu verleihen, zog sie dabei eine Augenbraue vielsagend in die Höhe.

Marks Augen blitzten für den Bruchteil einer Sekunde auf, bevor sie wieder ihr undurchdringliches Grau annahmen, sein Gesicht blieb ausdruckslos.

Ellen fuhr fort: »Zudem gibt es messbare Erfolgskriterien für meine Arbeit.« Sie lehnte sich leicht zurück, schlug ihre Beine übereinander, wartete auf Marks Reaktion.

»Wir werden sehen«, erwiderte er unbeeindruckt. »Ich hoffe, wir verstehen uns. Sie können meinen alten Herrn gerne um den Finger wickeln, aber vergessen Sie nie, ich beobachte Sie, werde ganz nah hinter Ihnen stehen und nicht zulassen, dass Sie ihn an der Nase herumführen mit irgendeinem oberflächlichen Geschwätz, für das er das Geld zum Fenster hinaus wirft.«

»Drohen Sie mir?« Ellen schaute ihn mit äußerster Selbstdisziplin an.

Marks Mund verzog sich zu einem förmlichen Lächeln. »Aber nein, ich spiele nur mit offenen Karten, damit Sie sich hinterher nicht beschweren. Schließlich wissen wir beide, dass dieses Projekt genug Geld in Ihre Kasse spült, um Ihre Agentur auf Jahre hinaus zu finanzieren.«

»Wenn Sie so eine geringe Meinung von mir haben, warum haben Sie mir das Projekt überhaupt angeboten? Schließlich habe nicht ICH mich darum beworben.« Trotzig streckte Ellen ihr Kinn vor. Mark Lauritz war mit Abstand der verabscheuungswürdigste Mensch, der ihr in ihrem ganzen Leben begegnet war.

Er zuckte gelangweilt mit den Schultern. »Ich habe mit der Entscheidung nichts zu tun, sonst säßen Sie sicherlich nicht hier. Sie sind meinem Vater empfohlen worden, von einem Geschäftsfreund, der Sie sehr schätzt.«

Der anzügliche Ton, mit dem er die letzten Worte aussprach, rechtfertigte eine schallende Ohrfeige, entschied Ellen. Doch stattdessen erwiderte sie geschäftsmäßig: »Ich denke, ich habe Sie verstanden. Dann werde ich nun abwarten, wie sich Ihr Vater entscheidet.« Oh, wie sie Mark Lauritz und seine Überheblichkeit verabscheute.

Nach endlos erscheinenden, in eisigem Schweigen verharrten Minuten, öffnete sich endlich die Bürotür. Ellens Erleichterung wog tonnenschwer.

»Entschuldigen Sie bitte, Frau Sander, dass ich Sie habe warten lassen. Ein wichtiger Kunde benötigte meinen Rat. Ich hoffe, Sie haben sich in der Zwischenzeit gut mit meinem Sohn unterhalten.«

Ellen lächelte den Seniorchef an, schwieg jedoch. Mit bestimmtem Schritt durchquerte er das Büro, trat an seinen Schreibtisch aus hellem Eichenholz, zog die oberste Schublade auf und entnahm ihr einen großen, braunen Briefumschlag, mit dem er zurück zur Sitzecke kehrte, in der Ellen und sein Sohn auf ihn warteten. Lächelnd setzte er sich, blickte Ellen offen an. »Wenn ich mich richtig erinnere, dann haben Sie mir in unserem letzten Gespräch zugesagt, dieses Projekt persönlich bis zu seinem Abschluss zu begleiten. Entspricht diese Aussage noch der derzeitigen Situation?«

»Ja, das stimmt. Falls Sie sich dazu entschließen sollten, mir die Branding Verantwortung für Ihre Unternehmensfusion zu übertragen, werde ich das Projekt bis zum erfolgreichen Abschluss begleiten.«

Herr Lauritz nickte zustimmend, schaute Ellen durch seine randlose Brille wohlwollend an. Wie anders er doch war als sein Sohn.

»Gut, dann wäre das ja geklärt.«

»Ich denke nicht, dass Frau Sander Erfahrungen mit Due Diligence Prozessen hat. Vielleicht wäre es besser, Sie erst nach der Sondierungsphase zu involvieren«, unterbrach Mark.

Herr Lauritz lächelte seinen Sohn nachsichtig an. »Ich denke, alle Aspekte sollten vorab genau geprüft werden. Und ich bin sicher, dass du Frau Sander dabei zur Seite stehen wirst.«

Marks Augen verdunkelten sich. »Das könnte schwierig werden, da ich die Finanzierungsgespräche führe.«

»Ich bin sicher, dass du beides bravourös meistern wirst. Du hast schon schwierigere Aufgaben erfolgreich bewältigt. Außerdem ist Frau Sander keine Anfängerin, sie kennt ihr Aufgabengebiet.«

Mark schwieg. Seine Augen fixierten Ellen kalt, während sein Vater unbeirrt weitersprach: »In diesem Umschlag befindet sich der Vertrag. Ich wäre Ihnen sehr verbunden, wenn Sie ihn durchlesen und mir Ihre Antwort bis morgen früh mitteilen, denn wir haben keine Zeit zu verlieren. Die Entscheidung liegt natürlich bei Ihnen, aber seien Sie versichert, dass mein Sohn und ich uns sehr freuen, wenn Sie den Projektauftrag annehmen. Nicht wahr, Mark?«

»Es wird mir ein Vergnügen sein, Ihnen über die Schulter zu schauen«, antwortete Mark vielsagend.

»Ich danke Ihnen für Ihr Vertrauen, Herr Lauritz. Sie werden morgen früh meine Antwort erhalten.« Ellen erhob sich, streckte dem Seniorchef ihre Hand zum Abschied entgegen, die er herzlich schüttelte. Widerstrebend drehte sie sich zu Mark um, lächelte ihn kurz an, damit sein Vater nicht merkte, wie abscheulich sie seinen Sohn fand. Mark schüttelte Ellens Hand, dann ließ er sie ebenso schnell wieder los, wie er sie ergriffen hatte. So ein Ekel, dachte Ellen, bevor sie sich umdrehte und den Raum verließ. Mit jedem Schritt, mit dem sie sich entfernte, fühlte sie sich unsicherer, ob sie dieses Projekt wirklich annehmen sollte. Sie schritt den elegant eingerichteten Flur entlang, stieg die große, geschwungene Eichentreppe hinunter, deren dicker Teppich den Klang ihrer Schritte verschluckte, und durchquerte die kleine Eingangshalle, die von einem großen Kronleuchter in ihrer Mitte dominiert wurde, vorbei an den mannshohen Gemälden, auf denen die letzten Kreationen des Hauses stilvoll in Szene gesetzt waren. Erleichtert atmete sie auf, als sich die Eingangstür der Juwelierkette mit einem leisen Klicken hinter ihr schloss.

KAPITEL 2

Missmutig starrte Mark aus dem Bürofenster, verfolgte mit seinen Augen, wie der rote Sportwagen den Parkplatz verließ. Ellen Sander mit ihrer Branding Agentur hatte ihm gerade noch gefehlt. Nach den Erzählungen seines Vaters hatte er sich eine vollbusige Blondine vorgestellt, die das Blut der alten Herren in Wallungen brachte und sich dies gut bezahlen ließ. Als dann jedoch Ellen Sander durch die Tür getreten war mit ihrem schulterlangen, dunklen Haar und diesen ozeanblauen Augen, hatte er sich völlig überrumpelt gefühlt. Glücklicherweise wusste er genau, wie Frauen tickten, ganz besonders Frauen vom Kaliber einer Ellen Sander. Mark atmete tief ein. Schon einmal war er auf eine solche Frau hereingefallen, er wusste, wie sie vorgingen, kannte sie in- und auswendig. Noch einmal machte er sich nicht zum Narren. Und seinen Vater ließ er schon gar nicht in diese Falle tappen. Da dieser sich selbst wohl nicht zu schützen wusste, musste er, Mark, dies eben für ihn tun. Entschlossen wandte er seinen Blick von dem mittlerweile verwaisten Parkplatz ab, trat zurück an seinen Schreibtisch, auf dem sich die Mappen für seine Unterschrift stapelten.

Es war wie verhext. Genervt fuhr Mark sich mit der Hand über die Stirn. Vor seinem Auge tauchte ständig Ellen Sanders Bild auf. Fast gleichgültig hatte sie seine Provokation ertragen, dabei hätte er gewettet, dass sie fluchtartig den Raum verlassen würde. Er spürte ein erregendes Kribbeln, das er ärgerlich mit einem großen Schluck Wasser zu löschen versuchte. Zugegeben, sie war sehr attraktiv, aber sie war auch schlau und somit brandgefährlich. Wie sie ihn mit ihren Augen, die so blau waren wie Saphire, fixiert hatte, war ein klares Zeichen gewesen. Diese Frau war mit allen Wassern gewaschen. Aber ihn, Mark Lauritz, würde sie nicht um ihre Finger wickeln, mochte sein alter Herr noch so blind sein. Sie würde für ihr Geld arbeiten, dafür würde er sorgen. Und je schneller sie die

Integration erledigen konnten, umso besser für das Geschäft, für ihn und auch für seinen Vater, denn desto früher würde Ellen Sander wieder aus seinem Leben verschwinden. Aber bis dahin würde er sie nicht aus den Augen lassen, jeden ihrer Schritte beobachten. Energisch setzte Mark seine Unterschrift unter das Memo, als das Telefon zu seiner Linken klingelte. Die Kurzwahl seines Vaters blinkte im Display. Sofort griff Mark zum Hörer: »Ja, Paps?«

»Störe ich dich, mein Junge?«

»Nein, ich arbeite mich gerade durch die Unterschriftenmappen. Was gibt es?«

»Ich möchte dich gerne kurz sprechen. Kannst du bitte in mein Büro kommen?«

»Gib mir zwei Minuten und ich bin da.«

»Gut«, sein Vater legte auf.

Mark atmete tief ein. Nun folgte bestimmt die kurze Nachbesprechung, auf die er heute gerne verzichtet hätte. Er wollte sich nicht noch länger mit Ellen Sander beschäftigen. Dass sie den Vertrag unterzeichnen würde, stand leider außer Frage, dafür war dieses Projekt viel zu lukrativ, der Unternehmensname viel zu bekannt, um ihn nicht auf der eigenen Liste der Unternehmensreferenzen stehen zu haben. Diese Frau bedeutete nichts als Probleme, das fühlte er instinktiv. Mit gerunzelter Stirn erhob Mark sich, griff nach seiner Jacketjacke, die über der Stuhllehne hing, und ging in das Büro seines Vaters.

Der Seniorchef blickte von seinem Schreibtisch auf, als sein Sohn die Bürotür öffnete, machte eine einladende Handbewegung. »Komm herein, mein Junge.«

Mark betrat das elegante Büro, in dem er noch vor knapp zwei Stunden Ellen gegenüber gesessen hatte. Gelassen nahm er wieder im gleichen Sessel Platz, wartete, bis sein Vater sich ebenfalls setzte.

»Wie ist dein Eindruck von Frau Sander?« eröffnete Herr Lauritz das Gespräch. Dabei nahm er seine Brille ab, zog ein großes, weißes Stofftaschentuch aus der Hosentasche und begann behutsam die randlosen Gläser zu putzen.

»Du kennst meine Meinung doch. Außerdem ist die Entscheidung ohnehin bereits gefallen, oder?«

Sein Vater nickte bedächtig, ohne jedoch aufzublicken. »Das stimmt. Trotzdem würde ich gerne wissen, was du von ihr hältst. Schließlich wirst du mit ihr in den kommenden Monaten eng zusammenarbeiten.«

Überrascht starrte Mark seinen Vater an. »Wieso ich? Ich dachte, du leitest das Integrationsprojekt.«

Herr Lauritz hielt prüfend die Brillengläser gegen das Licht, kniff konzentriert die Augen zusammen. Nachdem er das Ergebnis als zufriedenstellend befand, setzte er sich die Brille erneut auf die Nase, steckte sein Taschentuch zurück in die Hosentasche und blickte seinen Sohn ernst an. »Mark, wir hatten doch bereits besprochen, dass du die Unternehmensfusion leitest. Da ist es nur allzu logisch, dass auch Frau Sander mit dir zusammenarbeitet.«

»Und was genau erwartest du von mir?« Marks Laune sank auf den Tiefpunkt.

Sein Vater schüttelte unmerklich den Kopf. »Ich erwarte, dass du zusammen mit Frau Sander eine erfolgreiche Unternehmensfusion realisierst. Sie wird an allen wesentlichen

Besprechungen teilnehmen, um ein umfassendes Verständnis zu bekommen.« Nach einer kleinen Pause fügte er bestimmt hinzu: »Und ich erwarte auch, dass du ihr hilfst, sich schnell einzuarbeiten. Das wirst du doch tun, nicht wahr?«

Mark kniff seinen Mund zu einer dünnen Linie zusammen. Das fing ja gut an. Noch bevor Ellen Sander den Vertrag unterschrieben hatte, bekam er die Anordnung, sich um sie zu kümmern. Wenn sein Vater das unbedingt wollte, gut. Er würde sich um sie kümmern, sie kontrollieren, damit sie sich jeden Cent aufrichtig verdiente. »Gut, ich werde sie involvieren und dafür sorgen, dass unser Geld nicht aus dem Fenster geworfen ist. Für den Erfolg ihrer Arbeit garantiere ich allerdings nicht. Schließlich bist du es, der von ihren Fähigkeiten überzeugt ist, nicht ich.«

Väterlich legte Herr Lauritz seine Hand auf Marks Knie. »Ich bin sicher, du wirst mir diesbezüglich bald zustimmen. Kümmerst du dich bitte auch um ihre Unterbringung?« Und in einem Tonfall, der keinen Widerspruch duldete, fügte er hinzu: »Ich erwarte einen ordentlichen und der Aufgabe angemessenen Arbeitsplatz.«

Mark nickte ergeben. »Sie kann das Büro am Ende des Flures haben. Das ist derzeit ohnehin nicht besetzt.«

»Fein, dann ist ja alles geklärt.« Sein Vater lächelte Mark erleichtert an. »Kommst du heute zum Abendessen herüber? Deine Mutter würde sich freuen.«

»Lieber ein anderes Mal. Ich habe noch einiges zu tun. Aber am Wochenende komme ich gerne.«

»Das wäre schön, mein Junge.«

KAPITEL 3

Sie fuhr nun schon zum vierten Mal an Vivians Wohnung vorbei. Hoffentlich fand sie bald einen Parkplatz. Es war aber auch verflixt. Jedes Mal, wenn sie Vivian dringend sehen wollte, musste sie ihre ganze Geduld aufwenden, um einen Parkplatz zu finden. Stirnrunzelnd starrte Ellen aus dem Fenster, denn gerade heute brauchte sie den Rat ihrer besten Freundin. Plötzlich hellte sich Ellens Miene auf, der Himmel hatte ein Einsehen. Unweit vor ihr schälte sich langsam ein grüner Kombi aus der Parklücke und diesmal stand kein anderes Auto vor ihr, das ihr den Parkplatz streitig machte.

Endlich stand sie vor dem roten Backsteinhaus, in dessen Dachgeschoss sich Vivians Wohnung befand. Abgesehen von der elendigen Parkplatzsituation war es eine wirklich schöne Straße, an deren Ende sich ein kleiner Park befand und Laubbäume beidseitig den Bürgersteig säumten. Ellen drückte Vivians Klingel und wartete auf das Surren des Türsummers. Ihr Blick wanderte das hohe Treppenhaus hinauf, dass vom Reichtum der alten Hansestadt zeugte. Die hölzernen Stufen verliefen an den Wänden entlang, umringten mit ihrem Eisengeländer, dessen Holzlauf erst kürzlich erneuert worden war, den pompösen Fahrstuhl im Zentrum der Halle. Leider war dieser jedoch nur den Anwohnern zugänglich, sodass Ellen die Stufen zu Fuß erklimmen musste.

Als sie endlich den letzten Treppenabsatz erreichte, sah sie Vivian barfuß in der Wohnungstür lehnen. Zur Jeans trug sie eine luftige Chiffonbluse, die mit grünen Blumenranken übersät war. Ihre blonden, kinnlangen Haare wirkten leicht zerzaust. Wahrscheinlich hatte sie über der Illustration eines neuen Kinderbuches gebrütet. Vielleicht brauchte sie ja genauso dringend eine Pause wie sie selbst.

»Wie schön dich zu sehen. Ich habe mich schon gefragt, wann ich etwas von dir höre. Wie ist es gelaufen? Ach, komm doch erst einmal herein, ich mache uns eine schöne Tasse Kaffee und du erzählst mir alles in Ruhe.« Vivian umarmte Ellen herzlich.

»Hallo, Vivian. Au Mann, diese Treppe schlaucht mich wirklich jedes Mal.«

Ihre Freundin lachte hell auf. »Ist ein gutes Fitnessprogramm, nicht wahr? Na, komm rein, du hast dir deinen Kaffee redlich verdient.«

Vivian eilte in die Küche, während Ellen die Tür schloss und sich umblickte. Die schlauchartig geschnittene Wohnung wirkte wie immer mit ihren im warmen Pastellgelb gestrichenen Wände und den weißen Holzmöbeln hell und einladend. Knallrote Tischdecken, sonnengelbe Vasen, grasgrüne Sofakissen sowie zahlreiche blühende Pflanzen verliehen dem Ganzen besondere Fröhlichkeit. Ellens Blick viel auf ein wildes Durcheinander an Papieren, die sich kreuz und quer im Arbeitszimmer verteilten. Der Papierkorb quoll über von zerknüllten Entwürfen.

»Wie ich sehe, störe ich dich bei der Arbeit. Tut mir leid.«

Vivian stöhnte resigniert. »Wenn es bloß so wäre. Ich bekomme den Charakter des kleinen Jungen einfach nicht richtig aufs Papier. Schrecklich.«

Ellen lächelte verständnisvoll. Vivian und sie waren schon seit dem Kindergarten befreundet, doch während Vivian alles im Leben mit Gefühl anging und auf diese Weise beruflich als

Illustratorin erfolgreich war, hatte sie selbst stets auf Logik und Rationalität gesetzt. Sie wusste, dass Vivian erst dann ihre Bilder zeichnen konnte, wenn sie sich hundertprozentig in die Charaktere einer Geschichte einfühlte. Das war für sie immer die schwierigste Phase.

Während Vivian die Kaffeemaschine mit Wasser und Kaffeepulver füllte, fragte sie über die Schulter gewandt: »Und wie ist es gelaufen? Ich habe dir so die Daumen gedrückt.«

Ellens Antwort bestand aus einem verächtlichen Schnauben, worauf Vivian sich überrascht umdrehte.

»Ich habe den Vertrag zur Unterzeichnung in der Tasche.«

»Aber das ist ja fantastisch! Herzlichen Glückwunsch!« Begeistert klatschte Vivian in die Hände. »Ich habe es ja gewusst, dass du diesen Auftrag bekommst.« Als sie jedoch Ellens zweifelnden Blick sah, hielt sie inne. »Habe ich etwas falsch verstanden? Warum freust du dich nicht? Du hast doch erreicht, was du dir so sehr gewünscht hast und nun stehst du da wie sieben Tage Regenwetter. Was ist los?«

Gedankenvoll fuhr Ellen mit ihrem Finger den Rand des Türrahmens nach. »Ach, ich weiß nicht mehr, ob ich diesen Auftrag annehmen soll. Es war so ein grauenvoller Morgen.«

Bestürzt zog sich Vivian einen Stuhl heran. »Was ist passiert? Komm setz dich und erzähl mir alles der Reihe nach.«

Ellen nickte zustimmend, setzte sich ebenfalls. »Heute Morgen, als ich zu Lauritz gefahren bin, da war die Welt noch in Ordnung. Ich war so optimistisch, dass ich das Projektangebot bekommen würde, denn meine letzten Gespräche mit Herrn Lauritz, dem Seniorchef, wohlgemerkt«, fügte Ellen mit sarkastischem Unterton hinzu, »verliefen wirklich gut. Sein

Geschäftsfreund Eberhard Dillenhorst hat mich ihm empfohlen. Das war das Projekt, für das ich die Vitaminpräparate als Marke neu positioniert habe. Erinnerst du dich?«

Vivian lachte in Erinnerung an das Projekt hell auf. »Klar, dafür haben wir ganze Drogerien leer gekauft.«

»Genau das.« Ellen atmete tief ein. Allein bei dem bloßen Gedanken an ihr Gespräch mit Mark Lauritz kehrte ihre unbeschreibliche Wut zurück. »Tja, und heute hatte ich die Ehre, den Juniorchef kennenzulernen.«

»Es gibt einen Juniorchef? Cool. Wie sieht er denn aus?« Vivian rutsche neugierig näher.

Gegen ihren Willen musste Ellen lachen. »Er sieht echt gut aus, nein, er sieht sogar unverschämt gut aus. So, wie du dir den Erben einer Juwelierkette im Kino vorstellst.«

»Wow. Das hört sich ja wie ein Sechser im Lotto an.«

Ellen schüttelte energisch den Kopf. »Oh nein, so gut, wie er aussieht, so widerlich ist sein Charakter. Er hat mir unmissverständlich zu verstehen gegeben, dass er dagegen ist, dass ich das Projekt betreue. Er glaubt, ich wäre Herrn Dillenhorsts netter Zeitvertreib gewesen, hätte auf diese Weise mein Projekt bekommen. Und seiner Meinung nach habe ich dasselbe mit seinem Vater vor.«

Vivian öffnete entsetzt den Mund, starrte Ellen fassungslos an, die bitter lachte.

»Aber damit ist es noch nicht genug. Er hat mir sogar gedroht, dass er jeden meiner Schritte genau beobachten wird. Und schlimmer noch, wenn ich meine Unterschrift unter den Vertrag setze, dann werde ich mit ihm und nicht mit seinem

Vater eng zusammenarbeiten müssen. Oh Vivian, was soll ich nur tun?« Ellen legte verzweifelt den Kopf in die Hände. Mitfühlend tätschelte Vivian ihr den Arm.

»Ich muss dir zustimmen. Ich bin ehrlich schockiert. Hast du schon mit Lukas gesprochen?«

Ellen schüttelte den Kopf. »Nein, Lukas hat bald eine Vernissage und für solche Probleme sicherlich keine Zeit.« Ein schiefes Lächeln umspielte ihren Mund. »Und wahrscheinlich lacht er mich wegen meiner Angst vor Mark Lauritz lediglich aus.«

Vivian nickte verständnisvoll. Lukas würde Ellens Bedenken höchstwahrscheinlich mit seinem entwaffnenden Lächeln hinwegfegen. Im Gegensatz zu ihrer Freundin war deren Zwillingsbruder viel unbekümmerter. Vivian blinzelte schnell, um Lukas aus ihren Gedanken zu verdrängen.

»Verstehe«, sagte sie langsam. Dann legte sie ihre Stirn in Falten, dachte angestrengt nach. »Wenn du mal von dem Juniorchef absiehst, würdest du das Projekt übernehmen wollen?«

»Natürlich. Es ist einfach erstklassig. Herausfordernd, spannend und natürlich auch sehr lukrativ.«

Vivian nickte. »Ok, magst du meine Meinung hören?«

»Ja klar, schieß los.«

»Also, wenn der Juniorchef - wie heißt der nochmal?«

»Mark Lauritz«, antwortete Ellen mit Grabesstimme.

»Schöner Name. Aber ok. Also, wenn Mark Lauritz nicht wäre, dann würdest du jubelnd das Projekt annehmen. Somit ist seine Person ausschlaggebend für deine Entscheidung. Außerdem ist

Mark Lauritz ein super gut aussehendes Ekel, mit dem du zusammenarbeiten musst. Richtig?«
»Richtig.«
»Darüber hinaus denkt er, du wärst nicht kompetent, richtig?«
»Richtig.« Ellen nickte resigniert.
»Also, meiner Meinung nach würdest du mit einer Absage seine Vermutungen bestätigen.«
Ellen riss erschrocken die Augen auf, aber Vivian fuhr bereits fort: »Schlimmstenfalls könnte er das weitererzählen, was natürlich echt rufschädigend für dich wäre, vor allem, da seine Behauptungen völlig frei erfunden sind. Außerdem würde sein Vater deine Beweggründe gar nicht verstehen und dich als unzuverlässig einstufen, was ebenso rufschädigend für dich sein könnte.«
Ellen war fassungslos. Das war ja entsetzlich, doch Vivian schien Spaß an ihrer Analyse gefunden zu haben, gedankenverloren stand sie auf und schenkte beiden Kaffee ein.
»So, und wenn du nun das Projekt annimmst und diesem Ekel zeigst, dass er sich irrt und du erstklassig in deinem Beruf bist, dann verbuchst du nicht nur beruflich einen großen Erfolg, sondern erteilst dem Juniorchef auch eine gute Lektion. Davon mal abgesehen, dass du bisher schon einige Quertreiber getroffen und sie alle gut in Schach gehalten hast. Also«, resümierte Vivian, »stellt sich nur die Frage, ob du Mark Lauritz während der Projektdauer beherrscht gegenüber treten kannst. Das wird wohl mit Abstand die größte Herausforderung sein. Ich denke, du kannst das. Was meinst du?«
Stirnrunzelnd starrte Ellen auf Vivians Kühlschranktür, die mit bunten Urlaubsfotos übersät war, ohne sie jedoch wirklich

wahrzunehmen. »So habe ich die ganze Angelegenheit noch gar nicht betrachtet. Ich war wirklich kurz davor, das Projekt abzulehnen, aber vielleicht hast du Recht.« Sie atmete kampfeslustig ein. »Also gut, ich nehme das Projekt an und werde Mark Lauritz eine Lektion erteilen.«

KAPITEL 4

Noch eine Viertelstunde bis die erste Besprechung begann. Nervös näherte sich Ellen dem schlichten Bürogebäude, in dem sich die Zentrale der Juwelierkette Lauritz befand. Sie schob die schwere Glastür auf und betrat wieder die Empfangshalle, die sie vor zwei Tagen so wütend verlassen hatte. Zu ihrer Linken erblickte sie einen breiten Empfangstresen aus dunklem Holz, hinter dem sich eine blonde Endzwanzigerin gerade in ihrem Schminkspiegel begutachtete. Als sie Ellen erblickte, schob sie diesen schnell unter einen Papierstapel und lächelte.
»Guten Morgen. Frau Sander, richtig?«
»Richtig. Guten Morgen.« Ellen erwiderte ihr Lächeln.
»Willkommen bei Lauritz! Ich habe hier einen Umschlag für Sie, in dem sich Ihre Zugangskarte befindet.« Geschäftig kramte sie einen braunen Umschlag hervor, streckte ihn Ellen entgegen und fügte wohlwollend hinzu: »Falls Sie Fragen haben, wenden Sie sich jederzeit an mich.«
»Danke, das ist sehr nett von Ihnen.« Ellen ergriff den Umschlag.
»Susanne Erdmann.« Sie streckte Ellen die Hand entgegen, die diese herzlich schüttelte.

»Ellen Sander. Es freut mich, Sie kennenzulernen.«

Susanne nickte ihr lächelnd zu, dann setzte sie sich adrett in Pose, auf ihrem Gesicht erschien ein bezauberndes Lächeln. Noch während Ellen sich fragte, was diese plötzliche Verhaltensänderung ausgelöst hatte, flötete Susanne bereits »Guten Morgen, Herr Lauritz«. Erschrocken drehte Ellen sich um. Niemand anders als Mark Lauritz durchquerte mit großen Schritten die Eingangshalle. Perfekt gestylt in einem dunkelblauen Anzug, weißem Hemd und leuchtend gelber Krawatte. Sein Haar, das durch den Wind ein wenig durcheinander geraten war, brachte er mit einer lässigen Handbewegung in Ordnung.

»Guten Morgen, Susanne.« Er schenkte der Rezeptionistin ein charmantes Lächeln, worauf sich deren Wangen augenblicklich verfärbten. Dann wandte er seinen Kopf kurz zu Ellen um.

»Guten Morgen. Wie ich sehe, haben Sie bereits mit Susanne Bekanntschaft geschlossen.« Dabei schenkte er der jungen Frau einen wohlwollenden Blick, der ihre Gesichtsfarbe in ein dunkles Rot verwandelte.

Große Güte, schoss es Ellen durch den Kopf. Dieses Ekel wickelte die arme Frau mit einer Leichtigkeit um den Finger, dass einem schwindelig wurde. Garantiert wusste er um seine Wirkung. Mark schaute auf seine Uhr.

»Wir haben in zehn Minuten die erste Projektbesprechung. Am besten Sie kommen direkt mit mir.« Ohne ein weiteres Wort stieg er mit ausholenden Schritten die Treppe hinauf. Ellen folgte ihm, dabei achtete sie darauf, nicht zu hastig hinter ihm herzulaufen. Das war mit ihren Absätzen schlicht unmöglich, ohne albern auszusehen. Mark durchschritt den Flur, blieb vor der Tür des Konferenzraumes stehen und runzelte missbilligend die Stirn, als er sah, dass Ellen noch nicht direkt hinter ihm stand.

»Die Tür am Flurende führt zu Ihrem Büro. Das Büro davor gehört meiner Sekretärin, die Ihnen alles weitere zeigen wird.« Bei diesen Worten betrat er den Konferenzraum.

Ja, ja, sei bloß nicht zu höflich zu mir. Ich könnte ja sonst noch denken, ich sei hier willkommen, schoss es Ellen durch den Kopf. Schweigend folgte sie ihm in den Raum, der von einem großen, dunklen Eichentisch mit acht schwarzen Lederstühlen beherrscht wurde. Die bodenlangen Fenster zeigten auf den Vorplatz mit dem sich daran anschließenden Parkplatz. Mark schaltete das Licht an. »So, nehmen Sie bitte Platz.«

Ellen sah sich um. »Hatten Sie diesbezüglich an einen bestimmten Platz gedacht?«

Mark blickte sie überrascht an. »Nein, habe ich nicht. Aber da ich klarstellen muss, dass alle Kollegen mit Ihnen einwandfrei kooperieren, setzen Sie sich am besten neben mich.«

Ellen nickte schweigend, bevor sie sich seitlich an das Ende des Tisches setzte, an dessen Kopfende Marks Unterlagen lagen. Vielleicht hatte sein Vater ihm ja klare Instruktionen erteilt, sie zu unterstützen? Vielleicht gab es doch noch Hoffnung auf eine gute Zusammenarbeit? Nein, sie wollte sich keinen Tagträumen hingeben. Mark Lauritz war eine Schlange, die jeden Moment zubeißen konnte. Während er langsam seine Unterlagen auf dem Tisch sortierte, wandte Ellen ihm den Rücken zu und schaute aus dem Fenster. Plötzlich näherten sich eilige Schritte auf dem Flur. Ein mittelgroßer, schlanker Mann in einem grauen Anzug hastete durch die Tür. Seine graumelierten zu

einem kurzen Borstenschnitt geschnittenen Haare standen an den Seiten widerspenstig ab. Eine dunkle Hornbrille dominierte sein blasses Gesicht. Entschuldigend wandte er sich an Mark.
»Guten Morgen, Mark.«
Mark nickte ihm freundlich zu. »Guten Morgen, Walter. Darf ich Ihnen Frau Sander vorstellen? Sie wird zusammen mit uns an unserem neuen Projekt arbeiten.« Er blickte Ellen an: »Walter Kaufmann, unser Personalchef.«
»Freut mich, Sie kennenzulernen, Frau Sander. Auf gute Zusammenarbeit.«
Ellen lächelte ihn dankbar an. »Es freut mich auch, Sie kennenzulernen. Auf gute Zusammenarbeit.«
Im selben Moment tauchte ein groß gewachsener, blonder Mann im Türrahmen auf. Ellen schätzte ihn auf Ende Dreißig, so alt wie Mark Lauritz. Sein blondes, gewelltes Haar war gestuft, seine wasserblauen Augen stachen aus dem sonnengebräunten Gesicht hervor. Er hatte seinen Mund zu einem charmanten Lächeln verzogen, das auch unwillkürlich Ellen zu einem Lächeln bewegte.
»Guten Morgen, Mark«, grüßte er gut gelaunt. »Wie ich sehe, haben wir heute einen Gast in unserer edlen Runde.« Dabei war er bereits zu Ellen getreten, streckte ihr die Hand entgegen. »Darf ich mich vorstellen? Alexander Vanstetten.«
»Alexander ist unser Einkaufschef. Frau Sander wird mit uns an dem heute zu besprechenden Projekt arbeiten«, antwortete Mark.
»Angenehm, angenehm«, erwiderte Alexander lächelnd. »Ich hoffe, der Platz neben Ihnen ist noch frei?«
»Ich denke schon.«

»Sehr gut«, antwortete Alexander leichthin, legte sofort seine Unterlagen auf den Tisch und zog sich den Stuhl heran. Genau in dem Augenblick tauchte eine schlanke Rothaarige in einem engen, beigen Kostüm im Konferenzraum auf. Die langen Haare waren zu einem lockeren Knoten hochgesteckt, aus dem sich vereinzelte Locken gelöst hatten. In ihren Ohren hingen große, silberne Ohrringe, deren Smaragde fröhlich bei jedem ihrer Schritte baumelten, perfekt zu ihren grünen Augen passten. Die zugeknöpfte Kostümjacke spannte gefährlich über ihrer üppigen Oberweite, die sie durch eine tief ausgeschnittene Bluse zusätzlich betonte. Bei ihrem Anblick fühlte Ellen sich plötzlich in ihrem dunklen Hosenanzug, der weißen, schlichten Bluse und ihrer Kette mit dem Saphiranhänger wie eine graue Maus. Umso besser. Sie wollte auf keinen Fall Mark Lauritz' Aufmerksamkeit.

Nach einem theatralischen Blick in die Runde, bei dem sie Ellen einen kurzen, durchdringenden Blick zuwarf, stakste die Rothaarige zielstrebig auf Mark zu, setzte sich wie selbstverständlich neben ihn und somit Ellen gegenüber. »Guten Morgen. Mark, entschuldige bitte, aber ich hatte noch ein wichtiges Telefonat.« Sie lächelte ihn entschuldigend an. Ellen horchte auf. So, so. Sie und Mark Lauritz waren also per du, während er den Personalchef siezte.

»Guten Morgen, Valerie. Kein Problem, wir warten ohnehin noch auf Herrn Lünen.«

»Welch ein Glück«, atmete Valerie betont erleichtert auf.

Als Mark seinen Kopf hob, streifte sein Blick Ellen. Für einen Sekundenbruchteil blitzten seine eisgrauen Augen auf.

»Valerie ist unsere Marketingchefin.« Er drehte den Kopf zu

seiner Linken. »Valerie, Ellen Sander wird mit uns an unserem neuen Projekt arbeiten.«

Valerie streckte ihr Kinn leicht vor, dann nickte sie Ellen großzügig zu. »Willkommen im Team, Frau Sander.«

»Danke«, entgegnete Ellen schlicht. Die Gute benahm sich ja, als ob sie hier die Eigentümerin war. Ob sie doch mehr als pure Arbeit mit Mark Lauritz verband? Plötzlich beugte sich Alexander zu Ellen herüber, raunte ihr so leise, dass nur sie ihn verstand, zu: »Sie haben die arme Valerie ganz schön durcheinander gebracht. Lassen Sie sich bloß nicht die Butter vom Brot nehmen.« Dabei zwinkerte er ihr verschmitzt zu, was Ellen mit einem dankbaren Lächeln quittierte, bevor sie ihren Blick wieder Mark zuwandte, der sie scharf beobachtete. Doch sein Gesicht zeigte keinerlei Emotion. Ellen stockte der Atem. Das konnte ja noch heiter werden.

Eine Frau mit einem braunen Pagenkopf und einem freundlichen, runden Gesicht tauchte in der Tür auf. Ellen schätzte sie auf Ende Vierzig.

»Entschuldige, Mark, Herr Lünen ist hier.«

»Danke, Karin.« Sofort stand Mark auf, ging auf einen mittelgroßen, untersetzten Mann in einem dunkelgrauen Anzug zu, der im Türrahmen erschienen war. Seine randlose Brille passte gut zu seinem länglichen Gesicht, seine grünen Augen schauten wissend in die Runde. Er wirkte abgeklärt und sehr selbstsicher. Die beiden Männer schüttelten sich die Hände. Ellen schätzte Herrn Lünen auf Anfang Fünfzig. Ohne ein weiteres Wort zu verlieren, setzte er sich auf den freien Platz neben Valerie, während Karin leise die Tür schloss.

Mark räusperte sich. »Da wir nun vollständig sind, können wir anfangen. Wie wir alle wissen, haben wir in den letzten Jahren unser Geschäft auf dem deutschen Markt erweitern können. Ebenso ist den meisten hier bekannt, dass wir nun schon seit einiger Zeit überlegen, in welcher Form das Unternehmen weiter wachsen soll. In diesem Zusammenhang haben mein Vater und ich uns auf dem europäischen Markt umgesehen und ein Unternehmen gefunden, das uns den Einstieg in den mittel- und südeuropäischen Markt ermöglichen könnte.«

Er blickte abwartend in die Runde. Aufmerksames Schweigen umgab ihn. Alle hingen förmlich an seinen Lippen. Man hätte eine Stecknadel fallen hören können.

»Hierbei handelt es sich um eine französische Juwelierkette mit Hauptsitz in Paris und Niederlassungen in den Großstädten Frankreichs sowie in Madrid und Rom.« Wieder schwieg er bedeutungsschwer. »Aber es ist noch nichts entschieden. Wir kaufen keine Katze im Sack. Wir stehen erst am Anfang der Due Diligence, in der wir Einsicht in die Unternehmensunterlagen nehmen und alle wichtigen Fakten zusammentragen werden, um ein fundiertes und für das Unternehmen bestgeignetes Ergebnis herauszuarbeiten, auf dessen Basis die letztendliche Entscheidung getroffen wird. Bei der reibungslosen Integration des neuen Unternehmens sowie der neuen Marktpositionierung wird Frau Sander uns unterstützen.« Mark nickte kurz in Ellens Richtung. »Sie hat bereits erfolgreich ihr Können in anderen Unternehmen unter Beweis gestellt.« Er lächelte Valerie charmant an. »Um jegliche Missverständnisse von vornherein auszuräumen: Frau Sander wird sich nicht um die reinen Marketingaspekte kümmern, sondern einen ganzheitlichen, strategischen Ansatz verfolgen, der alle Bereiche umfasst.« Alle Anwesenden bis auf Valerie nickten zustimmend. Sie malte stattdessen wütend blaue Kreise in ihr Notizbuch, doch Mark fuhr unbeirrt fort: »Ebenso wird uns Herr Lünen mit seinem rechtlichen Wissen beratend zur Seite stehen, wofür ich Ihnen bereits jetzt sehr herzlich danke.« Der Anwalt nickte Mark als Antwort schlicht zu. Mark schaute zu Valerie, deren Papier bereits bis zur Hälfte mit blauen Kringeln bedeckt war, dann wandte er sich an alle: »Das bevorstehende Projekt ist viel zu bedeutend, um irgendwelche Alleingänge zu erlauben. Ich erwarte daher volle Teamarbeit und Kooperation. Kann ich darauf vertrauen?« Schweigend sah er einen nach dem anderen an, bis jeder zustimmend nickte. Valerie und Mark schauten sich besonders lange in die Augen, wie es Ellen schien, dann endlich lächelte sie Mark verführerisch zu, nickte zustimmend. Zuletzt schaute Mark Ellen an. Hart und bedingungslos bohrten sich seine Augen in die ihren. Schnell nickte sie, wandte ihren Blick ab.

»Gut, damit hätten wir das Wesentliche geklärt. Als Nächstes wird jeder einen Umschlag mit den bereits vorhandenen Informationen erhalten. Am Montagmorgen werden wir nach Paris fliegen, wo wir uns die kommende Woche durch die Akten des Unternehmens arbeiten werden. Die Flüge sowie die Hotelunterkunft sind bereits organisiert und ebenfalls in besagtem Umschlag zu finden. Wahrscheinlich erscheint mein Vorgehen etwas ungewohnt, aber es handelt sich hier um ein sehr vertrauliches Projekt und ich erwarte, dass jeder hier im Raum Stillschweigen darüber bewahrt, auch seinen engsten Mitarbeitern gegenüber. Falls sich unsere Kollegen wundern, wohin wir plötzlich fahren, so werden wir unsere Reise als Managementseminar begründen, das wir in der Nähe von Paris abhalten. Ich möchte keine Nervösität innerhalb unseres Hauses. Klar?«

Alle nickten zustimmend. Widerstrebend musste Ellen zugeben, dass Mark es verstand, komplexe Zusammenhänge sowie seine Erwartungen klar auszudrücken. Seine tiefe Stimme unterbrach ihre Gedanken.

»So, das wäre es von meiner Seite für heute. Irgendwelche Fragen?«

»Könnte ich dich bitte fünf Minuten sprechen, Mark?« Valeries Stimme klang eindringlich.

»Natürlich, komm gleich in mein Büro«, antwortete er knapp.

Sie warf ihm einen dankbaren Blick zu. Auf ihren Lippen lag ein siegessicheres Lächeln.

»Wenn es keine weiteren Fragen gibt, wünsche ich uns allen einen schönen und produktiven Tag.« Mark nickte ein letztes Mal in die Runde, schüttelte Herrn Lünen die Hand und verließ das Besprechungszimmer, dicht gefolgt von Valerie.

»Clever gemacht von Mark, finden Sie nicht?« Alexander blickte Ellen amüsiert an.

»Was hat er clever gemacht?« Sie verstand nicht, worauf Alexander anspielte.

»Na, dass er uns allen das Versprechen der Kooperation und der Teamarbeit abgenommen hat. Damit hat er Ihnen einen wahren Freundschaftsdienst erwiesen, schließlich hat unsere gute Valerie ihre Krallen bereits ausgefahren.«

»Ist sie immer so?« fragte Ellen spontan.

»Nein, nur in Gegenwart attraktiver Frauen, die Marks Aufmerksamkeit auf sich ziehen.«

Ellen blickte Alexander eindringlich an. »Keine Sorge, ich bin nicht um die Aufmerksamkeit des Juniorchefs bemüht.«

Belustigt zog Alexander eine Augenbraue hoch, lachte herzlich. »Kommen Sie, ich bringe Sie zu Ihrem Büro. Welches hat man Ihnen denn zugedacht?«

»Ich glaube das letzte Büro auf dieser Flurseite.«

»Falls Sie Lust haben, führe ich Sie später gerne herum. Sie sollten das Unternehmen schließlich kennen, bevor Sie Ihre Aufmerksamkeit unserem französischen Projekt zuwenden.«

»Sehr gerne«, antwortete Ellen dankbar. Alexander Vanstetten war wirklich eine positive Überraschung. Vielleicht wurde alles doch nicht so schlimm, wie sie befürchtete.

Als sie Marks Bürotür passierten, hörten Sie Valeries aufgeregte Stimme immer wieder von Marks kurzen, beruhigenden Worten unterbrochen. Alexander nickte zur verschlossenen Tür. »Das ist Marks Büro.«

»Dachte ich mir«, erwiderte Ellen trocken.

»Das Büro daneben gehört Karin Mahler, Marks Sekretärin und in hektischen Zeiten der Fels in der Brandung. Sie wird Ihnen garantiert gerne helfend zur Seite stehen.«

Ellen nickte erleichtert. Ohne jedoch ihre Reaktion abzuwarten, öffnete Alexander bereits die letzte Tür. Sie standen in einem lichtdurchfluteten Büro mit einem großen Schreibtisch aus hellem Holz, passenden Regalen und einer kleinen Sitzecke aus hellem Stoff.

»Dies ist Ihr Reich.«

Erleichtert atmete Ellen auf. Sie hatte bereits damit gerechnet, in einer dunklen Ecke der Abstellkammer arbeiten zu müssen, aber stattdessen hatte man ihr ein wirklich komfortables Büro bereitgestellt. Das war garantiert auf den Seniorchef zurückzuführen. Sie legte ihre Aktentasche auf den Schreibtisch, wo bereits ein großer Umschlag auf sie wartete, dann blickte sie aus dem bodenlangen Fenster hinaus auf den Parkplatz.

»So, ich mache mich mal wieder an die Arbeit«, unterbrach Alexander ihre Gedanken. »Wenn es für Sie ok ist, hole ich Sie am frühen Nachmittag zu unserer Besichtigungstour ab.«

»Das ist wirklich nett von Ihnen. Früher Nachmittag ist perfekt.«

»Ach übrigens, wir nennen uns hier alle beim Vornamen. Wäre es ok, wenn ich Sie Ellen nenne?«

»Gerne.«

»Gut. Ich bin Alexander.« Mit ausholenden Schritten ging er zur Tür, drehte sich auf der Türschwelle noch einmal um. »Bis später dann, Ellen.« Und mit einem charmanten Lächeln, das zwei Grübchen auf seiner Wange zeigte, war er verschwunden.

Ellen schaute ihm einen Moment lang nach. Alexander war wirklich ein Lichtblick, und ein äußerst attraktiver dazu. Nachdenklich zog sie ihr Jacket aus und hängte es über ihren Stuhl. Dann setzte sie sich mit dem Rücken zum Fenster an den Schreibtisch, nahm ihren Kugelschreiber aus der Aktentasche, stellte ihren Laptop auf den Tisch und öffnete den großen Umschlag. Ein Klopfen an der Tür unterbrach sie. Oh nein, nicht Mark Lauritz, schoss es ihr durch den Kopf. Schon öffnete sich die Tür und Karins Kopf drängte sich durch den Türspalt.

»Störe ich?«

»Ganz im Gegenteil«, erwiderte Ellen erleichtert. »Ich freue mich, dass ich Sie nun persönlich begrüßen kann.«

Der Türspalt vergrößerte sich und Karin strahlte Ellen an. »Es freut mich auch, Sie kennenzulernen. Ich stehe Ihnen jederzeit mit Rat und Tat zur Seite, vor allem, wenn es mal hektisch wird«, dabei kniff sie Ellen verschwörerisch ein Auge zu.

»Das ist wirklich nett von Ihnen, ich komme gerne darauf zurück. Bitte nennen Sie mich Ellen.«

»Ich bin Karin.« Die beiden Frauen schüttelten sich herzlich die Hand. »Ich habe mich gefragt, ob Sie vielleicht einen Kaffee möchten. In meinem Büro steht eine wundervolle Kaffeemaschine. Ich bringe Ihnen gerne eine Tasse herein.«

»Eine Tasse Kaffee wäre wunderbar«, stimmte Ellen begeistert zu. »Aber Sie brauchen sie mir nicht zu bringen, Karin. Wenn es Ihnen Recht ist, hole ich sie mir gerne selbst. Sie haben wirklich genug zu tun, da sollten Sie sich nicht noch um meinen Kaffee kümmern. Vielleicht können Sie mir zeigen, wo ich die Kaffeemaschine sowie Tassen und vielleicht etwas Mineralwasser finde.«

Überrascht blickte Karin Ellen an, dann strahlten ihre Gesichtszüge vor Dankbarkeit. »Wenn Sie es so möchten. Bitte bedienen Sie sich jederzeit. Soll ich Ihnen gleich alles zeigen? Ich finde immer, dass man die wichtigen Dinge sofort wissen sollte, sonst kann man nicht produktiv arbeiten.«

Ellen lachte herzlich. »Da stimme ich Ihnen vollkommen zu.«

Geschäftig schritt Karin vor Ellen durch den Flur ins angrenzende Büro. Neben der Kaffeemaschine befand sich ein kleiner Einbaukühlschrank, der im Wandschrank versteckt war. Er beinhaltete neben Milchtüten auch einige Flaschen Mineralwasser, Säfte sowie verschiedene Joghurtbecher. Als Karin Ellens Blick folgte, erklärte sie entschuldigend: »Na ja, das ist für den Fall, dass der kleine Hunger zwischendurch allzu groß ist oder es mal spät wird.«

Ellen nickte anerkennend. »Ich bin wirklich beeindruckt. Es ist für alles gesorgt.«

Just in diesem Moment wurde eine Tür energisch aufgerissen und mit einem hohen »ganz wie du willst« so krachend ins Schloss gezogen, dass Ellen und Karin unwillkürlich zusammenzuckten. Marks Sekretärin schüttelte missbilligend den Kopf. »Valerie hat heute wohl keinen guten Tag«. Kaum dass sie dies ausgesprochen hatte, öffnete sich erneut die Tür, fast zeitgleich erschien Mark in Karins Büro.

»Karin, ich bräuchte...«, genervt hielt er inne, als er Ellen und Karin gemeinsam vor der Kaffeemaschine stehen sah. Ohne Ellen auch nur eines Blickes zu würdigen, fuhr er fort: »...den letzten Bericht unserer Verkaufszahlen sowie eine Aufstellung all unserer Kunden. Könnten Sie mir beides bitte so schnell wie möglich bringen?«

»Natürlich.« Karin hastete sofort zurück zu ihrem Schreibtisch. Schnell goss Ellen Kaffee in eine Tasse und kehrte nachdenklich in ihr Büro zurück. Sie war noch keine zwei Stunden hier und fühlte sich bereits wie in einem Wespennest. Das konnte ja noch heiter werden!

Neugierig riss Ellen die letzte Kante des Klebestreifens auf, bevor sie vorsichtig den fingerdicken Papierstapel herauszog.

In großen, schnörkeligen Buchstaben las sie »La Petite Bijouterie Dorée«. Aha, das war also der Name des französischen Unternehmens. Wie die Juwelierkette Lauritz war auch das französische Unternehmen ein Familienbetrieb in dritter Generation, das nun zwei Schwestern leiteten. Höchst interessant. Warum wollten die beiden das Unternehmen verkaufen? Interessiert griff Ellen nach der nächsten Seite, auf der die Unternehmensbeschreibung stand. Das Stammhaus in Paris befand sich nahe der Tuillerien. Von dort leiteten die Schwestern nicht nur das Geschäft in Frankreich, sondern auch international. Ihre Produktpalette ähnelte zwar derjenigen von Lauritz, doch ihre Schmuckstücke waren preisgünstiger, während bei Lauritz die Qualität und Exklusivität an erster Stelle stand. Ellen schürzte erfreut die Lippen. Das roch nach einer interessanten, anspruchsvollen Markenanalyse. Damit würde sie selbst Mark überzeugen können, dass sie ihr Handwerk verstand. Entschieden griff sie nach ihrem Notizblock und begann, sich erste Notizen von wichtigen Arbeitsschritten und Aspekten zu notieren, die sie auf jeden Fall berücksichtigen musste.

Sie war so in ihre Überlegungen vertieft, dass sie gar nicht merkte, wie sich ihre Bürotür öffnete.
»Hm, hm«, räusperte sich Alexander, während er seinen Kopf durch den Türspalt schob. »Ich dachte, wir könnten uns jetzt ein wenig die Beine vertreten und das Unternehmen anschauen. Oder komme ich ungelegen?« Abwartend blieb er in der mittlerweile offenen Tür stehen.

Ellen blickte überrascht auf, strich sich schnell eine Strähne hinters Ohr. »Aber ganz und gar nicht. Eine kleine Pause ist perfekt.«

Als Antwort schenkte Alexander ihr ein spitzbübisches Grinsen, das wieder seine zwei Grübchen hervorzauberte. Entschieden schob Ellen die Unterlagen zurück in den Umschlag, bevor sie alles zusammen mit den Notizen in ihre Tasche steckte und sich flink ihre Jacketjacke von der Stuhllehne griff. Galant hielt ihr Alexander die Tür auf.

»Wo sollen wir am besten anfangen?« dachte er laut nach. Dann zuckte er gelassen mit den Schultern. »Am besten direkt hier an Ihrer Tür.«

»Gut, ich bin bereit.« Neugierig stellte Ellen sich neben ihn, wobei sie ihm gerade einmal bis zum Kinn reichte.

»Also, das Büro nebenan gehört Karin, wie bereits gesagt, die gute Seele unseres Hauses. Daneben liegt Marks Büro«, und mit einem Augenzwinkern zu Ellen gewandt fügte er hinzu: »Aber das wissen Sie ja bereits seit heute morgen, nicht wahr?« Er räusperte sich kurz. »Und hinter der daneben liegenden Tür befindet sich das Konferenzzimmer.« Mit einer ausladenden Bewegung wies er zur letzten Tür auf der anderen Flurseite. »Hinter der Tür dort hinten ist das Büro des Seniorchefs, daneben befindet sich das Büro von Frau Diekmann.« Seine Stimme wurde zum Flüsterton: »Sie ist Herrn Lauritz ergeben und lässt uns alle ohne Zögern strammstehen, wenn es sein muss. Also seien Sie lieber auf der Hut.« Schon schritt er gelassenen zur Treppe. »So, nun verlassen wir den Olymp und betreten die Spähren der Untergebenen.« Plötzlich wurde seine

Miene ernst. »Hallo Mark. Ich zeige Ellen gerade das Unternehmen, dann fällt ihr die Eingewöhnung leichter.«
»Das ist eine gute Idee, schließlich wollen wir ja, dass Frau Sander ihre Zeit so effizient wie möglich nutzt«, dabei blickte Mark Ellen spöttisch an, bevor er die Klinke zur Bürotür seines Vaters drückte und verschwand. Wütend starrte Ellen ihm nach. Oh, wie sie Mark Lauritz hasste!

Es war schon später Nachmittag, als Ellen endlich ihr Büro betrat. Nach der ausgiebigen Führung wäre ein Kaffee jetzt perfekt. Entschieden schritt sie hinüber in Karins verwaistes Büro. Glücklicherweise befand sich noch ein Rest Kaffee in der Kanne. Mit gewohnter Routine füllte Ellen ihre Tasse, goss Milch hinzu und drehte sie sich um, um in ihr Büro zu gehen. Bei Marks Anblick im Türrahmen erschrak sie so heftig, dass der Kaffee über den Tassenrand auf ihre Bluse schwappte. »Sie haben mich vielleicht erschreckt«, entfuhr es ihr, und meine Bluse ruiniert, fügte sie in Gedanken gereizt hinzu.
»So?« war alles, was er erwiderte. Kein Wort der Entschuldigung kam über seine Lippen, stattdessen schienen sich seine Augen in Ellens zu bohren, tief in sie hineinblicken zu wollen. Oh nein, dies würde sie ihm nicht erlauben. Niemals! Mark Lauritz war der letzte Mann auf Erden, dem sie dies gestattete. Nach einer kleinen Ewigkeit bewegte er sich langsam auf Ellen zu, in der Hand hielt er eine leere Tasse. Schnell trat sie zur Seite, denn sie wollte so viel Abstand wie möglich zu ihm. Während Mark nach der Kaffeekanne griff und sich den Rest des Kaffees eingoss, beobachtete Ellen ihn argwöhnisch. Vielleicht hätte sie die Kanne leeren sollen,

dachte sie erzürnt. Ohne sie anzublicken, ließ er einen Zuckerwürfel in seine Tasse gleiten.

»Wie ich sehe, haben Sie sich an Ihrem ersten Tag bei Lauritz ausgiebig amüsiert.«

Ob sie ihm den heißen Kaffee ins Gesicht schütten sollte? Kampfeslustig reckte Ellen ihr Kinn, erwiderte mit gespielter Freundlichkeit: »Oh ja, es war ein so amüsanter Tag. Ihre Mitarbeiter sind wirklich ausgesprochen nett.«

Ein finsterer Blick über die Schulter war Marks einzige Antwort.

»Da ich hier gerade alleine mit Ihnen stehe, könnte ich Sie etwas fragen?«

Verwundert wandte er sich zu ihr um. »Und das wäre?«

»Handelt es sich bei Ihrem Projekt um eine Angelegenheit, die Zustimmung oder Ablehnung der gegenwärtigen Eigentümer findet?«

Nun war ehrliche Überraschung in Marks Gesichtszügen zu lesen. Ellen jubilierte innerlich. Mit ihm würde sie garantiert kein privates Wort wechseln oder gar scherzen, so wie mit Alexander. Mark richtete sich auf, lehnte sich schweigend gegen die Bürowand und trank einen Schluck Kaffee, wobei er Ellen unverwand anblickte. Zum ersten Mal wirkte sein Blick einfach nur sachlich.

»Nein, es ist keine feindliche Übernahme, falls Sie das meinen. Wir werden daher auch alle notwendigen Informationen bekommen.«

Sie nickte schweigend.

»Warum wollen Sie das wissen?«

»Weil ich mich frage, welche Gründe die Eigentümerinnen zum Verkauf bewegen.«

Schweigend trank Mark einen weiteren Schluck seines Kaffees. Bevor er jedoch zu einer Antwort ansetzte, hob Ellen ihre Tasse leicht zum Gruß. »So, nun habe ich ja meine Stärkung und begebe mich wieder ins Büro. Schließlich wollen wir beide ja, dass ich meine Zeit so effizient wie möglich nutze, nicht wahr?« Und schon hatte sie Karins Büro verlassen.

Als Ellen Stunden später den Stift aus der Hand legte und aus dem Fenster schaute, spiegelte sich ihr Gesicht in der dunklen Fensterscheibe. Es war bereits später Abend. Morgen würde sie sich der weiteren Recherche widmen, bevor die erste wichtige Phase mit ihrer Reise nach Paris begann. Sie löschte das Bürolicht, zog leise die Tür ins Schloss. Langsam schritt sie den verlassenen Flur entlang, wobei der dicke Teppich ihre Schritte verschluckte. Tiefe Stille umgab sie, während sie zur Treppe ging. Nur das warme Flurlicht, das aus den schweren Wandlampen schien, erleuchtete die Dunkelheit. Mark war natürlich schon verschwunden. Wahrscheinlich vergnügte er sich bei einem romantischen Abendessen mit Valerie. Ellens Mund verzog sich zu einem süffisanten Lächeln. Jeder Topf fand wirklich seinen Deckel. Valerie war eine gute Strafe für den arroganten Mark Lauritz. Bei diesem Gedanken erreichte sie die Empfangshalle, wo der Nachtwächter ihr eine gute Nacht wünschte.

KAPITEL 5

Frühling in Paris war etwas Wunderbares. Neugierig blickte Ellen durch das verschmierte Taxifenster. Obwohl es erst Sonntagmittag war, herrschte auf der Peripherie reger Verkehr. Sie lehnte sich in ihrem Sitz zurück und schloss die Augen. Wie gut, dass sie Karin gebeten hatte, bereits den Morgenflug für sie zu buchen, anstatt den Flug wie alle anderen am Nachmittag zu nehmen. Mal ganz davon abgesehen, dass sie so geschickt eine Begegnung mit Mark vermied. Vor allem standen ihr erst einmal unbeschwerte Stunden in Paris bevor.

Der Wagen verließ die Peripherie in Richtung Zentrum. Das Grau der Vororte mit ihren trostlosen Gebäuden und den mannshohen, neonfarbenen Reklamen der Großfirmen auf den Dächern wurde von breiteren Straßen mit vereinzelten Bäumen abgelöst. Die fünfstöckigen Häuserblöcke zu beiden Seiten bildeten mit ihren imposanten, hellen Fassaden und den kleinen, eisernen Balkongittern einen perfekten Kontrast zu dem wolkenlosen, tiefblauen Himmel. Die hellgrünen Blätter der in den Gehwegen eingepflanzten Bäume erinnerten sie an kleine, künstlerische Farbtupfer auf einem hellgrauen Hintergrund. Ellen atmete genießerisch ein. Bei der Durchsicht der Reisedaten hatte sie zunächst befürchtet, in einer schäbigen Frühstückspension untergebracht worden zu sein, stattdessen hatte sie ungläubig auf den Namen des altehrwürdigen Fünf-Sterne-Hotels an der Pariser Oper geschaut. Von dort würde sie, sobald sie eingecheckt hatte, einen ausgiebigen Spaziergang unternehmen. Für einige Stunden wollte sie Paris als Touristin erleben, denn ab morgen blieb dafür keine Zeit mehr. Das Taxi verlangsamte seine Geschwindigkeit, dann hielt es vor dem klassizistischen Hotelgebäude. Sofort eilten zwei behilfliche Pagen in blauen Uniformen herbei, um Ellen die Tür aufzuhalten und ihr Gepäck in Empfang zu nehmen.

Die Stufen des Hoteleingangs bedeckte ein dicker, roter Teppich, der Ellen das Gefühl verlieh, zu schweben. Sie betrat die weitläufige Hotelhalle, schlug den Weg zum Rezeptionstresen ein, hinter dem ihr geflissentlich drei junge Frauen in dunkelgrauen Kostümen mit hoch geschlossenen, weißen Blusen entgegenlächelten. Die Rothaarige in der Mitte trat einen Schritt vor. »Herzlich willkommen.«

»Danke. Mein Name ist Sander. Ich möchte gerne einchecken.« Sofort tippte die junge Frau auf die Tastatur ihres Computers, begleitet von einem konzentrierten Blick auf den Monitor. Endlich drückte sie eine weitere Taste, nickte zufrieden. »Wir haben für Sie eine Suite reserviert. Meine Kollegin wird sie Ihnen zeigen.«

Eine Suite? Sie musste sich verhört haben. »Sind Sie sicher, dass es eine Suite ist? Bitte schauen Sie doch noch einmal nach.«

Wieder eifriges Tippen auf der anderen Seite des Rezeptionstresens, dann nickte die junge Frau entschieden. »Ja, es wurde eine Suite für Sie gebucht.« Noch während sie nach dem Zimmerschlüssel griff, winkte sie einer vorbeieilenden Kollegin zu, der sie den Schlüssel fest in die Hand drückte. Diese wandte sich sofort Ellen zu, gab ihr lächelnd ein Zeichen, ihr zum Fahrstuhl zu folgen. Während Ellen hinter ihr den Lift betrat, informierte sie die Hotelangestellte in einem nicht enden wollenden Wortschwall über die verschiedenen Angebote des Hotels. Erleichtert registrierte Ellen das leise Klingeln, das ihre gewünschte Etage ankündigte. Schweigend folgte sie der Angestellten, die ihr mit blumigen Worten das Spa empfahl. Plötzlich blieb sie stehen und zog die weiße Plastikkarte mit dem Hotellogo durch einen messingfarbenen Türschlitz. Ein kurzes Schnappgeräusch erklang, dann öffnete sie die Zimmertür.

»Voilà, dies ist Ihre Suite.«

Kaum, dass Ellen den kleinen Flur der Suite betrat, eilte die junge Frau geschäftig von einem Raum zum anderen, erklärte ihr die Funktionsweisen der Minibar, des Fernsehers und der verschiedenen Lichtschalter. Als Dank drückte Ellen ihr ein Trinkgeld in die Hand und war froh, endlich allein zu sein. Beeindruckt schritt sie noch einmal durch die Suite, die sehr geräumig und neben einem abgetrennten Wohnzimmer mit integriertem Arbeitsbereich, auch ein Schlafzimmer, ein Badezimmer sowie direkt neben der Flurtür ein kleines Gäste-WC besaß.

Ellen lehnte genüsslich auf ihrem Stuhl zurück, vor ihr stand eine große Schale Café au lait auf dem Tisch. Ihr linker Fuß wippte entspannt vor und zurück. Um sie herum herrschte reges Treiben. Lächelnd streckte sie ihr Gesicht der warmen Nachmittagssonne entgegen, genoss die Wärme auf ihrem Gesicht. Sie fühlte sich leicht inmitten des Großstadtflairs. Vor ihrem Auge ließ sie erneut die Bilder der belebten Champs-Elysées, des Eifelturms mit seinen Touristen, des Invalidendoms mit der vergoldeten Kuppel und den vielen Studenten und Familien auf seinen Grünanlagen sowie die belebten Bürgersteige am Ufer der Seine mit den Bouquinisten

Revue passieren. Und natürlich war sie auch am Place des Voges gewesen. Still und unbeeindruckt vom hektischen Treiben der restlichen Stadt hatte er vor ihr gelegen. Die roten Backsteinfassaden zeugten von einer anderen Zeit, fast ein wenig vergessen im modernen Paris. Ganz anders als die Arkaden, unter denen sie sich nun ihren Café au lait schmecken ließ. Die rundlichen Tische mit den einfachen Korbstühlen waren ausnahmslos belegt, auf dem schmalen Streifen des Bordsteins, der zwischen der Straße und den Cafétischen verlief, drängten sich die Fußgänger, kaum einen halben Meter von den unablässig fahrenden Autos entfernt. Ja, das war Paris. Glücklich trank Ellen einen weiteren Schluck. Ihr Blick schweifte hinüber zu den Tuillerien und dem gegenüberliegenden Louvre, dabei umspielte ein Lächeln ihren Mund, als sie an Jean-François dachte. Wie oft waren sie abends händchenhaltend hier entlang flaniert? Unwillkürlich schüttelte Ellen mit dem Kopf. Das war jetzt schon so lange her. Sie hatte den unwiderstehlichen Jean-François - zumindest hatte sie ihn damals für unwiderstehlich gehalten - während ihres Studiums in Paris kennengelernt und mit ihm eine stürmische Romanze erlebt. Ihren Rückzug nach Deutschland hatte er leider nicht überwunden und sich keine zwei Monate später mit einer Französin über den Trennungsschmerz hinweg getröstet. Was er wohl heute machte? Wahrscheinlich war es besser, dass sie es nicht wusste. Die Wahrheit sah bestimmt weniger romantisch aus als ihre schön gefärbten Erinnerungen.

Ellen blinzelte in die tiefstehende Sonne, es war bereits später Nachmittag. Wie hatte sie den heutigen Tag genossen! Sie war in Paris, logierte in dem altehrwürdigen Fünf-Sterne-Hotel und bewohnte dort nicht irgendein normales Hotelzimmer, sondern eine Suite. Unglaublich! Fast hatte Ellen ein schlechtes Gewissen. Die Firma Lauritz war wirklich sehr großzügig zu ihr, doch sie war zum Juniorchef bisher nicht sehr zuvorkommend gewesen. Aber wie auch, bei so einem Ekel? Auf jeden Fall würde sie den heutigen Abend in ihren luxuriösen vier Wänden verbringen, so konnte sie gleichzeitig Mark Lauritz aus dem Weg gehen. Es war wirklich früh genug, wenn sie ihn morgen traf.

Glücklich stieg Ellen die letzten Stufen zum Hoteleingang hinauf, drückte gegen die große, gläserne Drehtür und betrat einen Moment später den Fahrstuhl. Nach der morgendlichen Reise und dem ausgiebigen Spaziergang sehnte sie sich nach einer erfrischenden Dusche.

Sie fühlte sich wie neu geboren. Entspannt drehte Ellen den Duschknopf zu, stieg gut gelaunt aus der Dusche. Mit dem flauschigen Handtuch rieb sie sich geschickt die Haare trocken, wobei ihr der leicht süßliche Shampooduft von Mandeln und Vanille in die Nase stieg. Dies war wirklich ein Ort zum Wohlfühlen. Leise summend schlang sie sich das Badetuch um, öffnete beschwingt die Badezimmertür, um ihre Körperlotion aus dem Trolley zu holen und schrie vor Schreck hell auf. Geschockt wich sie zurück, prallte unsanft gegen den Türrahmen, doch der Schock war so groß, dass sie den Schmerz gar nicht wahrnahm. Mit vor Entsetzen weit aufgerissenen Augen starrte sie in ein Paar eisgraue Augen.

»Was machen Sie in meinem Schlafzimmer?« stieß sie schließlich hervor. Ihr Herz raste, ihr Puls pochte wild in den Schläfen.

Mark, der genauso überrascht wie Ellen war, schaute sie mit einer Mischung aus Ärger und Überraschung an.

»Genau das wollte ich SIE fragen.« Bedeutungsschwer fügte er hinzu: »Aber ich kann mir vorstellen, was Sie hier beabsichtigen.« Ungeniert ließ er seinen Blick über sie gleiten. Wütend funkelte Ellen ihn an. »Ach ja? Und was stellen Sie sich vor?« stieß sie bebend hervor.

»Dass Sie sich hier hereingeschlichen haben, um mich offensichtlich mit einem besonderen Willkommensgruß zu empfangen.« Mit hartem Ton fuhr er fort: »Dabei dachte ich, dass ich bei unserem ersten Treffen klargestellt hatte, dass ich solche Spielchen weder mitspielen noch tolerieren werde.«

Ellen zitterte vor Zorn. »Wie bitte?« Ihre Stimme klang schrill. »Sie sind doch nicht mehr ganz bei Trost. Ich habe mich weder in Ihr Zimmer geschlichen, noch habe ich die Absicht, Sie zu verführen. Wenn Sie das denken, dann müssen Sie an Wahnvorstellungen leiden.«

»Ach ja? Die Realität scheint mir jedoch augenscheinlich Recht zu geben.« Jedes seiner Worte triefte vor Missachtung, fühlte sich wie eine schallende Ohrfeige an. Er schien die Situation zu genießen. Oh, wie sie ihn hasste! Plötzlich wurde Ellen sich bewusst, dass sie noch immer mit nur einem Badehandtuch, das ihr gerade einmal bis zum Oberschenkel reichte, bekleidet vor Mark Lauritz stand.

»Könnte ich mich jetzt bitte anziehen? Allein!« fügte sie mit Nachdruck hinzu.

Mark zog süffisant eine Augenbraue hoch, sein Blick glitt noch einmal betont langsam über Ellen, bevor er schweigend den Raum verließ.

Sie folgte ihm zur Schlafzimmertür, drückte sie ins Schloss und drehte zur Sicherheit zwei Mal den Schlüssel herum. Entsetzt lehnte sie sich mit dem Rücken dagegen, starrte auf das große Bett. Hatte sie gerade eine albtraumhafte Halluzination gehabt? Wie war es möglich, dass ausgerechnet Mark Lauritz in ihrem Schlafzimmer stand und sie nur mit einem Badehandtuch bekleidet sah? Gott sei Dank, hatte sie wenigstens das Badetuch umgebunden. Sie wollte sich gar nicht vorstellen, wie sonst die Situation verlaufen wäre. Frustriert riss Ellen sich von der Tür los und zog sich in Windeseile an. Wenigstens hatte sie ihren Trolley noch nicht ausgepackt, sodass das Schlafzimmer fast unberührt war. Als sie ihre Jeans und einen kurzärmligen Rolli übergestreift hatte, griff sie zum Telefon und verlangte beim Housekeeping eine sofortige Reinigung des Badezimmers. Dann suchte sie in Windeseile ihre persönlichen Sachen zusammen, verschloss ihr Gepäck und vergewisserte sich, dass sie nichts vergessen hatte. Energisch öffnete sie die Tür, eilte mit ihrem Trolley an der einen Hand und dem Mantel über den anderen Arm zum Wohnzimmer der Suite. Mark kehrte ihr den Rücken zu, starrte aus dem Fenster.

»Die Reinigungskräfte werden jeden Moment hier sein und Ihr Badezimmer gründlich säubern. Ich gehe jetzt zur Rezeption und werde mich dort beschweren sowie ein anderes Zimmer verlangen.«

Langsam kam Bewegung in Mark Lauritz, in gefühltem Zeitlupentempo drehte er sich zu ihr um, schaute sie seltsam an.

Bevor er jedoch etwas sagen konnte, fuhr Ellen fort: »Ich finde bereits selbst zur Tür.«

Sie war schon einen Schritt zur Flurtür gegangen, als sie noch einmal stehen blieb, sich mit harter Stimme umwandte: »Keine Sorge, weder wollte ich Sie heute verführen, noch werde ich das in Zukunft tun. Sie sind wirklich der letzte Mann, der mir diesbezüglich in den Sinn kommt.« Ohne seine Reaktion abzuwarten, riss sie schwungvoll die Flurtür auf und zog sie ebenso schnell ins Schloss. Wütend zerrte sie ihren Koffer hinter sich her zum Fahrstuhl. Der Tag war so schön gewesen, aber welch eine katastrophale Wendung hatte er genommen. Natürlich hatte sie sich gewundert, dass die Firma Lauritz eine Suite für sie buchte, daher hatte sie ja auch extra noch einmal nachgefragt, worauf man ihr die Buchung am Empfang mit einem strahlenden Lächeln bestätigt hatte.

An der Rezeption herrschte reger Betrieb. Anstatt ihrem Ärger sofort Luft verschaffen zu könnnen, musste Ellen sich brav in die Schlange der wartenden Gäste einreihen. Erst unendlich erscheinende Minuten später war sie an der Reihe, funkelte die Rezeptionistin wütend an.

»Die Suite, die Sie mir gegeben haben, gehört einem anderen Gast. Können Sie mir bitte erklären, wie das passieren konnte?« Ärgerlich schob sie den Zimmerschlüssel über den Empfangstresen. Die Rezeptionistin schaute sie entsetzt an, nahm dann aber schweigend die Plastikkarte entgegen und schob sie in ihr Lesegerät.

»Die Suite 1298. Die ist auf Sander und Lauritz gebucht.«

»Wie bitte?« Ellens Stimme klang schrill vor Entsetzen. »Das ist ein Fehler. Schauen Sie bitte in der Buchung nach. Ich bestehe darauf, die Reservierung zu sehen. Sie haben diese von Frau Mahler zugeschickt bekommen.«

»Einen kleinen Augenblick, bitte«, entgegnete die Angestellte mit ihrem streng zurückgekämmten dunklen Haar, klickte sich eifrig durch ihr Computerprogramm. »Ja, hier habe ich sie. Schauen Sie.« Dabei drehte sie leicht ihren Bildschirm, damit Ellen auch den Inhalt lesen konnte. Die Email von Karin war auf Französisch abgefasst. Ellen las den Text, schüttelte ungläubig den Kopf. Karin hatte versucht, sowohl für sie, als auch für Mark eine Suite zu buchen, doch ihre französiche Übersetzung las sich als Suite für Sander und Lauritz. Unglaublich! Offenbar war sie das Opfer von Karins schlechtem Französisch geworden! Zumindest war dies der einwandfreie Beweis, dass sie selbst vollkommen unschuldig an dieser Situation war.

»Frau Mahler meinte, dass sowohl Herr Lauritz, als auch ich eine Suite haben sollten und nicht eine Suite gemeinsam bewohnen.«

»Es tut mir leid, aber wir haben keine freie Suite mehr«, bedauernd lächelte die junge Französin Ellen an.

»Ich brauche keine Suite. Ein normales Hotelzimmer reicht vollkommen. Haben Sie noch ein freies Zimmer? Vorzugsweise auf einer anderen Etage? Idealerweise auf einem weit entfernten Stockwerk«, fügte Ellen grimmig hinzu.

Wieder tippte ihr Gegenüber geflissentlich, nur von resignierten Atemzügen unterbrochen.

Ellens Geduld war aufgebraucht. »Wenn Sie kein freies Zimmer haben, dann sagen Sie es mir und ich suche mir eines in einem anderen Hotel.« Sie trat genervt von einem Fuß auf den anderen.

»Nein, nein, bitte warten Sie.« Und nach einer weiteren Minute des Tippens strahlte die Hotelangestellte Ellen erleichtert an. »Ich habe noch ein schönes Zimmer für Sie gefunden. Allerdings ist es auf der gleichen Etage.« Als sie Ellens finsteren Blick auffing, fügte sie schnell hinzu: »Aber am entgegengesetzten Flurende.«

»Und das ist wirklich das einzig verfügbare Zimmer, das Sie im ganzen Hotel haben?«

Wieder eifriges Nicken. »Im Moment leider schon.«

»Dann habe ich ja keine Wahl. Gut, ich nehme es.«

Schnell zog die Hotelangestellte die Karte durch den PC, um Ellens Zimmerschlüssel zu aktivieren und reichte ihn ihr über den Empfangstisch. »Kann ich sonst noch etwas für Sie tun?«

»Ja, das können Sie. Bitte senden Sie einen Ausdruck der Mail, die Sie von Frau Mahler erhalten haben, an Herrn Lauritz. Suite Nummer 1298.«

Wieder eifriges Nicken. »Gerne, Frau Sander. Bitte entschuldigen Sie nochmals die Unannehmlichkeiten.«

Ellen nickte knapp, dann eilte sie mit schnellen Schritten zum Lift. Für heute hatte sie von der Firma Lauritz und ihren Mitarbeitern die Nase gehörig voll.

KAPITEL 6

Mark starrte aus dem Hotelfenster, während die Reinigungskräfte eifrig in seinem Schlaf- und Badezimmer arbeiteten. Kaum dass Ellen wütend die Flurtür hinter sich ins Schloss gezogen hatte, war der kleine Trupp erschienen, um ihre Spuren zu beseitigen. Ellen Sander, immer wieder Ellen Sander. Das war doch nicht möglich, dachte Mark ärgerlich. Wie sie so plötzlich, nur mit einem Handtuch um sich geschlungen, vor ihm gestanden hatte, hatte sie ihn total aus der Bahn geworfen. Sie hatte unglaublich sexy ausgesehen, aber natürlich kannte sie ihre Wirkung. Beim Anblick ihrer wütend funkelnden Augen, den langen schlanken Beinen und dem nassen Haar, das in großen Locken auf die Schultern fiel, hatte er den plötzlichen Wunsch verspürt, sie an sich zu ziehen und zu küssen. Oh Mann, was für ein unmöglicher Gedanke. Glücklicherweise hatte er seine Beherrschung schnell wiedergewonnen und ihre Absichten durchschaut, sodass er sie eindeutig in die Schranken gewiesen hatte. Er würde ihr in den kommenden Tagen klar zu verstehen geben, wer die Spielregeln bestimmte. Und das war definitiv er.

Ein schüchternes Klopfen an der Tür unterbrach seine Gedanken. Wer war das jetzt schon wieder? Genervt ging er mit ausholenden Schritten zur Tür und öffnete sie. »Ja bitte?«

»Verzeihen Sie bitte die Störung, Monsieur Lauritz.« Ein schmächtiger Mann mit kurzen, grauen Haaren in Hoteluniform stand vor ihm. »Ich bin gebeten worden, Ihnen dieses Schreiben zu geben. Es ist vom Empfang.«

»Danke.« Mechanisch griff Mark in seine Hosentasche, beförderte einige Münzen hervor, die er dem Mann in die Hand drückte. Neugierig riss er den Umschlag auf und las erstaunt Karins Reservierung. Der Satz bezüglich der Suite war rot unterstrichen. Ungläubig schüttelte Mark den Kopf. Ellen hatte also genauso wie er ein Recht auf diese Suite und sich nicht hereingeschlichen, um ihn zu verführen. Fast empfand er leises Bedauern. Ach, es war einfach nur peinlich. Und wenn sie auf eine Entschuldigung spekulierte, dann würde sie vergebens warten. Er würde diese Begebenheit einfach nicht mehr erwähnen und so tun, als ob sie nie stattgefunden hätte. Dabei wusste er, dass er das Bild von Ellen Sander, nur in ein kurzes Badetuch gehüllt, nicht so leicht vergessen würde. Umso mehr musste er sich unter Kontrolle haben, schließlich würde er gerade mit ihr eng zusammenarbeiten müssen. Das Projekt war viel zu wichtig, als es durch irgendwelche Emotionen zu gefährden. Ellen, Cora, ach, Frauen wie diese waren doch alle gleich. Genervt warf Mark seinen Koffer auf das Bett, öffnete den Reißverschluss und zog seine Joggingsachen heraus.

KAPITEL 7

In der großen Eingangshalle des Hotels mit seinen hohen stuckverzierten Decken und den Antiquitäten an den Wänden herrschte bereits reges Treiben. Mit bestimmtem Schritt durchquerte Ellen den großen Vorraum zum Eingangsbereich. Sie hatte beschlossen, einen dicken gedanklichen Strich unter die Ereignisse des gestrigen Tages zu ziehen und so zu tun, also ob die erlebte Peinlichkeit nie stattgefunden hätte. Außerdem stand außer Frage, dass Mark Lauritz bereits sein Urteil über sie gefällt hatte. Um sich das unvermeidliche Wiedersehen mit ihm zu erleichtern, hatte sie sich für ihr dunkelblaues Lieblingskostüm entschieden, das durch seinen knielangen Rock klassisch wirkte, durch seinen engen Schnitt jedoch ihre schlanke Figur vorteilhaft betonte. Darunter trug sie eine schlichte, helle Seidenbluse, die zwar hoch geschlossen, aber durch die Rüschen an der Knopfleiste und dem fließenden schimmernden Stoff sehr feminin wirkte. Nahe der gläsernen Drehtür erspähte Ellen bereits Walters grauhaarigen Schopf, der sich rhythmisch so bewegte, als wollte er den gerade gesprochenen Worten mehr Gewicht verleihen. Ihm gegenüber standen Alexander und Mark. Ellens Blick huschte suchend durch den Raum. Valerie fehlte noch.

»Guten Morgen«, begrüßte Ellen ihre Kollegen.

»Wie schön Sie zu sehen, Ellen. Leider waren Sie gestern nicht zusammen mit uns im Flieger.« Alexander ließ anerkennend seinen Blick über sie gleiten.

»Stimmt. Ich hatte bereits eine frühere Maschine gebucht, so konnte ich noch einen wunderschönen Spaziergang durch Paris genießen.«

»Das hört sich wunderbar an. Kennen Sie Paris?«

»Ich habe in Paris studiert.«

»Wow. Das hätte ich nicht gedacht.« Alexander nickte beeindruckt.

»Wo genau haben Sie denn studiert, wenn ich fragen darf?« fragte Walter interessiert.

»Ich habe an der HEC Wirtschaftswissenschaften studiert.« Anerkennend nickte der Personalchef. »Das ist eine ausgezeichnete Adresse, dann haben wir mit Ihnen ja eine

Expertin der französischen Sprache unter uns. Da bin ich aber wirklich froh. Mein Französisch ist nämlich richtig eingerostet.«

Dankbar für seine netten Worte lächelte Ellen ihn an. Mark schwieg, schaute desinteressiert auf seine Armbanduhr, dann zum Lift. Wahrscheinlich wartete er sehnsüchtig auf Valerie.

»Und, wie war Ihr Wiedersehen gestern mit Paris? Hat es Ihnen gefallen?« Walter schien reges Interesse an Ellens Frankreichkenntnissen gewonnen zu haben.

»Es war traumhaft durch die Straßen und Tuillerien zu spazieren und mich ein wenig ans Seineufer zu setzen. Das Wetter war einfach zu herrlich, um die ganze Zeit im Hotel zu verbringen.«

»Recht haben Sie, Frau Sander.« Walter nickte eifrig.

»Ah, da kommt Valerie ja endlich.«

Alexander drehte bei Marks Worten theatralisch den Kopf in Richtung Fahrstuhl, sodass Ellens Blick neugierig seiner Kopfbewegung folgte. Valerie trippelte auf gefährlich hohen Absätzen und einem kurzen, cremefarbigen Kostüm mit tief ausgeschnittener Bluse durch die Halle. Ihre Haare hatte sie zu einem lockeren Knoten hochgesteckt, in ihren Ohren baumelten zwei große, dünne Goldreifen. Dazu trug sie eine grob geflochtene, dicke Goldkette um den Hals. Sie sah wirklich attraktiv, wenn auch recht auffallend aus.

»Guten Morgen«, rief sie froh gelaunt in die Runde.

»Gut, da wir nun endlich vollzählig sind, schlage ich vor, dass wir uns auf zwei Taxen aufteilen und zum Boulevard Hausmann fahren«, unterbrach Mark ihre Begrüßung.

Die Anwaltskanzlei befand sich unweit des Arc de Triomphe direkt an der Champs-Elysées. Das Gebäude war leicht zurückgesetzt, ein großes Messingtor trennte seinen Eingang vom Boulevard, unterstrich die Privatsphäre des dort niedergelassenen Anwaltsbüros. Im Gegensatz zu den leicht ergrauten Bauten der Großstadt, strahlte der Putz in hellem Weiß, die Fensterläden wirkten frisch gestrichen. Noch bevor Mark die Klingel drückte, wandte er sich an Valerie und Alexander.

»Ich schlage vor, dass ihr Walter in den Datenraum folgt und euch dort so gut es geht in die Unterlagen einarbeitet. Frau Sander und ich werden morgen dazu kommen, da wir heute andere Sachen erledigen müssen.«

Als Antwort warf Valerie Ellen einen giftigen Blick zu, doch die betrachtete das messsingfarbene Schild der Anwaltskanzlei. »Faurinaud et Associés« stand dort in großen, schwungvollen Buchstaben geschrieben. Schon drückte Mark das schmiedeeiserne Tor auf. Valerie folgte ihm mit wütendem Schritt, ihre Absätze hämmerten in schnellem Stakkato auf die Marmorfließen. Während Alexander das Tor ins Schloss drückte, wandte sich Ellen zu ihm um und wartete. Lächelnd kam er auf sie zu.

»Machen Sie sich nichts draus, Ellen. Ich glaube, Sie werden Valerie nicht mehr zur Freundin gewinnen können.«

»Wie kommen Sie darauf?« Irritiert blickte Ellen ihn an.

Alexander zuckte gelassen mit den Schultern. »Wenn Blicke töten könnten.«

»Vielleicht hat sie einfach schlecht geschlafen«, murmelte Ellen gedankenverloren.

»Wenn das der Grund ist, dann hat die Gute noch eine anstrengende Zeit vor sich. Ignorieren Sie es einfach. Schließlich sind wir Männer ja auch noch da.« Dabei zwinkerte er ihr verschwörerisch zu.

»Welch ein Trost«, erwiderte Ellen mit ironischem Unterton, konnte sich ein Lachen jedoch nicht verkneifen.

»Ich freue mich darauf, morgen mit Ihnen im Datenraum zu arbeiten.«

Überrascht blickte Ellen Alexander an, direkt in seine Augen, die sie an einen klaren Bergsee erinnerten.

»Ich mich auch«, antwortete sie schlicht. Zu mehr kam sie nicht, denn zufällig glitt ihr Blick zu Mark, der ihnen ungeduldig die Flurtür aufhielt. Augenblicklich beschleunigte Alexander seinen Schritt. »Danke, Mark.«

»Bitte«, antworte Mark knapp, würdigte Ellen jedoch keines Blickes.

Das kann ja heiter werden, dachte Ellen, bevor sie die Durchgangstür hinter sich schloss. Zum Glück brauchte sie heute nur zwei Treffen mit Mark zu überstehen, dann konnte sie sich getrost in ihr Zimmer zurückziehen und war bis auf die abendliche Runde in seiner Suite befreit. Entschlossen atmete sie ein, straffte ihren Rücken und folgte den anderen.

Eine junge Frau begrüßte sie, dann verschwand sie mit Walter, Alexander und Valerie in einen angrenzenden Gang. Ellen blieb somit keine andere Möglichkeit, als neben Mark im Wartebereich Platz zu nehmen. Er starrte mit verschlossenem Gesicht auf die gegenüberliegende Wand.

Sie saßen in einem breiten Rundgang, dessen Innenhof durch Glasscheiben getrennt war und in dessen Mitte große, rot blühende Büsche für Farbe sorgten. Entlang der gesamten Fensterfront waren weiße Kieselsteine gestreut, bildeten einen hellen Kontrast zu dem dunklen Parkett im Innenraum. Die weißen Möbel sowie die spärlich verteilten, modernen Kunstdrucke unterstrichen die neutrale Atmosphäre der Kanzlei. Ihnen gegenüber befand sich ein kleiner Empfangstisch, hinter der eine grauhaarige Frau Anfang fünfzig mit streng zu einem Dutt gekämmten Haaren in einem mausgrauen Kostüm saß.

»Ich erwarte von Ihnen, dass Sie sich im Hintergrund halten und zuhören, sich Notizen machen. Außer einem freundlichen »Hallo« und »Auf Wiedersehen« müssen Sie nichts sagen.« Marks leise gesprochene Worte wirkten in der Stille wie gezielte Peitschenhiebe.

Überrascht wandte Ellen ihren Kopf, blickte irritiert in seine eisgrauen Augen.

»Keine Sorge, ich hatte nicht vor, Monologe zu führen.« Dabei zog sie leicht eine Augenbraue in die Höhe, so wie sie es immer tat, wenn sie ihre aufkeimende Wut zu beherrschen versuchte.

»Sie führen hier gar nichts, Frau Sander. Sie sind hier, um meinen Auftrag auszuführen, sonst nichts.«

Aufgeblasener Affe, dachte Ellen wütend. Besser sagte sie jetzt nichts, wenn sie nicht wollte, dass ihre Konversation laut wurde. Stattdessen blickte sie gebannt auf die gegenüberliegende Tür. Hoffentlich ging sie jeden Moment auf und der Anwalt kam heraus. Just in diesem Moment eilte ein junger Mann mit kurzen, dunklen Locken auf sie zu. Beschämt knotete er seine Hände.

»Herr Faurinaud wird sich leider verspäten und erst in zehn Minuten hier sein. Darf ich Ihnen etwas zu trinken anbieten, während Sie auf ihn warten?«

Mark nickte knapp. »Dann nehme ich sehr gerne einen Kaffee, schwarz mit Zucker.«

»Sehr gerne«, nickte der junge Mann geschäftig. »Und die Dame?«

»Für mich auch einen Kaffee, aber mit Milch, ohne Zucker. Danke.«

»Ich werde sofort eine Kollegin bitten, Ihnen beides zu bringen. Bitte entschuldigen Sie noch einmal Herrn Faurinauds Verspätung.« Damit entfernte er sich eiligen Schrittes. Normalerweise hätte Ellen einen lustigen Kommentar mit ihrem Nachbarn ausgetauscht, aber der war nun einmal Mark Lauritz und mit ihm wollte sie überhaupt nicht mehr reden. Resigniert lehnte sie sich in ihrem Sessel zurück. Das konnten ja lange zehn Minuten werden.

Nach einer kleinen Ewigkeit näherte sich ein junges Mädchen mit einem silbernen Tablett in der Hand, stellte vor Mark und Ellen die beiden Kaffeetassen, eine silberne Zuckerschale sowie ein Milchkännchen auf den gläsernen Beistelltisch. Ellen griff nach der Milch, goss ein wenig in ihren Kaffee und trank erleichtert einen Schluck. Damit würde sie die restliche Wartezeit spielend überstehen. Sie musste sich nur einreden, dass sie ganz alleine hier saß. Da Mark eifrig auf seinem Blackberry tippte und ebenso wenig wie Ellen an einer Unterhaltung interessiert war, schwiegen sie, bis energische Schritte im Hausflur den Anwalt ankündigten. Die Durchgangstür wurde schwungvoll geöffnet und ein großer, schlanker Mann mit kurzem, schwarzem Haar und einer randlosen Brille kam mit ausgestreckter Hand auf sie zu. Augenblicklich erhob sich Ellen.

»Ellen Sander. Guten Morgen.«

»Guten Morgen, Frau Sander«, antwortete Herr Faurinaud mit einem wohlwollenden Lächeln, bevor er sich Mark zuwandte.

»Herr Lauritz, nehme ich an?«

»Richtig. Guten Morgen, Herr Faurinaud.« Die beiden Männer schüttelten sich die Hände.

»Es tut mir leid, dass ich Sie habe warten lassen. Mein erster Termin heute Morgen hat sich unbeabsichtigterweise in die Länge gezogen. Kommen Sie doch bitte mit in mein Büro.« Dabei machte er eine ausladende Handbewegung in Richtung der großen Tür hinter ihm.

Ellen folgte den beiden Männern, setzte sich schweigend neben Mark auf die ihnen zugewiesene Couch, wobei sie darauf achtete, so viel Abstand wie möglich zu lassen. Mark beachtete Ellen nicht. Sein Blick folgte dem Anwalt, wie er seine Aktentasche auf den großen Mahagoni-Schreibtisch legte, bevor er sich ihnen gegenüber in einem Sessel niederließ.

»Wie ich gehört habe, sind Ihre Kollegen bereits im Datenraum und sichten die vorbereiteten Ordner. Daher würde ich mich gerne mit Ihnen über das geplante Vorgehen verständigen, bevor Sie die Geschwister Merigneux treffen.« Mark und Ellen nickten zustimmend. Herr Faurinaud hüstelte.

»Bitte verstehen Sie mich nicht falsch, wenn ich vorab die Frage stelle, ob wir offen miteinander reden können. Oder ziehen Sie ein Gespräch unter vier Augen vor?« Er blickte Mark abwartend an.

Klar tut er das, am liebsten hätte er mich ja gar nicht mitgenommen, dachte Ellen. Welch eine Genugtuung, dass er nun das Gegenteil behaupten musste. Vorsichtig wagte sie einen Seitenblick, doch Marks Gesicht zeigte keinerlei Emotion. In gelassenem Plauderton erwiderte er: »Ich schätze Ihre Diskretion, aber Frau Sander kann in der Tat alles mithören. Sie ist sozusagen meine rechte Hand.«

Hatte sie sich verhört? Hatte Mark sie gerade als seine rechte Hand vorgestellt? Der Typ hatte ja gar keine Ahnung, wie man mit so einer Person umgehen sollte. Aber das gehörte wohl auch zu seiner perfekten Inszenierung dazu.

»Gut. Also, im Datenraum befinden sich alle Informationen, zu denen Sie Einsicht haben«, fuhr Herr Faurinaud fort. »Sie dürfen diese abschreiben oder einzelne Seiten nach vorheriger Erlaubnis kopieren, aber dies ist Ihnen sicherlich bekannt. Falls Sie Informationen benötigen, die nicht in den dortigen Ordnern enthalten sind, lassen Sie es mich bitte wissen, dann werde ich mit meinen Mandantinnen Rücksprache halten. Für diese Woche sind drei Gesprächstermine arrangiert, sowie zwei Treffen mit dem Finanzchef. Danach erwarten wir binnen vier Wochen Ihr Angebot. Sind Sie damit einverstanden?«

Mark nickte zustimmend. »Das hört sich sehr vernünftig an. Wir werden sicherlich in der Lage sein, binnen der Frist eine Entscheidung zu treffen und gegebenenfalls ein Angebot einzureichen.«

Herr Faurinaud nickte kurz, schaute auf seine Uhr. »Ich nehme an, die Damen sind jeden Augenblick hier. Wenn Sie mich für einen Moment entschuldigen?« Dabei war er aufgestanden und im Nachbarraum verschwunden.

Mark drehte seinen Kopf leicht zu Ellen. »Ich hoffe Sie haben gut zugehört, denn das ist auch Ihre Deadline.« Sein Ton klang schneidend.

Bevor Ellen sich beherrschen konnte, entwich ihr ein ironisches »echt, hätte ich ja nicht gedacht«.

Marks Augen blitzten sie als Antwort wütend an. »Sie können sich Ihren feinsinnigen Humor sparen.«

Klar, du hast ja auch keinen, dachte Ellen grimmig. Nur noch ein Meeting und sie war dieses Ekel erst einmal für einige Stunden los. Noch während sie dies dachte, erschien der Anwalt im Türrahmen.

»Virginie Merigneux ist bereits hier. Wenn Sie bitte mitkommen möchten?«

Mark und Ellen erhoben sich unverzüglich, folgten dem Anwalt in den angrenzenden Konferenzraum. Am Kopfende des Tisches stand eine mittelgroße, schlanke Frau Ende Vierzig, deren langes, blondes Haar am Hinterkopf zu einer lockeren Banane gedreht war. Ihre großen, rehbraunen Augen schauten sie aus einem knochigen, blassen Gesicht abwartend an. An jedem Ringfinger trug sie einen auffälligen Goldring. Bestimmt aus der eigenen Produktion, mutmaßte Ellen. Über ihren schlichten, moosgrünen Hosenanzug trug sie einen bunten Seidenschal locker um den Hals geschlungen. Sie lächelte Mark und Ellen offen an, bevor sie einige Schritte auf sie zukam. Unwillkürlich fühlte Ellen, dass diese Frau sehr unglücklich war. Ob das an dem Unternehmensverkauf lag?

»Es freut mich, Sie persönlich kennenzulernen, Herr Lauritz. Leider muss ich meine Schwester entschuldigen, ihr ist eine wichtige Angelegenheit dazwischengekommen.« Lächelnd streckte die Französin Mark ihre Hand entgegen.

»Ich verstehe«, antwortete Mark schlicht.

Virginie Merigneux strich sich mit einer fahrigen Bewegung eine blonde Haarsträhne hinter das Ohr. Nachdem sich alle um den rechteckigen Konferenztisch gesetzt hatten, fuhr sie fort: »Wir haben alle Daten zusammengetragen, die Ihnen einen umfassenden Einblick in das Unternehmen geben.« Sie blickte Ellen einen Moment schweigend an, dann fuhr sie mit leiserer Stimme fort: »Wie Sie wissen, führen wir unser Haus in der dritten Generation und das mit großem Erfolg. Meine Schwester und ich haben es gemeinsam geerbt und bis heute auch gemeinsam geführt. Nun«, sie machte eine verlegene Pause, drehte unbewusst an ihrem Goldring. »Nun haben wir uns allerdings dazu entschlossen, unseren Leben eine andere Wendung zu geben. Dennoch ist es für uns von unerlässlicher Bedeutung, dass das Unternehmen von jemandem übernommen wird, der die gleichen Werte vertritt und den hohen Anspruch der Goldschmiedekunst weiterträgt. Es wäre zu schmerzlich, alles bisher Aufgebaute verloren zu wissen.« Sie räusperte sich. »Nehmen Sie Einsicht in die Bücher und lassen Sie mich bitte wissen, wenn Sie weitere Informationen benötigen.«

»Vielen Dank. Wir kommen gerne auf Ihr Angebot zurück«, erwiderte Mark ruhig.

Frau Merigneux griff nach einem großen, braunen Umschlag, der vor ihr lag. »Nachdem ich mir nun einen eigenen Eindruck von Ihnen gemacht habe, möchte ich Ihnen diese Unterlagen zur Durchsicht überlassen. Sie beinhalten wesentliche

Informationen über unsere stärksten Mitbewerber im französischen und spanischen Markt sowie eine genaue Beschreibung ihrer Produkte.«

Ellen jubelte innerlich. Das waren genau die Unterlagen, die sie benötigte, um ihre Marktanalyse zu vervollständigen. Dankbar sah sie die Französin an.

»Sie verstehen, dass diese Unterlagen vertraulich sind. Ich möchte Sie daher bitten, sie dementsprechend zu behandeln.« Mark und Ellen nickten zustimmend. Langsam schob Virginie Merigneux den Umschlag über den Tisch, nickte, als ob sie ihrer eigenen Handlung die Absolution erteilte. »Ich werde leider übermorgen nicht an unserem Treffen teilnehmen können. Sie werden sich somit nur mit meiner Schwester treffen, aber am Donnerstag werde ich mich sehr gerne wieder mit Ihnen zusammensetzen. Am besten in einem anderen Umfeld, aber das können wir ja noch besprechen.« Dabei erhob sie sich, Ellen und Mark folgten ihrem Beispiel und verabschiedeten sich. Schweigend traten sie hinaus auf die Straße.

Nachdenklich blickte Ellen aus dem Taxifenster. Virginie Merigneux war eine wirklich sonderbare Frau. Einerseits war sie Geschäftsfrau durch und durch, andererseits hatte sie sich dazu entschlossen, das Unternehmen, an dem sie offensichtlich so sehr hing, in fremde Hände zu geben. Was mochte nur vorgefallen sein, um sie zu dieser Entscheidung zu bewegen?

»Wenn wir im Hotel sind, schlage ich eine kurze Pause von einer halben Stunde vor«, unterbrach Marks Stimme ihre Gedanken. »Danach kommen Sie zu mir in die Suite, wo wir gemeinsam diese Unterlagen sichten werden - im Arbeitszimmer«, fügte er mit ironischem Unterton hinzu.

Ellen starrte ihn ungläubig an: »Wie bitte?«

Er atmete genervt aus. »Ich sagte, dass wir uns in dreißig Minuten nach unserer Ankunft im Hotel bei mir zur Durchsicht dieser Unterlagen treffen.« Ungeduldig strich er sich durchs Haar, fügte unwirsch hinzu: »Sie brauchen nicht so entgeistert zu schauen, gewöhnen Sie sich lieber daran. Dort wird Ihr Arbeitsplatz in den kommenden Tagen sein, sofern wir nicht im Datenraum sind.«

»Ich kann sehr gut in meinem Hotelzimmer arbeiten. Dort gibt es auch einen Schreibtisch«, antworte Ellen gereizt.

»Mag sein.« Mark schaute desinteressiert aus dem Fenster.

Ellens Augen sprühten vor Zorn. »Ich brauche keinen Aufpasser. Ich kann sehr gut alleine arbeiten.« Trotzig fügte sie hinzu: »Wenn ich mich richtig erinnere, dann habe ich einen Vertrag unterschrieben, der Ihnen verschiedene Ergebnisse garantiert. Also besteht kein Grund zur Sorge, dass ich nicht arbeiten werde.«

Mark wandte ihr im Zeitlupentempo seinen Kopf zu. Der Blick seiner eisgrauen Augen war hart, geradezu unerbittlich. »Und wenn ICH mich richtig erinnere, dann haben Sie einen Vertrag unterschrieben, in dem ICH Ihr Auftraggeber bin.«

Ellen hatte ihren Mund bereits zu einer Antwort geöffnet, schloss ihn aber sofort wieder.

»Noch irgendwelche Fragen?« Auf Marks Lippen lag ein siegessicheres Lächeln.

»Ich denke, es ist alles geklärt.« Ellens wandte ihren Kopf zum Fenster. Am liebsten hätte sie Mark eine schallende Ohrfeige verpasst. Sie kochte innerlich vor Wut. Aber wieso war sie eigentlich überrascht? Das war einfach nur seine nächste Provokation, schließlich konnte er ja an drei Fingern abzählen, wie ungern sie bei ihm in der Suite arbeiten würde, vor allem nach dem gestrigen Vorfall. Aber wenn er dachte, dass er sie dadurch aus dem Gleichgewicht bringen würde, dann hatte er sich geirrt. Mit einem Hauch der Genugtuung stellte sie fest, dass er sich durch seine Idee ins eigene Fleisch schnitt, denn nun musste auch er die ganze Zeit mit ihr verbringen. Ein minimaler Trost.

Schweigend betraten sie den Fahrstuhl. Als sich die Stahltüren auf ihrer Etage öffneten, schaute Mark kurz auf die Uhr.
»Wir haben jetzt 11:17 Uhr. Ich erwarte Sie also um 11:47 Uhr bei mir.«
Ellen blickte ebenfalls auf ihre Uhr. »Ah, sehr gut. Meine Uhr zeigt dieselbe Zeit. Nicht auszudenken, wenn meine Uhr eine Minute nachgehen würde.« Ohne ein weiteres Wort verließ sie den Lift, schritt mit hoch erhobenem Haupt und wiegendem Gang den Flur entlang, gefolgt von Marks wachsamen Blick.
Nachdenklich fuhr er sich mit der Hand durchs Haar, während sich die Fahrstuhltür hinter ihm schloss. Mit seiner spontanen Entscheidung, mit Ellen Sander die gesamte Woche in seiner Suite zu arbeiten, hatte er sich selbst keinen Gefallen getan, denn er wollte doch so wenig Zeit wie möglich mit ihr verbringen. Aber als er sie heute Morgen lachend mit Alexander beobachtet hatte, da wusste er, dass er handeln musste. Schließlich bezahlte er Ellen Sander nicht dafür, dass sie mit Alexander flirtete. Er bestimmte die Regeln der

Zusammenarbeit, nicht sie. Und in seiner Suite konnte er Ellens Arbeitsfortschritte genau beobachten. Mark lächelte verschmitzt. Zugegeben gab es da auch noch den angenehmen Nebeneffekt, Valerie auf Distanz zu halten, die leider ein Zimmer neben seiner Suite bekommen hatte. Er schüttelte unmerklich den Kopf. Langsam aber sicher ging ihm Valerie mit ihren ständigen Flirtversuchen auf die Nerven. Wenn sich das nicht bald beruhigte, würde er ein ernstes Wort mit ihr reden müssen. Als er seine Suite erreichte, warf er seine Jackettjacke achtlos auf das Bett, löste seine Krawatte und wusch sich die Hände, bevor er beim Zimmerservice eine Kanne Kaffee, Tee, Mineralwasser und Orangensaft bestellte. Ellen Sander sollte nicht sagen können, dass sie in seiner Suite keine optimalen Arbeitsbedingungen vorfand. Mit fast diebischem Vergnügen schaute er auf seine Armbanduhr. Noch drei Minuten. Er war gespannt, ob sie pünktlich sein würde.

Ellen entschied sich, ihre Kleidung nicht zu wechseln, schließlich handelte es sich um ein rein berufliches Meeting. Sie legte keinen Wert darauf, Mark Lauritz zu gefallen. Mit zusätzlichen Notizblöcken, Stiften, Post-Its und ihrem Laptop bewaffnet schritt sie langsam den Hotelflur hinunter. Sie hatte noch genau eine Minute Zeit. Konzentriert begann sie die Sekunden herunterzuzählen, wenn er schon pedantisch sein wollte, dann bitte. Drei, zwei, eins. Fest drückte sie den Klingelknopf.
Sofort näherten sich Marks Schritte. Wahrscheinlich hatte er die letzten fünf Minuten wie gebannt auf seine Armbanduhr gestarrt, nur um festzustellen, ob sie pünktlich war.

Schon wurde die Tür schwungvoll geöffnet. Mark hatte den obersten Knopf seines Anzughemdes geöffnet, die Krawatte bereits abgelegt. Entschieden ignorierte Ellen, wie attraktiv er aussah, schaute ihn stattdessen provozierend an. »11:47 Uhr. Hier bin ich.«

Sein Mund verzog sich zu einem leichten Lächeln. »Sehr gut. Kommen Sie herein.« Und mit ironischem Unterton fügte er hinzu: »Sie wissen ja, wo das Arbeitszimmer ist.«

Ellen ignorierte seinen Kommentar, betrat stattdessen mit erhobenem Kopf den angrenzenden Raum. Ihr Blick fiel sofort auf den großen Esstisch, an dessen einem Ende Marks Laptop stand. Ellen entschied sich daher für das entgegengesetzte Tischende, wobei sie sich nicht Mark direkt gegenüber setzte, sondern sich den Stuhl seitlich am Kopfende des Tisches mit dem Rücken zum Fenster aussuchte. So hatte sie wenigstens die Tür im Blick und nicht die ganze Zeit Mark Lauritz' Gesicht vor der Nase. Mark, der Ellen schweigend gefolgt war, beobachtete sie amüsiert. Er zeigte auf den kleinen Beistelltisch. »Ich habe uns Getränke bestellt. Bedienen Sie sich.«

Ellen folgte seinem Blick zu dem kleinen Tablett mit den Thermoskannen und Flaschen. Gut, verdursten lassen wollte er sie also nicht. Das war ja auch schon etwas.

»Danke«, erwiderte sie schlicht und öffnete ihren Laptop. Mark setzte sich, griff nach dem bereits geöffneten Umschlag. »Ich schlage vor, dass wir uns das Material aufteilen. Ich werde mich zunächst mit dem französischen Markt beschäftigen, während Sie die Unterlagen über den spanischen Markt lesen.«

»Gut.«

Überrascht blickte Mark Ellen einen Moment lang an. Sie wollte anscheinend nicht mit ihm reden, das konnte ihm nur recht sein. Schweigend schob er Ellen einen dicken Stapel Papier über den Tisch, den sie ohne aufzublicken entgegennahm. Sofort rückte sie den Notizblock zurecht, strich sich gedankenverloren eine braune Haarsträhne aus dem Gesicht und begann zu lesen.

Ellen versuchte verzweifelt, ihr pochendes Herz wieder unter Kontrolle zu bringen, so wütend war sie auf Mark Lauritz. Sie musste die ersten Zeilen der Unterlagen wieder und wieder lesen. Nur langsam wurde sie ruhiger, ergaben die Worte vor ihr wieder einen Sinn. Erleichtert atmete sie aus, vertiefte sich in die Zeilen und hatte Mark nach einer kurzen Weile vollkommen ausgeblendet.

Den spanischen Markt beherrschten vier große Juwelierunternehmen, die zusammen 70% des Marktanteils auf sich vereinigten. Die restlichen Prozente teilten sich verschiedene kleine Unternehmen, die für den Unternehmenskauf unwesentlich waren. Neben »La Petite Bijouterie Dorée« gab es noch drei spanische Unternehmen »La Sorpresa Dorada«, »Mio Me« und »El Color d´Oro«. Im Gegensatz zu »La Petite Bijouterie Dorée« waren sie jedoch nur auf dem spanischen Markt vertreten. Diese Tatsache konnte zu einem entscheidenden Vorteil für das Unternehmen Lauritz führen, aber um das herauszufinden, musste Ellen sich genau mit den drei Unternehmensprofilen sowie den jeweiligen Produkten beschäftigen. Schnell notierte sie sich ihre Gedanken. Sie spürte das vertraute freudige Kribbeln, wie so häufig am Anfang eines Auftrages, wenn sie die ersten wichtigen Puzzleteile eines Projektes in den Händen hielt. Sie freute sich darauf, die verschiedenen Möglichkeiten auszuloten, daraus kreative Lösungen zu entwickeln. Neugierig las sie die nächste Seite.

KAPITEL 8

Mark schaute auf. Ellen war ganz in ihre Unterlagen versunken. Nachdenklich ruhte sein Blick auf ihr. Ihr klassisches Profil passte perfekt zu dem vollen, schulterlangen Haar. Unbewusst strich sie sich eine Strähne aus dem Gesicht, notierte etwas. Zugegeben, sie versuchte nicht, von der Arbeit abzulenken, aber das war bei Cora anfangs genauso gewesen. Ihre Fassade hatte so echt gewirkt, dass er ihr wahres Gesicht erst nach der Verlobung entdeckt hatte. Er blätterte die Seite um, die er gelesen hatte und begann, den nächsten Mitbewerber im französischen Markt zu analysieren, als er aus den Augenwinkeln eine Bewegung warnahm, die ihn aufschauen ließ. Ellen hatte ihre Kostümjacke über ihre Stuhllehne gehangen und war an den kleinen Tisch mit den Erfrischungen getreten. Marks Blick glitt über ihre Bluse, die sanft um ihren Oberkörper floss. Gebannt beobachtete er, wie sie sich ein Glas Wasser einschenkte, bevor sie nach der Kaffeekanne griff. Tief in Gedanken versunken brachte sie beides zurück zum Tisch, stellte die Tasse und das Glas vorsichtig ab und setzte sich erneut an ihren Laptop. Sie schien ihn völlig vergessen zu haben. Missmutig gestand Mark sich ein, dass sie sich in der Tat besser konzentrieren konnte als er selbst. Aber wahrscheinlich brauchte er auch nur eine Tasse Kaffee. Entschieden stand er auf und bediente sich.

Wenn er gehofft hatte, dass dies Ellen dazu animierte, mit ihm zu sprechen, hatte er sich geirrt. Langsam drehte er sich zu ihr um, beobachtete, wie sie konzentriert an ihrem Laptop schrieb. Plötzlich schien sie seinen Blick auf sich zu spüren, wandte ihm den Kopf zu, sagte aber nichts.

»Und, wie kommen Sie mit den Unterlagen zurecht? Sind die Informationen für Sie brauchbar?« Während er die Kaffeetasse an seine Lippen führte, schaute er Ellen unverwandt an.

Sie nickte zustimmend, hielt seinem Blick stand. »Die Dokumente sind eine große Hilfe, den spanischen Markt und seine Herausforderungen zu verstehen. Die Situation dort ist sogar etwas kniffliger als gedacht.«

»Heißt das, es gibt für uns Probleme?«

»Nein, nicht unbedingt, aber es gibt verschiedene Optionen der Markenstrategie, wobei jede einige Für und Wider aufweist. Dabei ist der spanische Markt nur eine Komponente, denn es geht ja um das Unternehmen als Ganzes.«

Marks Interesse war geweckt. »Wann glauben Sie, dass Sie mir Genaueres darüber sagen können?«

Ellen lachte auf. »Frühestens, nachdem ich auch Ihre Unterlagen über den französischen und den italienischen Markt durchgearbeitet habe. Solange werden Sie sich schon gedulden müssen.«

Er nickte schweigend, ihr helles Lachen hing noch im Raum. Plötzlich kam ihm die ganze Atmosphäre weniger feindselig vor. Nachdenklich blickte er zum Fenster. Wenn Ellen Recht hatte und die Marktpositionierung schwierig war, dann war das

Projekt noch lange nicht entschieden, auch wenn sein Vater bereits davon überzeugt war.

Stunden später drehte Ellen das letzte Blatt um, streckte sich. Ihr Nacken schmerzte. Sie schaute auf die Uhr. Es war bereits früher Abend. Schweigend sortierte Ellen die Unterlagen zu einem feinen Stapel Papier, den sie Mark über den Tisch zuschob. »Diese Unterlagen habe ich nun durchgearbeitet.«

Er blickte überrascht auf, lehnte sich auf seinem Stuhl zurück. »Sehr gut. Was halten Sie von einer kleinen Pause? Es ist schon fast sieben. In einer Viertelstunde kommen die anderen zur abendlichen Besprechung, danach gehen wir alle zusammen hinunter ins Restaurant.«

Ellen nickte schweigend, schaute auf ihre Armbanduhr. »Gute Idee. Wir haben jetzt 18:47 Uhr. Wann soll ich wiederkommen? 19:02 Uhr vielleicht?« Ihre Frage triefte vor Ironie, entlockte Mark jedoch gegen seinen Willen ein Lächeln. »Ich sehe, wir verstehen uns. 19:02 Uhr ist sehr gut.«

»In Ordnung.« Ellen fuhr ihren Computer hinunter, raffte ihre Unterlagen zusammen und eilte zur Flurtür. Sofort war Mark aufgesprungen. »Warten Sie, ich öffne Ihnen die Tür, sonst fällt noch die Hälfte herunter.«

»Danke«, murmelte Ellen hinter ihren Unterlagen, während sie sich in dem engen Flur dicht an Mark vorbeischlängeln musste und versuchte, sein After Shave, dass sie an dunkle Kiefernwälder denken ließ, zu ignorieren.

Mit jedem Schritt, den sie sich von Marks Suite entfernte, fühlte Ellen sich befreiter, zufriedener. Sie war stolz auf sich. Tatsächlich hatte sie es geschafft, sich zu konzentrieren, ja sogar einige gute Ideen zu Papier gebracht. Das ließ sie für die restliche Woche hoffen. Und heute Abend war sie erst einmal sicher, denn Walter, Alexander und vor allem Valerie würden den Abend mit ihnen zusammen verbringen.

KAPITEL 9

Tief in Gedanken versunken stand Mark vor dem großen Badezimmerspiegel, fuhr mit dem Rasierer sorgfältig über seine Wange. Er hatte weder besonders gut geschlafen, noch war er bester Laune. Das ganze Abendessen über hatte er mit angesehen, wie Alexander und Ellen flirteten, während ihn Valerie zutextete. Und dann war noch ständig dieser Ober um Ellen Sander herumscharwenzelt, hatte ziemlich plump ihre Aufmerksamkeit erhaschen wollen. Er hatte ja gewusst, dass Ellen Sander es nicht lassen konnte. Bisher versuchte sie zwar, sich ihm gegenüber zu beherrschen, doch er gedachte nicht, ihre Flirtversuche bei Alexander zu tolerieren. Das Geturtel gestern war ja kaum zum Aushalten gewesen.

»Autsch«, fluchte Mark. Mit schmerzverzerrtem Gesicht riss er ein Kosmetiktuch aus der Pappbox, um die kleine, blutende Wunde in seinem Gesicht zu stillen. Das hatte ihm jetzt noch gefehlt, ein Rasierschnitt mitten auf der Wange. Das kam davon, wenn man an Ellen Sander dachte! Reichte es nicht schon, dass er wegen ihr schlecht geschlafen hatte? Nachdem er einige Stunden hellwach im Bett zugebracht hatte, war er zu dem Schluss gekommen, dass er es nicht zulassen würde, dass Ellen Sander ihren Aufenthalt in Paris weiter für einen Flirt mit Alexander ausnutzte. Wahrscheinlich war Alexander von ihr fasziniert, aber er, Mark, hatte mit ihr bereits genug Zeit verbracht und wusste, dass sie viel gerissener war als er ursprünglich gedacht hatte. Sein Blick glitt im Spiegel zur Dusche, dessen Glastüren leicht offen standen. Energisch wandte er sich ab, konzentrierte sich auf die verbleibenden Rasierschaumreste in seinem Gesicht. Was Ellen Sander in ihrem Privatleben tat, war ihm vollkommen egal, aber in dieser Woche ging es darum, wichtige Informationen zu sammeln. Da musste man einen wachen Verstand haben. Somit blieb ihm gar nichts anderes übrig, als auf Ellen und Alexander ein waches Auge zu haben, falls nötig sogar einzuschreiten. Das war er dem Unternehmen und auch seinem Vater schuldig.

Mit sich im Reinen wusch Mark sich sein Gesicht, rieb sein After Shave in die Hände, bevor er damit Gesicht und Nacken benetzte. Dann verließ er eiligen Schrittes das Badezimmer. Er freute sich auf das morgendliche Treffen mit dem Finanzchef, fühlte förmlich ein freudiges Kribbeln in der Magengegend. Endlich ein Treffen ohne die aberwitzige Ellen Sander im Schlepptau. Sie würde er erst später mit allen anderen im Datenraum treffen. Dort sollte sie ja wohl einige Stunden gut beschäftigt sein.

Alexander balancierte gerade zwei Tassen mit heißem Kaffee von der Anrichte zum Tisch, wobei er sich so sehr konzentrierte, dass er vor Anspannung seine Zunge zwischen die Lippen presste. Mit seinem hellblauen Oberhemd, der dezenten Krawatte und der dunklen Anzugshose, sah das wirklich sehr lustig aus. Ellen lachte herzlich, bevor sie sich artig für ihren Kaffee bedankte.

»Wenn ich gewusst hätte, welch eine akrobatische Leistung Sie vollbringen müssen, um mir meinen Kaffee zu bringen, dann wäre ich selbst aufgestanden«, raunte sie Alexander leise zu.

»Ein Gentleman gibt sich in jeder Situation die größte Mühe, auch wenn sie etwas außerhalb seiner eigentlichen Talente liegt«, flüsterte er zurück.

Während Ellen es vorzog, das heiße Getränk noch eine Minute abkühlen zu lassen, führte Alexander seine Kaffeetasse bereits vorsichtig an die Lippen, trank einen kleinen Schluck.

»Es geht doch nichts über einen guten Kaffee am Morgen. Nichts gegen unseren Edelschuppen, aber der Kaffee dort zieht einem ja die Schuhe aus.«

Ellen nickte zustimmend. »Deswegen trinke ich dort auch nur Café Américain oder Espresso.«

»Zum Glück müssen wir ja nicht den ganzen Tag im Hotel arbeiten und können den international standardisierten Automatenkaffee genießen.«

Sie konnte das leider nicht von sich behaupten, dachte Ellen. Aber sie wollte erst gar nicht an ihre Zeit unter Marks Aufsicht denken, denn sie genoss es in vollen Zügen, mit den anderen im Datenraum zu sein.

Systematisch verschaffte sie sich einen Überblick über die verschiedenen Ordner, blätterte sie der Reihe nach durch. Währenddessen saß Alexander verzweifelt vor seitenlangen Tabellen.

»Was lesen Sie denn gerade?«

»Einkaufszahlen für die Produktion, Informationen über die wichtigsten Lieferanten, spezifische Produktionsdaten.« Er fuhr sich stirnrunzelnd mit der Hand durchs Haar. »Ich verstehe

überhaupt nicht, warum ich hier alles mühsam abschreiben soll, wenn man die Seiten in Sekundenschnelle kopieren kann.«
Theatralisch verdrehte er die Augen.

»Weil Sie gar nicht alle Information brauchen. Wenn der Unternehmenskauf erst einmal beschlossen ist, dann bekommen Sie alle Originalordner und müssen sich nicht mehr mit einer Kopie begnügen. Das ist doch auch etwas.«

»Tolle Aussicht«, grummelte er, bevor er sich wieder in seine Unterlagen vergrub.

Ellen blätterte ihre aufgeschlagene Seite um, hielt abrupt inne. Vor ihr lag ein großes Organigramm. Schnell griff sie zu Stift und Papier, dann schrieb sie stichpunktartig die wichtigsten Inhaltspunkte auf. Das war schon einmal ein guter Anfang. Vielleicht gab dieser Ordner auch Aufschluss über die verschiedenen Verantwortungsbereiche, zumal Mark und sein Vater sich eine neue Organisationsstruktur für die operativen Bereiche und deren Verantwortlichen überlegen mussten.

»Fast komme ich mir vor wie in einem Spionagefilm«, raunte Alexander Ellen plötzlich von der Seite ins Ohr.

»Bitte was?« Sie blickte ihn irritiert an.

»Ich finde, wir sind hier ein richtiges Spionagetrüppchen, das im Geheimen die Leute durchleuchtet, ihre Stärken und Schwächen anschaut, um dann die große Strategie zu entwickeln, mit der das Gute das Böse besiegt.«

Unwillkürlich musste Ellen lachen, Alexanders blaue Augen strahlten sie fröhlich an. Er hatte sich so nah zu ihr herüber gebeugt, dass sie die einzelnen Lachfältchen erkannte.

»Ich weiß ja nicht, welche Filme Sie gesehen haben, aber so einfach scheint Spionagearbeit nicht zu sein«, flüsterte sie amüsiert zurück. »Da gibt es doch immer komplizierte Verwicklungen, Intrigen, Feuergefechte und so.«

Alexander lehnte sich noch ein wenig näher zu ihr herüber: »Beschreien Sie es nicht so laut. Was nicht ist, kann ja noch werden.«

Als Antwort schüttelte Ellen lachend den Kopf, wobei sie zufällig zur Tür blickte, wo Mark im Türrahmen stand und sie grimmig anstarrte. Wo kam er denn so plötzlich her? Wie er dort mit seiner kleinen Schramme auf der Wange und seinem eisigem Blick stand, erschien ihr Alexanders Vergleich plötzlich gar nicht mehr so absurd. Vielleicht waren sie doch näher an einem Spionagefilm als sie dachte. Mark spielte zweifelsfrei die Rolle des personifizierten Scheusals.

Über Ellens plötzlich veränderte Mimik überrascht, schaute auch Alexander auf. »Oh, hallo Mark.«

Langsam kam Bewegung in die große Gestalt.

»Guten Morgen«, entgegnete er knapp, bevor er Ellen gegenüber Platz nahm. Der Blick, den er ihr zuwarf, triefte vor Missachtung.

Unbändige Wut stieg in Ellen auf, schnell wandte sie sich ab, vertiefte sich betont gelassen wieder in ihre Unterlagen. Ihre Gedanken rasten. Sie konnte kein Wort vor ihr auf dem Blatt erkennen. Dieses Scheusal! Alles, aber auch wirklich alles bekam er mit Absicht in den falschen Hals, legte es gegen sie aus. Dabei hatte sie nichts, aber auch rein gar nichts falsch gemacht. Während sie krampfhaft versuchte, ihre äußerliche Ruhe zu bewahren, schob Valerie ihren Ordner weit von sich und sprang auf.

»Mark, magst du auch eine Tasse Kaffee? Ich verdurste fast.«

»Nein danke«, antwortete er barsch. »Ich hatte schon zwei Tassen und werde mich erst einmal an Wasser halten.«

»Unsere Stimmung ist ja heute nicht die beste«, murmelte Ellen, ohne den Kopf zu heben, sodass ihr Marks wütender Blick entging. Heute punkte ich, du Miesepeter, dachte sie kampfeslustig, während sie lächelnd die bearbeitete Seite umblätterte.

»Walter, sind Sie bisher gut vorangekommen?« Mark wandte sich höflich an seinen älteren Mitarbeiter, der ruhig einen Ordner durcharbeitete. Er schien ihm der einzige in diesem Kindergarten zu sein, der wirklich die von ihm verlangte Arbeit tat. Warum hatte er nicht nur Leute wie ihn im Unternehmen? Walter blickte pflichtbewusst auf, nickte eifrig.

»Gerade heute habe ich die Informationen gefunden, die ich über die Pensionssysteme benötige. Es kann sein, dass ich noch ein oder zwei weitere Fragen habe, die ich hiermit nicht beantwortet bekomme«, dabei legte er väterlich eine Hand auf seinen Ordner, »aber es wird mir eine gute Arbeitsgrundlage liefern.«

»Und du, Valerie?« Mark schaute Valerie an, die sich mit verschränkten Armen und einem Schmollmund auf ihrem Stuhl zurückgelehnt hatte.

»Ich tue was ich kann, aber das Volumen ist einfach viel zu viel. Das kann ich unmöglich alles notieren.«

»Du sollst ja auch nur die wesentlichen Informationen rausschreiben, die du für die Beurteilung der Marketingfunktion brauchst, z.B. wie viele Leute im Team sind, welche Qualifikationen sie haben, welche Projekte bearbeitet werden, welche Marketingaktivitäten in welchen

Ländern umgesetzt werden, welche Marktanteile wie gewonnen wurden und so weiter.«

Valerie schlug beleidigt den Kopf zurück, sodass ihre langen Ohrringe wild wackelten. »Das weiß ich auch, ich bin ja nicht blöd. Trotzdem ist es wahnsinnig viel.«

Ohne weiter auf Valeries Antwort einzugehen, wandte Mark sich an Alexander. Ellen, die ihm direkt gegenüber saß, würdigte er keines Blickes.

»Die Daten in den Ordnern sind wirklich aufschlussreich«, erklärte Alexander. »Und wenn sie stimmen, dann haben unsere guten Geschäftspartner hier einen lausigen Einkaufschef. Die Konditionen für die Zulieferer sind schlicht paradiesisch, da kann man noch einen ganzen Batzen herausholen.«

»Wahrscheinlich juckt es dir schon in den Fingern?« Marks Mund verzog sich zu einem zufriedenen Grinsen.

»Davon kannst du ausgehen. Wenn alles nach Plan läuft, dann hole ich diese Informationen als erstes wieder hervor.«

Mark nickte zufrieden in die Runde, bevor er nach seinem Glas griff und einen großen Schluck Wasser trank. »Ich werde leider nicht lange bleiben können, denn ich muss mich dringend an die Sichtung der Finanzdaten machen, die ich heute Morgen bekommen habe. Frau Sander, Sie werden mich begleiten.«

Seine Stimme klang wie ein Befehl, der keinen Widerspruch duldete. Ellen blickte ungläubig auf. Sie musste sich verhört haben, doch Marks harter Blick zerstörte jede Hoffnung. Valeries Kopf fuhr erschrocken herum, wütend funkelte sie Ellen an.

»Soll ich auch die Finanzdaten sichten?« Ellens Augen blickten kampfeslustig. Sollte er ruhig sehen, dass sie sein Verhalten als äußerst kindisch empfand.

»Wir wollen Sie mal nicht überfordern. Darum werden Sie heute an der Markt- und Wettbewerbsanalyse weiterarbeiten. In einer Stunde brechen wir auf.«

Ellen nickte knapp, doch ihr Blick, den sie Mark zuwarf, war frostig. Wie sollte sie anständig arbeiten, wenn er sie wie ein dummes, kleines Kind von einer Ecke in die andere zerrte? Er sollte sich lieber darauf konzentrieren, dass sie die besten Ergebnisse für ihn zusammenstellte und nicht, wie er sie am besten zermürbte. Langsam stand sie auf, trat an den Schrank, in dem die noch nicht gesichteten Aktenordner aufgereiht waren, zog nachdenklich einen nach dem anderen heraus, um mittels des Inhaltsverzeichnisses herauszufinden, ob etwas über den Markt oder die Wettbewerber darin enthalten war. Dabei bemerkte sie nicht, wie Mark von hinten an sie herantrat. Sie zuckte zusammen, als er ihr leise ins Ohr raunte.

»Sie können auch gerne weiter hierbleiben, Frau Sander. Das ist mir völlig egal. Ich erwarte die fertige Ausarbeitung morgen früh vor dem Frühstück in meiner Inbox.«

Erschrocken wirbelte sie herum. Ihr Gesicht war nur noch wenige Zentimeter von Marks entfernt, so dass sie den hellgrauen Kranz im Inneren seiner Iris erkannte, der dem Grau eine weiche Note verlieh. So dicht vor ihm zu stehen, von seinem Aftershave umhüllt zu sein und ihm so nah in die Augen zu schauen, irritierte sie, doch ihr Zorn auf Mark siegte.

»Dann habe ich ja keine Wahl und komme mit ins Hotel.«

»Dachte ich es mir doch«, entgegnete er und wandte sich ab. Ellen beobachtete ihn schweigend, wobei sie Valeries wütenden Blick streifte. Dumme Ziege, schoss es Ellen durch den Kopf. Als ob ich Lust hätte, mit deinem dämlichen Mark ins Hotel zu gehen. Mürrisch zog Ellen den nächsten Ordner aus dem Regal und schlug Kapitel 13 auf, wo angeblich etwas zum italienischen Markt geschrieben stand.

Zum Notizenmachen hatte sie nun keine Zeit mehr, daher zog sie sich einen Stuhl ans Regal, setzte sich mit dem Rücken zum Tisch und begann das Kapitel zu überfliegen. Sie hatte kaum die letzte Seite erreicht, als Mark aufstand.

»So, Frau Sander und ich verabschieden uns nun. Wir sehen uns heute Abend um acht Uhr direkt beim Abendessen im Restaurant. Wollen wir?« fragte Mark an Ellen gewandt.

»Gerne«, antwortete sie zuckersüß, ohne ihn jedoch eines Blickes zu würdigen.

»Bis heute Abend, Ellen«, Alexander klang enttäuscht. »Und gutes Vorankommen«, dabei zwinkerte er ihr aufmunternd zu.

»Danke, dass kann ich gebrauchen. Ihnen auch viel Erfolg.« Sie nickte Walter lächelnd zu und überging Valerie, die ihren Kopf bereits wieder tief in den Ordner vergraben hatte.

Ich hätte dieses verflixte Projekt niemals annehmen dürfen, haderte Ellen. Wenn sie das alles Vivian erzählen würde, dann glaubte sie bestimmt, dass sie sich das alles ausgedacht hatte, dabei war das hier nichts als die bittere Wahrheit!

Stunden später blickte Ellen von ihren Unterlagen auf. Es war unmöglich, eine vernünftige Analyse bis morgen früh fertigzustellen, sie hatte nur eine geringe Chance, wenn sie die

Nacht durcharbeiten würde. Missmutig schielte sie zu Mark hinüber, der in seine Finanzunterlagen vertieft war. Eigentlich sah er gar nicht wie ein Wahnsinniger aus. Zu den anderen war er auch ganz nett. Was hatte er nur gegen sie? Dachte er sich all das aus, nur weil sein Vater sie in dieses Projekt mit aufgenommen hatte? Das war doch wirklich lächerlich. Er sollte sich lieber freuen, eine zusätzliche Arbeitskraft zu haben, zumal er diese bald schon wieder los sein würde. Nein, sie wusste nicht warum, aber das alles fühlte sich fast nach einem persönlichen Rachefeldzug an. Ellen überlegte, aber sie konnte sich wirklich nicht daran erinnern, Mark schon vor ihrem Treffen bei Lauritz je einmal begegnet zu sein. Daran würde sie sich garantiert erinnern. An einen Mann wie Mark Lauritz erinnerte man sich. Dafür sah er einfach viel zu gut aus. Ellen atmete tief ein. Sie musste mal raus aus dieser Suite, weg von Mark und sich einen Moment ausruhen.

»Ich würde gerne eine kleine Pause machen.«

Mark nickte nur, ohne aufzublicken.

»Dazu würde ich gerne in mein Zimmer gehen. Ist das möglich, oder haben Sie beschlossen, dass ich diese vier Wände nicht verlassen darf, bis ich Ihnen die Ausarbeitung geschickt habe?« Abwartend schaute sie Mark an, bei seiner Willkür war jede Reaktion möglich.

Als ob er ihre Worte nur von fern wahrnahm, nickte er. »Es ist Ihre Deadline und Sie werden ja wohl am besten wissen, wie Sie diese einhalten.«

»Prima. Ich klopfe dann.« Schon war Ellen aus dem Wohnzimmer entschwunden. Frei, sie war für einen kleinen Moment frei. Sie sehnte sich nach einer Dusche, danach würde sie sich etwas Bequemeres anziehen, denn sie hatte eine lange Nacht vor sich. Beim Blick aus dem Hotelfenster sank ihre Stimmung weiter. Es war bereits früher Abend.

Schnell zog Ellen ihr Sweatshirt glatt, schlüpfte in ihre Slipper, steckte sich ihren Ipod in die Gesäßtasche ihrer Jeans und machte sich schweren Schrittes auf den Weg zurück zu Marks Suite. Sie musste einige Male klopfen, bis sie seine Schritte hörte. Als die Tür endlich aufschwang, sah sie sein überraschtes Gesicht, sein Blick glitt an ihr herunter.

»Sie scheinen sich ja mit Ihrer neuen Arbeitsumgebung anzufreunden.« Ein siegessicheres Funkeln lag in seinem Blick, ein süffisantes Lächeln umspielte seine Lippen.

»Es wird für mich auch ein langer Abend werden. Es sei denn, Sie möchten lieber, dass ich in meinem Zimmer arbeite?« Sie konnte nicht verhindern, dass ein hoffnungsvolles Bangen in ihrer Frage mitschwang.

»Oh, keine Sorge. Sie können hier arbeiten, bis die Unterlage fertig ist.« Und nach einer kleinen Pause fügte er hinzu: »Und wenn das morgen früh ist.«

»Das dachte ich mir«, antwortete Ellen kühl und schob sich an Mark vorbei ins Wohnzimmer. Kaum, dass sie ihren Laptop hochfuhr, verschwand Mark. Kurz darauf vernahm Ellen Geräusche fließenden Wassers. Das konnte ja wohl nicht wahr sein! Musste er sich genau jetzt, nachdem sie wieder in seiner Suite war, duschen? Langsam wanderte ihr Blick zur Schlafzimmertür. Vorgestern war sie selbst dort gewesen. Sollte Sie sich an Mark rächen und ebenso unangemeldet einfach im Schlafzimmer erscheinen? Ob er im Badehandtuch genauso gut aussehen würde wie im Anzug? Energisch schüttelte Ellen den Kopf. Was war nur mit ihr los? Unterlag sie etwa langsam Marks männlichem Einfluss? Sie würde garantiert nicht in sein Schlafzimmer gehen, denn er würde es nicht als ihre Rache, sondern selbstherrlich wie er war als Annäherungsversuch verstehen. Vielleicht duschte er auch gerade jetzt, um sie zu provozieren. Oh nein, diese Genugtuung würde sie ihm garantiert nicht geben. Ellen atmete tief ein und wandte sich wieder dem Blatt Papier vor ihr auf dem Tisch zu. Sie musste sich beeilen, wenn sie die Deadline morgen früh mit einem guten Ergebnis einhalten wollte. Schließlich war sie ja auch deshalb hier. Glücklicherweise traf Mark sich mit den anderen zum Abendessen, dadurch hatte sie wenigstens für einige Stunden die Suite für sich, würde sich richtig konzentrieren können. Sie stützte ihren Kopf in die Hände, begann den vor ihr liegenden Text zu lesen.

Plötzlich roch das Arbeitszimmer nach endlosen Wäldern, deren Bäume den frischen Landregen aufgesogen hatten. Irritiert blickte Ellen auf. Mark stand in der Tür und schaute sie mit seltsamem Blick an. Mit seinen Gedanken schien er meilenweit entfernt zu sein. Aber vielleicht hatte sie sich auch getäuscht, denn im nächsten Moment löste er sich bereits aus dem Türrahmen. Zu seiner dunkelblauen Jeans trug er ein blaukariertes Freizeithemd. Wiederstrebend musste Ellen zugeben, dass er unverschämt gut aussah und es verstand, sehr männlich und anziehend zugleich zu erscheinen.

»Ich werde jetzt hinunter zum Abendessen gehen. Bestellen Sie sich bitte etwas. Die Karte des Zimmerservice liegt dort drüben auf dem Tisch.«

Ellen nickte schweigend.

Er schien einen Augenblick lang auf eine Antwort zu warten, aber da Ellen beharrlich schwieg, nickte er nur kurz in ihre Richtung. »Bis später.«

»Bis später«, antwortete sie knapp. Hoffentlich ging er bald, denn so, wie er dort in der Tür stand, war er für ihre Konzentration alles andere als förderlich.

Sekunden später hörte sie das erlösende Schnappen des Türschlosses. Endlich! Wie zur Bestätigung ihrer Befreiung zog sie sich die Schuhe aus, fühlte den weichen, dicken Teppich unter ihren nackten Füßen. Dann griff sie zu ihrem Ipod, steckte sich die Stöpsel der Kopfhörer in die Ohren und entspannte sich beim Klang ihrer Lieblingsmusik. Dann tauchte sie erneut in den italienischen Schmuckmarkt ein.

Plötzlich sah sie eine Möglichkeit, wie das Unternehmen Lauritz sich im italienischen und spanischen Markt positionieren konnte, in welcher Form das derzeitige Angebot sowie die Exklusivität vereinbart werden konnten. Enthusiastisch griff Ellen nach ihrem Laptop, tippte so schnell sie konnte ihre Ideen als Stichpunkte in das Dokument, damit sie auch nichts vergaß. Dann las sie alles genau durch. Zufrieden rieb sie sich den steifen Nacken. Ihre Idee war wirklich gut, folgte einer klaren Strategie. Wenn sie nun ihre Stichpunkte detailliert ausführte, dann hatte sie ihre Aufgabe sehr gut gemeistert und konnte vielleicht doch noch ein paar Stunden schlafen.

Mark betrat den Fahrstuhl gefolgt von Valerie, Walter und Alexander. Das Essen war ausgezeichnet gewesen, genauso wie Valeries Laune. Wahrscheinlich lag das an Ellen Sanders Abwesenheit, mutmaßte Mark. Nun war er jedenfalls neugierig, wie weit Ellen mit ihren Ausarbeitungen gekommen war. Vielleicht hatte sie ja bereits aufgegeben und sich in ihr Zimmer geflüchtet? Eine diebische Neugier trieb ihn zu seiner Suite. Als der Fahrstuhl hielt, verabschiedete er sich daher schnell von Walter und Alexander. Valerie folgte ihm mit hektischem Schritt.

»Hast du vielleicht noch Lust auf einen kleinen Drink?« fragte sie hoffnungsvoll. »Ich glaube, das würde uns beiden gut tun.« Sie verlieh ihrer Stimme einen verführerischen Unterton.

Mark schaute Valerie leicht genervt an, schüttelte verneinend den Kopf. »Vielen Dank, aber heute Abend bin ich zu müde. Vielleicht ein anderes Mal.«

»Oh.« Valerie verzog ihren Mund zu einem Schmollmund. »Dabei hast du von deinem Arbeitszimmer einen so wunderschönen Blick über Paris.«

»Ich glaube nicht, dass du diesen Blick heute genießen würdest, Ellen Sander arbeitet dort.«

Abrupt blieb Valerie stehen. »Wie bitte?« Ihre Stimme klang plötzlich schrill. »Ellen Sander ist in deiner Suite? Um diese Zeit?«

Mark nickte. »Ja, sie muss eine Unterlage fertigstellen.«

Valerie lachte ungläubig auf. »Eine Unterlage fertigstellen? In deiner Suite? So nennst du das? Für wie blöd hältst du mich eigentlich?«

Mark drehte sich wütend zu Valerie um. »Wenn du mir nicht glaubst, dann überzeug dich doch selbst, auch wenn ich dir wirklich keine Rechenschaft schuldig bin.« Dabei griff er ungeduldig in seine Hosentasche, um den Zimmerschlüssel herauszuholen, aber ohne Erfolg. Erstaunt fasste er in die andere Hosentasche, doch auch da war kein Zimmerschlüssel. Verdammt. Er war doch sonst nicht so schusselig. Wahrscheinlich hatte er wegen seines Gesprächs mit Ellen vergessen, den Schlüssel einzustecken. Bestimmt war sie noch da und konnte ihm öffnen. Entschieden drückte er auf die Klingel, lauschte auf ihre Schritte. Valerie stand mit verschränkten Armen hinter ihm.

»Da bin ich jetzt aber gespannt«, meinte sie spitz.

Mark drückte erneut die Klingel. Warum machte Ellen nicht auf? War sie nicht mehr da oder einfach eingeschlafen? Wenn er sie einmal brauchte, dann fiel sie ihm in den Rücken und würde Valerie darin bestätigen, dass sie vielleicht nicht nur aus Arbeitsgründen in seiner Suite war. Eigentlich wäre es nicht das Schlechteste, Valerie auf Distanz zu halten, aber während der Due Diligence wollte er keine zusätzlichen Komplikationen mit ihr. Verdammt Ellen, mach auf, flüsterte er im Stillen. Aber alles blieb ruhig.

»Dachte ich es mir doch. Ich hatte dich wirklich für professioneller gehalten«, zischte Valerie, bevor sie im Stakkatoschritt zu ihrer Zimmertür eilte und sie mit einem lauten Krach hinter sich ins Schloss warf.

Mark drehte sich zornig um und fuhr hinunter zur Rezeption. Er hatte ja gewusst, dass es mit Ellen Sander nichts als Probleme geben würde. Na warte, wenn ich dich zwischen die

Finger kriege, schwor er sich, bevor er die Rezeptionistin charmant anlächelte.

Ellen war mit ihren Ausarbeitungen höchst zufrieden. Ein rascher Blick auf die Uhr besagte ihr, dass es fast Mitternacht war. Wenn sie sich anstrengte, dann konnte sie in zwei bis drei Stunden ins Bett. Hoffentlich kam Mark nicht so schnell zurück. Vielleicht trank er mit seiner Valerie an der Hotelbar noch ein Glas Champagner, damit sie sich nicht so vor der Arbeitslast fürchtete, dachte Ellen erbost. Ihr Fuß wippte im Takt zur Musik, während sie ihre Aufmerksamkeit dem noch zu analysierenden französischen Markt widmete. Mechanisch tippte sie ihre Gedanken in den PC, als sie plötzlich eine Bewegung wahrnahm. Erschrocken schrie sie auf, riss sich panisch die Stöpsel aus den Ohren. Ihr Herz raste. Mit vor Schreck weit aufgerissenen Augen starrte sie zur anderen Tischseite. Keinen Meter von ihr entfernt hatte sich Mark wütend aufgebaut, funkelte sie zornig von oben herab an. Nur der Tisch befand sich zwischen ihnen. Seine Augen hatten sich zu einem dunklen Grau verwandelt, seine braunen Haare unterstrichen seine einschüchternde Pose. Wie ein Racheengel stand er vor ihr. Plötzlich fühlte Ellen sich klein und hilflos, wie sie vor ihm saß.

»Sind Sie taub?« fauchte er sie unbeherrscht an.

Ellen starrte ihn ungläubig an. Dieser Mann war eindeutig wahnsinnig. Hatte er vielleicht zu viel getrunken? Sollte sie um Hilfe schreien?

»Wie bitte?« Ihr Herz schlug ihr noch immer bis zum Hals, sein drohender Blick half nicht im Mindesten, es zu beruhigen.

»Ich habe stundenlang draußen gestanden und geklingelt, aber Sie scheinen ja auf Ihren Ohren zu sitzen.« Mark beherrschte seinen Unmut nur mit äußerster Mühe. Er hatte sich draußen mit Valeries überspannter Fantasie auseinandersetzen müssen, während Ellen hier entspannt bei Musik in seinem Arbeitszimmer saß.

»Und deswegen erschrecken Sie mich zu Tode? Sie haben doch einen Zimmerschlüssel!« Ellen schwankte zwischen Wut und Fassungslosigkeit.

»Richtig, Frau Neunmalklug. Den habe ich aber leider vergessen.«

Jetzt schlug Ellens Schreck in puren Zorn um. Wenn er so dämlich war und seinen Schlüssel vergaß, dann war das sein Problem. Es reichte, dass er sie hier einsperrte und sie sich wegen seiner unmöglichen Deadline die Nacht um die Ohren schlug, aber sie war nicht sein Sündenbock für alles, was bei ihm schief lief.

»Das ist nicht meine Schuld.« Obwohl sie sich beherrschte, war ihre Wut in jedem Wort zu spüren. »Und außerdem ist dies NICHT meine Suite. Ich werde also einen Teufel tun und fremden Leuten die Tür öffnen. Es ist ja wohl nicht allzu schwierig, einen Zweitschlüssel zu bekommen.« Dabei verschränkte sie die Arme schützend vor der Brust. Ihre Augen funkelten Mark zornig an, hielten seinem wütenden Blick stand. Impulsiv fügte sie mit abschätzigen Ton hinzu: »Daher ist es absolut unnötig, mich so zu erschrecken und anzuschreien, wo ich hier lediglich IHRE Instruktionen befolge und diese Marktanalyse bearbeite.«

Ihre Worte verfehlten ihre Wirkung nicht. Mark strich sich resigniert durchs Haar, atmete hörbar aus.

»Sie haben Recht«, gestand er ein. »Entschuldigen Sie bitte, ich hatte in der Tat kein Recht, Sie so anzufahren.«

Hatte sie sich verhört? Mark Lauritz entschuldigte sich bei ihr? Ellen spürte ein Kribbeln in ihrem Bauch. Schweigend beobachtete sie, wie er sich in den Sessel setzte. Wahrscheinlich wollte er nun sein schlechtes Verhalten wieder gutmachen. Warum verschwand er nicht einfach wieder und ließ sie endlich mal in Ruhe?

»Sind Sie gut vorangekommen?« fragte er arglos, doch sein Blick war hellwach.

Ellen nickte knapp. »Ja, das bin ich. Ich konnte Ihnen vielleicht nicht die Tür öffnen, dafür bin ich aber mit meinen bisherigen Ausarbeitungen sehr viel weiter gekommen, allerdings benötige ich noch einige Stunden.«

»Sie können auch morgen weiter machen, wenn Sie möchten. Es ist schließlich schon nach Mitternacht.« Sein Ton klang versöhnlich.

Ellen schüttelte entschieden den Kopf. Oh nein, jetzt zeigte er sich wegen seines schlechten Gewissens verständnisvoll, aber wie sah es morgen früh aus? Sie traute diesem Mann nicht einen Millimeter über den Weg. »Danke, aber ich ziehe es vor, meine Deadline wie vereinbart einzuhalten. Wenn es Sie stört, dass ich hier bin, kann ich gerne in meinem Zimmer weiterarbeiten.«

»Nein, natürlich können Sie hier weiterarbeiten«, beeilte sich Mark, dabei wanderte sein Blick suchend durchs Zimmer. »Was haben Sie denn zu Abend gegessen? Ist der Zimmerservice gut?«

Überrascht stellte Ellen fest, dass sie ganz vergessen hatte, etwas zu bestellen, so vertieft war sie in ihre Arbeit gewesen. Ein Lächeln huschte über ihr Gesicht. »Nein, ich habe ehrlich gesagt, das Abendessen vollkommen vergessen.«

Ungläubig schaute Mark sie an. »Sie haben nichts gegessen? Sie müssen doch total hungrig sein.«

»Es geht schon. Ich hatte einige gute Einfälle, durch die ich ganz vergessen habe, etwas zu bestellen.«

Sein Blick drückte für den Bruchteil einer Sekunde Besorgnis aus, die sie aus unerklärlichem Grund berührte.

Schnell fügte sie hinzu: »Keine Sorge, ich werde morgen früh einfach ausgiebiger frühstücken.«

»Sind Sie wirklich sicher? Ich bestelle Ihnen gerne noch etwas.«

Entschlossen schüttelte Ellen den Kopf. »Ich bin wirklich sicher, keine Sorge.« Dabei streckte sie ihre Beine aus, schlüpfte schnell wieder in ihre Schuhe. Mark verfolgte ihre Bewegungen mit seinem Blick und erhob sich. »Ich möchte Sie nicht weiter aufhalten. Ich gehe jetzt schlafen.«

»Gute Nacht.«

Schweigend ruhte sein Blick für einen langen Moment auf ihr, dann nickte er und verschwand im Schlafzimmer.

Ellen verharrte reglos auf ihrem Stuhl, starrte schweigend auf die geschlossene Schlafzimmertür. Was für ein seltsamer Mann. Wer hätte gedacht, dass selbst Mark Lauritz eine charmante Seite besaß? Aber er war natürlich nur nett zu ihr gewesen, um sein schlechtes Gewissen zu beruhigen. Morgen früh war er garantiert wieder der Alte. Ellen schüttelte ihren

Kopf, verwarf entschieden alle Gedanken an Mark. Sie war hundemüde und wollte so schnell wie möglich ins Bett. Somit griff sie nach der nächsten Seite zur französischen Marktanalyse und begann den letzten Teil ihrer Ausarbeitung.

Es war 3:30 Uhr, als Ellen sich müde streckte. Der Rücken tat ihr weh, aber glücklich las sie ein letztes Mal ihre Email an Mark. Kurz, knapp und förmlich. Sehr gut. Mit tiefer Erleichterung drückte sie auf »Senden«. Die E-Mail mit ihrer Marktanalyse war abgeschickt. Jetzt blieben ihr nur noch drei Stunden Zeit zu schlafen. Hastig packte sie ihre Sachen zusammen, löschte das Licht und schlich leise zur Tür. Obwohl sie diese ganz sanft hinter sich ins Schloss zog, konnte sie das Schnappen des Türschlosses nicht verhindern. Sie blieb einen Moment stehen, lauschte, aber alles blieb still. Gut, sie hatte Mark nicht geweckt. Erleichtert eilte sie den Flur hinunter zu ihrem Zimmer.

Ein Geräusch weckte ihn. Verschlafen öffnete Mark die Augen, blickte auf die beleuchteten Ziffern seines Weckers. Es war 3:30 Uhr. War das seine Suitetür gewesen? Hatte Ellen Sander bis jetzt gearbeitet? Neugierig stieg er aus dem Bett, betrat den dunklen Flur, dann das Arbeitszimmer. Als er den Lichtschalter drückte, lag vor ihm ein aufgeräumter Raum, doch Ellens dezentes Parfüm hing noch in der Luft. Sie konnte also noch nicht allzu lange fort sein. Er blickte zu ihrem Platz, an dem sie den ganzen Abend gesessen hatte und vor seinem Auge sah er sie tief in die Unterlagen versunken, mit den Ohrstöpseln in den Ohren, den übereinander geschlagenen Beinen mit den nackten

Füßen, die fröhlich zur Musik wippten. Mit den leicht zerzausten und hinter die Ohren geklemmten Haaren wirkte sie viel eher wie eine Studentin, die für eine Klausur paukte, als eine Beraterin, die bei ihrem Klienten arbeitete. So oder so hatte Ellen Sander etwas an sich, das ihn reizte, ärgerte, ja geradezu provozierte. Was war es nur? Sie war attraktiv, das stand außer Frage, aber das war es nicht, was ihn so aus der Fassung brachte. Mark schüttelte resigniert den Kopf. Egal, was es war, heute Nacht würde er die Antwort darauf nicht finden.

Entschlossen ging er zurück ins Bett, doch an einen ruhigen Schlaf war nicht mehr zu denken. Immer wieder tauchte Ellens Gesicht vor seinen Augen auf, wie sie ihn genüsslich zurechtwies, um ihm im nächsten Augenblick mit einem zornigen Blick und nur mit einem Badehandtuch bekleidet provozierend anzulächeln.

»Ellen, du raubst mir den Schlaf«, murmelte er resigniert, bis er endlich einschlief.

KAPITEL 10

Geschafft. Erleichtert ließ Mark die Hanteln zurück in ihre Halter fallen, griff nach seinem Handtuch und setzte sich erschöpft auf die leere Hantelbank. Dann warf er sich das Handtuch über den Kopf. Sein Puls raste noch von der Anstrengung. Mit geschlossenen Augen atmete er tief ein und aus. Er war mit sich sehr zufrieden, besonders nach dieser kurzen, unruhigen Nacht, in der er sich von einer Seite auf die andere gewälzt hatte mit dem vergeblichen Versuch, Ellen

Sanders Gesicht zu verdrängen. Je mehr er sich jedoch bemüht hatte, ihre wütend funkelnden Augen, die ihr Gesicht zum Glühen und seinen Puls in Wallung brachten, aus seinem Gedächtnis zu vertreiben, desto deutlicher hatte er sie vor sich gesehen. Daher hatte er sich für Frühsport entschieden, das half nicht nur Gespenster zu verjagen, sondern auch neue Energien zu mobilisieren. Sein Puls beruhigte sich merklich, er lechzte nach einer kühlen Dusche. Lahm wischte er sich mit dem Tuch durchs Haar, dann legte er es sich um den Nacken und griff nach seiner Zimmerkarte. Sein Blick glitt durch das kleine, aber auf das Feinste ausgestattete Fitnesscenter des Hotels. Die teuren Geräte rentierten sich bestimmt nicht, denn außer ihm waren lediglich zwei weitere Hotelgäste anwesend. Ein älterer Herr saß müde auf dem Heimtrainer, während eine junge Frau locker auf dem Laufband joggte. Mark verharrte überrascht bei ihrem Anblick. In einer gefährlich kurzen Jogginghose, die den Blick auf lange, makellose Beine freigab, und einem ärmellosen, eng anliegenden Shirt joggte dort niemand anders als Ellen Sander. Ihr Haar hatte sie zu einem kurzen Pferdeschwanz gebunden, der bei jedem ihrer ausholenden Schritte fröhlich durch die Luft flog. An ihrem rechten Oberarm trug sie ein Sportband mit IPod, lief zum Klang ihrer eigenen Musik. Glücklicherweise drehte sie ihm den Rücken zu, sodass Mark sich noch einen ausgiebigen Blick auf Ellen gönnte, bevor er mit ausholendem Schritt das Fitnesscenter verließ.

Jetzt brauchte er wirklich dringend eine kalte Dusche. Es konnte doch nicht sein, dass er diese Frau auf Schritt und Tritt traf, und vor allem nicht, dass ihre Person mehr und mehr Platz in seinen Gedanken einnahm. Er musste wirklich aufpassen, dass er ihrer Masche nicht genauso erlag wie sein Vater. Schließlich wusste er es doch besser, er hatte seine Lektion bei Cora gelernt und gedachte nicht, denselben Fehler zweimal zu begehen. Oh nein, er würde Ellen Sander in Schach halten und sicherstellen, dass sie arbeitete. Je schneller er sie aus seinem Leben verbannte, umso besser. Bei diesem Gedanken drückte Mark energisch die Zimmertür ins Schloss.

Noch zwei Kilometer, dann hatte sie es geschafft. Verschwitzt und ausgepowert übersprang Ellen den nächsten Song, denn sie brauchte jetzt etwas, dass sie schneller werden ließ, damit sie den letzten Teil ihres Laufpensums noch schaffte. Nach drei Stunden Schlaf fühlte sie sich wie gerädert, da half nur noch Laufen, genau wie bei einem noch nicht überstandenen Jetlag. Wie gut, dass sie zu dieser Zeit hier ungestört war. Nachdem nun auch der ältere Herr neben ihr den Raum verlassen hatte, waren sie nur noch zu zweit. Der Mann mit dem Handtuch über dem Kopf an der Hantelbank und sie. Vorsichtig lugte sie über die Schulter. Aber auch er war verschwunden und sie somit allein. Wunderbar. Ellen erhöhte die Lautstärke ihres Technoliedes, starrte vor sich auf den Gerätemonitor. Mechanisch bewegte sie die Beine. Einfach laufen, einfach weiterlaufen. Dreihundert verbleibende Meter, zweihundert verbleibende Meter, die letzten einhundert Meter, endlich hatte sie es geschafft. Erleichtert verlangsamte sie die Geschwindigkeit, lief locker aus. Dann drückte sie die Stopptaste, griff ermattet nach ihrem Handtuch und dehnte ihre schmerzenden Beine, bevor sie nach ihrem Zimmerschlüssel und einer kleinen Wasserflasche griff und mit beidem bewaffnet den Sportbereich verließ.

Gut gelaunt arbeitete Ellen im Datenraum. Abgesehen von ihrem Treffen mit Virginie Merigneux' Schwester würde sie den ganzen Tag hier mit den anderen verbringen. Das waren wunderbare Aussichten, nicht alleine mit Mark in seiner Suite eingesperrt zu sein.

Alexander trat an das Sideboard, wo er mit der silbernen Kaffeekanne hantierte und zwei Tassen mit Kaffee füllte. Rasch warf Ellen einen Blick auf die andere Tischseite, wo Walter still an seinem Platz saß, den Kopf tief über einen Aktenordner gebeugt. Valerie hingegen bemühte sich vergebens, Marks Aufmerksamkeit auf sich zu ziehen. Seine Gesichtszüge wirkten leicht gequält. Fast hätte sie Mitleid mit ihm empfunden, wenn er nicht selbst solch ein Scheusal wäre. Es geschah ihm ganz recht, dass ihm seine Valerie gehörig auf die Nerven ging. Ein schadenfrohes Lächeln umspielte Ellens Lippen, bevor sie sich abwandte, um Alexander beim Tragen der Kaffeetassen zu helfen.

»Vielen Dank, ich hätte Ihnen aber auch den Kaffee gebracht.«
»Das weiß ich, dennoch kann ich Ihnen ja helfen.« Geschickt nahm sie ihm eine volle Tasse ab, die gefährlich auf dem weißen Unterteller schwankte.

Alexander setzte sich bereits. »Ach herrje, die Löffel.« Theatralisch schlug er sich mit der Hand vor die Stirn.

»Die hole jetzt ich.« Und schon war Ellen aufgestanden. Suchend stöberte sie mit dem Finger in dem Besteckkörbchen. Natürlich waren sie wieder einmal ganz zu unterst. So war es ja immer, wenn man etwas suchte. Konzentriert fingerte sie die kleinen Löffel hervor, als sie plötzlich eine Bewegung dicht neben sich spürte.

»Wer hätte gedacht, dass unsere edle Frau Sander solch ein Teufelslächeln besitzt«, raunte Mark ihr so leise ins Ohr, dass nur sie es hören konnte.

Ellen atmete hörbar aus. Dann drehte sie sich mit bewusst unschuldigem Gesichtsausdruck zu Mark um. Er schaute sie nicht an, sondern griff nach der Kaffeekanne.

»Wahrscheinlich weiß dies nur jemand, der die edle Frau Sander nicht unterschätzt.« Ihre Stimme klang gefährlich weich.

Langsam stellte Mark die Kaffeekanne zurück, wandte ihr sein Gesicht zu. Seine Gesichtszüge wirkten verschlossen, aber seine Augen funkelten gefährlich. »Ich habe Sie zu keinem Zeitpunkt unterschätzt, liebe Frau Sander. Und wenn ich mich richtig erinnere, dann habe ich Ihnen dies sogar bereits bei unserem ersten Treffen gesagt.« Er schwieg bedeutungsschwer, bevor er in abfälligem Ton fortfuhr: »Sie sind alles andere als zu unterschätzen, aber bei mir nicht an der richtigen Adresse.« Ellens Arm zuckte, doch sie konnte sich im letzten Moment beherrschen, um Mark nicht eine schallende Ohrfeige zu verpassen. Er hatte sie genau beobachtet, blitzschnell auf ihren Arm geschaut, vielleicht hatte er eine Ohrfeige erwartet. Der Hauch seines siegessicheren Lächelns provozierte sie zudem. Betont freundlich fügte er hinzu: »Sind Sie heute nicht gut gelaunt? Haben Sie vielleicht schlecht geschlafen?«

Sie hätte ihm eine Ohrfeige gepaart mit einem kräftigen Tritt vor das Schienbein verpassen sollen, entschied Ellen.

Stattdessen zwang sie sich zu einem unbeschwerten Lächeln. Liebenswürdig strahlte sie ihn an: »Ich habe ausgezeichnet geschlafen. Sie etwa nicht?« Dabei bohrte sie ihre Frage geradezu in seine Augen, die sich in der Tat leicht verengten. Sie genoss es, dass er sich unter ihrem Blick unbehaglich zu fühlen schien.

»Natürlich habe ich gut geschlafen«, antwortete er leicht unwirsch, wobei er nach seiner Tasse griff. »An die Arbeit«, warf er ihr über die Schulter zu, bevor er zurück an den Arbeitstisch trat und schweigend Platz nahm. Sofort rückte Valerie ihren Stuhl näher an Marks Seite, flüsternd bombardierte sie ihn mit Fragen. Ellen konnte sich ihre Schadenfreude nicht verkneifen, da sie aber nicht wieder von Mark darauf hingewiesen werden wollte, drehte sie sich zum Regal, wo sie einen breiten Ordner herauszog.

»Das soll mal einer verstehen«, raunte Alexander Ellen zu.
»Bitte was?« Ellen blickte fragend von ihren Unterlagen auf. Sie war so sehr in die Daten über die Unternehmensgeschichte vertieft, dass sie Alexander zunächst nicht verstand.
»Das Lieferantennetzwerk ist ein absoluter Gräuel, unübersichtlich, unklar und höchst ineffizient. Allein diese Tabelle ist eine Frechheit für jeden Einkäufer.« Resigniert wies er auf eine seitenlange Excel-Tabelle mit unzähligen Spalten voller Zahlen. »Derjenige, der dies erstellt hat, gehört fristlos entlassen.« Er streckte sich entspannt, beugte sich verschwörerisch zu Ellen herüber, sodass sein Kopf fast ihre Schulter berührte. »Was lesen Sie denn Schönes? Es scheint um einiges spannender zu sein als meine Lektüre.«

»Ich schaue mir die Unternehmensgeschichte mit ihren verschiedenen Entwicklungen an. Das hilft mir, das Unternehmen, seine Menschen und seine Kultur zu verstehen. So weiß ich, woher sie kommen, warum sie etwas getan haben, was sie erreichen wollen. Bei der Fusion zweier Unternehmen sind das wichtige Informationen.«

Alexander nickte zustimmend. »Wie sind Sie eigentlich mit Ihrer Arbeit gestern vorangekommen? Wir haben Sie beim Abendessen vermisst.«

Wie nett, dass Alexander sich nach ihr erkundigte. »Ich habe glücklicherweise alles erledigen können.«

»Sehr gut, dann können Sie heute Abend zusammen mit uns essen.«

»Ich freue mich schon darauf«, antwortete Ellen, worauf Alexander ihr ein breites Lächeln schenkte.

Es war schon später Nachmittag, als Marks Stimme die Stille unterbrach.

»Frau Sander und ich werden uns jetzt verabschieden. Wir treffen uns alle zum Abendessen im Hotel.« Er nickte freundlich in die Runde, bevor er entschieden seinen Stuhl zurückschob und aufstand. Ungeduldig fixierte er Ellen, die sofort ihren Notizblock zuklappte, den Ordner zurück ins Regal schob und ihre Sachen verstaute, bevor sie um den Tisch herum zur Tür schritt, wo Mark bereits genervt auf sie wartete. Ohne ihn anzuschauen, drehte sie sich noch einmal um: »Bis später.«

Während Alexander und Walter ihr zunickten, lächelte Valerie lediglich knapp.

»Es wäre schön, wenn Sie sich das nächste Mal etwas beeilen, schließlich will ich nicht zu spät kommen.«
»Nach meiner Uhr haben wir noch eine halbe Stunde Zeit.«
»Ihre Uhr ist uninteressant, schließlich müssen wir noch mit dem Taxi durch den Pariser Verkehr«, zischte Mark.
»Wenn wir mit dem Auto statt mit der Metro fahren, wird auch das nicht reichen.«
»Es hätte gereicht, wenn Sie nicht so getrödelt hätten. Also kommen Sie jetzt endlich.« Ohne eines weiteren Blickes verließ er mit ausholenden Schritten das Gebäude.

Der Pariser Verkehr hatte ein Einsehen. Zwei Minuten vor dem geplanten Termin betraten sie das Anwaltsbüro. Die junge Rezeptionistin mit dem kurzen, roten Haar stand sofort auf. »Wie gut, dass Sie kommen. Frau Merigneux erwartet Sie bereits. Ich bringe Sie zu ihr.« Schon eilte sie um ihr Pult herum, wies mit ausgestreckter Hand auf eine Tür im hinteren Bereich des Anwaltsbüros und geleitete Mark und Ellen in wiegendem Schritt zum Besprechungsraum. Lächelnd bedeutete sie ihnen einzutreten, flötete »Frau Merigneux, Ihr Besuch ist hier« und zog lautlos hinter sich die Tür ins Schloss.

Die Frau hinter dem Tisch überraschte Ellen, war sie doch so völlig anders als ihre Schwester. Trotz der gleichen Größe und grazilen Figur, sprühte sie im Gegensatz zu ihrer Schwester vor Energie. Ihr dunkles Haar war zu einem exakten, scharfkantigen Pagenkopf geschnitten, der zu ihrer weiten Hose passte, deren fließender Stoff luftig um ihre schlanken Beine fiel. Dazu trug sie eine cremefarbene Chiffonbluse mit einem auffallenden Wasserfall, dessen Rüschen über die gesamte Knopfleiste verliefen. An ihren Ohren baumelten auffällige Perlenohrringe. Zweifellos stand sie einer eleganten und sehr selbstbewussten Frau gegenüber.

»Magali Merigneux, angenehm.« Mit kurzem, festen Händedruck, der Ellens Fingerknochen schmerzlich zusammendrückte, schüttelte die Französin Ellens Hand. Dann wandte sie sich Mark zu. Neugierig beobachtete Ellen seine Gesichtszüge, doch denen war nicht zu entnehmen, ob er den Händedruck genauso schmerzhaft empfand wie sie.

Magali Merigneux pries die Vorzüge des väterlich geerbten Unternehmens, lobte die Absatzmärkte, ihre Designs, die genau den Trend der Zeit trafen, und beschwor die große Kundentreue. Ellen beobachtete sie neugierig. Während ihre Schwester emotional mit dem Unternehmen verbunden zu sein schien, spürte sie bei Magali keinerlei persönliches Interesse. Vielmehr stellte der Unternehmensverkauf für sie die perfekte Gelegenheit dar, den bestmöglichen Profit zu erzielen. Ellens Blick glitt hinüber zu Mark, der gelassen und konzentriert Magali Merigneux' Ausführungen lauschte, Fragen stellte oder bei für ihn wichtigen Aspekten noch einmal nachhakte. Nach etwas mehr als einer Stunde erhob die zierliche Französin sich abrupt, reichte Mark mit einem strahlenden Lächeln die Hand. »Es war mir ein Vergnügen, Herr Lauritz. Bitte lassen Sie mich wissen, falls Sie Fragen haben, die Ihnen weder meine Schwester, noch Herr Faurinaud beantworten können. Nun muss ich leider los. Mein Mann und ich haben heute Abend noch einen wichtigen Termin.« Sie lachte ihn entschuldigend an, bevor sie sich von Ellen verabschiedete, nach ihrer Handtasche griff und davonrauschte.

Schweigend griff Mark nach seiner Aktentasche und verließ das Besprechungszimmer. An der Rezeption lächelte er der jungen Französin noch einmal freundlich zu, bevor er die Eingangstür öffnete. Ellens Blick blieb auf der Rezeptionistin haften, die Mark schmachtend hinterherschaute. Es war wirklich zum Verrücktwerden, wie leicht er alle Frauen für sich einnahm. Wie gut, dass sie sich nicht von ihm blenden ließ. Schweigend nickte sie der jungen Frau zu, schloss die Eingangstür hinter sich und folgte Mark die breite Treppe hinunter.

Der Berufsverkehr in Paris war höllisch. Um sie herum hupte es, Autofahrer gestikulierten wütend hinter den Lenkrädern, Motorradfahrer schoben sich durch viel zu eng erscheinende Lücken, lebensmüde wirkende Fußgänger schlängelten sich zwischen den Fahrzeugen hindurch. Schweigend blickte Ellen aus dem Taxifenster, beobachtete das geordnete Chaos auf den Straßen. Es dämmerte bereits, die ersten Straßenlaternen versprühten ihr gelbes Licht. Fast hatten sie das Hotel erreicht, sie passierten bereits den vollgestopften Place de la Concorde und kurz darauf ebenso die Eglise Madeleine. Erleichtert atmete Ellen auf, als der Wagen vor dem imposanten Hoteleingang hielt. Auf der obersten Treppenstufe vor der gläsernen Drehtür des Hoteleingangs blieb sie stehen, wartete auf Mark, der mit ausholenden Schritten auf sie zukam. Noch ehe er sie erreichte, betrat sie die Hotellobby, durchquerte mit entschiedenem Schritt die weitläufige Halle in Richtung Fahrstuhl und drückte fest den Liftknopf.

»Kritikfähigkeit ist wohl nicht Ihre Stärke«, nahm Mark das Gespräch wieder auf, dabei blickte er gelangweilt an Ellen vorbei zur eisernen Lifttür, die immer noch verschlossen war. In süffisantem Tonfall fuhr er fort: »Jetzt regen Sie sich mal nicht so auf. Und vor mir wegzulaufen brauchen Sie auch nicht. Schließlich treffen wir uns bereits in einer Stunde wieder zum Abendessen hier unten im Restaurant.«

»Aber nicht alleine«, rutschte es Ellen heraus.

Mark blickte sie amüsiert an, seine Augen lachten sie unverhohlen aus. »Enttäuscht?«

»Das wünschen Sie sich wohl. Aber ich muss Sie enttäuschen, das genaue Gegenteil ist der Fall.« Sie schenkte ihm ihr charmantestes Lächeln, genoss den Bruchteil der Sekunde, in dem er missmutig wirkte, bevor er seine Gesichtszüge wieder kontrollierte. Gleichgültig zuckte er mit den Schultern.

»Hoffen wir, dass Sie wenigstens pünktlich erscheinen.«

Die Fahrstuhltür glitt mit einem leisen Surren auseinander, rette sie vor einer unbeherrschten Antwort. Arrogant, eingebildet, ekelhaft, ätzend, das alles war Mark Lauritz. Oh, wie sie ihn hasste! Wütend betrat Ellen den Fahrstuhl. Eisiges Schweigen legte sich über beide, bis der Lift in ihrer Etage hielt und sie ausstiegen.

KAPITEL 11

Es war weit nach dreiundzwanzig Uhr, als sich die Fahrstuhltür öffnete und Ellen den Hotelflur betrat. Lächelnd wandte sie sich noch einmal zu Alexander und Walter um, wünschte ihnen eine gute Nacht, bevor sich die Lifttür schloss. Sie stand allein im langen Hotelflur, den vereinzelte Wandlampen in gedämpftes Licht tauchten. Automatisch glitt ihr Blick zu Marks verschlossener Suitetür. Was für ein kurzfristiges Meeting hatte ihn vom Abendessen ferngehalten? Und wo war eigentlich Valerie den ganzen Abend gewesen? Hatte sie ihn begleitet? Ellen zuckte mit den Schultern. Egal aus welchem Grund beide nicht erschienen waren, sie hatte dank dessen einen vergnüglichen Abend verbracht. Den ersten seit sie in Paris angekommen war, dachte sie traurig.

Langsam wandte sie sich in die Richtung ihres Zimmers um, der dicke Teppich verschluckte ihre Schritte, fühlte sich weich unter den Sohlen ihrer Schuhe an. Plötzlich riss jemand hinter ihr eine Zimmertür stürmisch auf. Neugierig wirbelte Ellen herum. Valerie stürmte wutentbrannt aus Marks Suite und warf die Tür mit einem lauten Knall hinter sich ins Schloss. Einzelne Locken hatten sich aus ihrer Hochsteckfrisur gelöst, hingen wirr um ihr Gesicht, als sie auf ihren gefährlich hohen Stillettos zu ihrem angrenzenden Zimmer stakste. Ihr kurzes, enges Kleid klebte aufreizend wie eine zweite Haut an ihr. Sie war so in Rage, dass sie Ellen überhaupt nicht bemerkte. Was war bloß vorgefallen? War Mark ebenso wütend wie Valerie? Noch während sie sich dies fragte, blitzte ein diabolischer Gedanke vor Ellens Augen auf. Bevor sie sich besann, eilte sie schon zu Marks Tür, drückte den Klingelknopf und lauschte. Eilige

Schritte näherten sich der Tür, fast zeitgleich wurde sie weit aufgerissen.

»Valerie, jetzt habe ich aber...« Völlig überrascht starrte Mark Ellen an, bevor sich seine Augen in der nächsten Sekunde gefährlich verdunkelten. »Sie?« fragte er ungehalten.

Oh, wie sie diesen Augenblick genoss! Er war purer Balsam für ihre geschundene Seele.

»Tut mir leid, dass ich nicht Valerie bin.« Entschuldigend hob Ellen die Schultern, wobei sie jedoch jede seiner Regungen scharf beobachtete.

Sein Blick flog zu Valeries geschlossener Zimmertür. Genervt nickte er in Richtung seines Wohnbereichs. »Sie haben mir gerade noch gefehlt. Kommen Sie rein, bevor Sie den ganzen Flur aufwecken.«

Hatte er Angst, dass Valerie sie vor seiner Zimmertür sah? Ellens Schadenfreude wuchs mit jeder Sekunde. Schnell trat sie in Marks Suite.

»Wieso, haben Sie mich etwa vermisst?« Sie verlieh ihrer Frage einen betont naiven Klang, schaute ihn dabei unschuldig an und zog eine Augenbraue spöttisch in die Höhe.

Als Antwort trat Mark bedrohlich einen Schritt auf sie zu. Instinktiv wich Ellen zurück, doch zu mehr reichte der Platz zwischen ihr und der Flurwand nicht aus. Vielleicht war es doch keine so gute Idee gewesen, bei Mark zu klopfen. Aber nun war es zu spät und wenn er dachte, er könnte sie einschüchtern, dann irrte er sich.

»Haben Sie getrunken?« Seine Augen blitzten argwöhnisch.

»Nein, aber wie ich feststelle, können Sie dies bejahen.«

»Sie halten sich wohl für sehr witzig, wahrscheinlich auch noch für unwiderstehlich, Frau Sander.«

Ellens Mund verzog sich zu einem selbstsicheren Lächeln. Sie genoss den Moment der Überlegenheit, kostete jede Millisekunde davon aus.

»In der Tat, genau dafür halte ich mich. Aber wem sage ich das, Sie kennen mich ja, nicht wahr?«

Oh, wie sie sich über ihn lustig machte. In ihm brodelte es gefährlich. Ellen Sander spielte mit dem Feuer. Naiv und wirklich dumm von ihr. Ihm war alles andere als zum Scherzen zumute. Gerade hatte er eine fast wahnsinnige Valerie in die Schranken weisen müssen, die sich allen Ernstes ein Verhältnis mit ihm in den Kopf gesetzt hatte, und nun goss Ellen Sander mit ihren ozeanblauen Augen, die ihn provozierend anfunkelten, auch noch ungeniert Öl ins Feuer. Er war doch nicht ihr Hanswurst, verdammt noch mal! Instinktiv trat Mark einen weiteren Schritt auf Ellen zu, stemmte beide Hände seitlich von ihrem Kopf an die Wand. Sein Gesicht war nur noch wenige Zentimeter von ihrem entfernt, sodass er ihren Atem fühlte, ihr dezentes Parfüm roch. Das half ihm zwar nicht, sich zu beruhigen, ganz im Gegenteil, aber er genoss die Verunsicherung in ihrem Blick.

»Ja, ich kenne Sie«, antwortete er gefährlich leise. »Sind Sie gekommen, um das zu vollenden, was Sie bei Ihrer Anreise so ungeschickt begonnen haben?« Es reizte ihn zu sehen, wie sie ihre aufbäumende Wut mühsam unterdrückte. Fasziniert wartete er auf ihre Reaktion.

Sie konnte nur noch an eins denken, diese Situation gehörte ihr. Koste es, was es wolle. Sie neigte den Kopf zur Seite, schaute ihm schweigend in die Augen, die sie an ein tobendes Gewitter erinnerten. Sehr passend, denn genau darin befanden sie sich. Die Spannung im Raum war förmlich zu spüren, nahm von Sekunde zu Sekunde zu. Erst als sie es selbst kaum mehr aushielt, antwortete sie mit gefährlich sanfter Stimme: »Das wünschen Sie sich, nicht wahr?«

Als er schwieg, fuhr sie spontan fort: »Sagen Sie es mir, wie wünschen Sie es sich denn? Soll ich mir hier in diesem stickigen Flur die Kleider vom Leib reißen oder wollen Sie mir diese Arbeit abnehmen?« Sie nickte in Richtung Flurende. »Oder schaffen wir es noch bis ins Schlafzimmer?« Um ihren Mund zuckte es gefährlich. »Ich könnte natürlich auch ins Bad entschwinden, um nur mit einem dieser viel zu kurzen Badehandtücher zurückzukommen.« Sie schloss betont versonnen die Augen, nur um sie in der nächsten Sekunde mit einem gefährlichen Glitzern wieder zu öffnen.

Mark starrte sie sprachlos an, unfähig sich zu bewegen. Sein Blick wirkte glasig, fasziniert verfolgte er jedes ihrer Worte. Doch dann lachte Ellen ihm frech ins Gesicht, ihr verführerischer Blick war gänzlich verflogen. Pure Schadenfreude stand in ihren Gesichtszügen geschrieben.

»Träumen Sie weiter, Mark.«

Er zuckte zusammen, als sie seinen Namen nannte. Noch nie hatte sie ihn so angesprochen, und die Art, wie sie seinen Namen aussprach, verursachte ein aufreizendes Kribbeln in seinem Nacken. Ihre Augen beobachteten ihn lauernd, lachten ihn unverhohlen aus.

»Und wenn Sie wieder aufgewacht sind, dann treffen wir uns morgen um acht Uhr mit den anderen zum Frühstück. Danach möchte ich noch einige Fragen vor unserem Meeting mit Ihnen besprechen.« Sie streckte ihre Hände gegen seine Brust und drückte ihn energisch von sich. »So, nun beruhigen Sie sich mal wieder, denn ich gehe jetzt ins Bett.« Sie lachte auf. »Und zwar in mein eigenes. Gute Nacht.«

Noch ehe er sich versah, huschte sie unter seinen Armen hindurch zur Tür, zog diese mit einem letzten hellen Lachen ins Schloss. Mark lehnte stöhnend seinen Kopf gegen die Wand. Das konnte doch alles nicht wahr sein! Ihn machten die Frauen wirklich noch fertig. Womit hatte er das verdient? Er wollte doch nur ein professionell arbeitendes Team. Er musste eine Lösung finden bezüglich Ellen Sander und vor allem bezüglich Valerie.

Gerade als er hinunter zum Abendessen gehen wollte, klopfte sie mit der absurden Absicht, ihn zu verführen. Das konnte und wollte er nicht tolerieren. Sie war eine frühere Studienkollegin, zugegeben, aber vor allem doch eine Mitarbeiterin, von der er außer gute Marketingarbeit nichts erwartete. Er hatte zunächst versucht, diplomatisch mit ihr zu sprechen, ihre Annäherungsversuche zu ignorieren, schließlich wollte er die Arbeit mit ihr nicht gefährden, aber alle Mühe war vergebens gewesen. Nach langem Zögern hatte er sie klar abgewiesen, nur um sie anschließend eine gefühlte Ewigkeit einigermaßen zu beruhigen. Und wieso kam genau in diesem Moment Ellen Sander vorbei, kaum dass Valerie die Tür ins Schloss geschmissen hatte? Was war denn so wichtig gewesen? Das Treffen zum Frühstück? Mark schloss die Augen, dachte angestrengt nach. Dann begriff er. Diese Schlange! War das die Rache für das Arbeitspensum und die Arbeit in seiner Suite?

Sie war darauf ausgewesen, ihn zu provozieren, ja zur Weißglut zu treiben, nur um ihn dann hämisch auszulachen und mit wilden Fantasien verwirrt zurückzulassen. Er hämmerte resigniert mit der Hand gegen die Wand. 1:0 für Ellen Sander. Aber auch wenn sie eine Schlacht gewonnen hatte, der Kampf war noch lange nicht vorbei. Ruckartig schob er sich von der Wand ab und ging ins Bad.

Obwohl er hundemüde war, konnte Mark nicht einschlafen, wälzte sich ruhelos von einer Seite auf die andere. Egal, was er unternahm, er sah Ellen vor sich im Flur, hörte sie immer wieder seinen Namen sagen, stellte sich das vor, was leere Versprechungen gewesen waren. Sie hatte ihr Gift zielgenau versprüht, aber er würde nicht daran erkranken, schwor er sich. Auch wenn sie ihn eine weitere schlaflose Nacht kostete, er würde letzten Endes siegen, dachte er kampfeslustig und starrte ergeben an die Zimmerdecke.

KAPITEL 12

Unbarmherzig schlug Mark auf den surrenden Wecker neben sich. Fünf Minuten noch, dachte er vollkommen fertig. Wie konnte es sein, dass er, kaum dass er eingeschlafen war, schon wieder aus dem Schlaf gerissen wurde? Verdammt. Wann war diese Gruselwoche endlich vorbei? Und wie sollte er völlig erschlagen alle Besprechungen absolvieren, bei jedem Gespräch einen kühlen, konzentrierten Kopf bewahren? Ermattet legte er seinen Arm über die Augen, doch schon nagte das Pflichtbewusstsein an ihm. Er musste zum Frühstück, danach traf er Frau Merigneux - mit Ellen Sander. Er schlug die Augen auf und starrte zur Badezimmertür. Diese kleine Hexe! Na warte.

Natürlich war er nicht zum Frühstück erschienen, genau wie seine Valerie. Missbilligend schaute Ellen auf ihre Armbanduhr. Es war fast neun Uhr. Jeden Augenblick würde Virginie Merigneux eintreffen, aber von Mark Lauritz war weit und breit nichts zu sehen. Unschlüssig schaute Ellen sich in der großen Hotelhalle um, in der zu dieser Zeit reges Treiben herrschte. Was sollte sie tun? Am besten, sie suchte sich schon mal einen guten Platz aus und wartete dort. Wer wusste schon, wann Mark Lauritz sich blicken ließ. Entschieden durchquerte Ellen die Halle, stieg zwei Marmorstufen zum leicht erhöht gelegenen Sitzbereich hinauf und wählte ein noch freies Zweisitzersofa mit zwei davor platzierten Sesseln aus. Nachdenklich ließ sie sich in die weichen Kissen sinken. Ihr Blick wanderte über die belebte Rezeption zur gläsernen Drehtür des Hotels. Als sie eine Bewegung neben sich wahrnahm, wandte sie sich überrascht um, blickte direkt Virginie Merigneux' ins Gesicht. Sie trug einen mausgrauen Hosenanzug mit einer weißen, schlichten Bluse und eine schwere Goldkette um den Hals. Das passende Armband baumelte an ihrem Handgelenk.

»Guten Morgen, Frau Sander, ich bin durch den Seiteneingang dort vorne gekommen.«

»Guten Morgen, Frau Merigneux. Wie schön, Sie wiederzusehen. Herr Lauritz wird sich leider etwas verspäten.«

»Das ist kein Problem.« Die Französin setzte sich in den Sessel neben Ellen.

»Möchten Sie einen Kaffee oder lieber eine Kleinigkeit essen?« Ellen griff bereits nach der Karte, die auf dem Tisch lag.

»Ein Kaffee wäre wunderbar, danke.«

Schnell gab Ellen dem Ober ein Zeichen, bestellte zwei Tassen Kaffee, dann wandte sie sich wieder Frau Merigneux zu.

»Es ist ein wunderbares Hotel, in dem Sie hier übernachten.« Die schmächtige Frau lächelte betrübt, wobei sie fast unmerklich den Kopf schüttelte. »Das Leben ist wirklich unvorhersehbar und nicht ohne Ironie.«

Ellen nickte nur, da sie nicht wusste, wie sie diese Bemerkung verstehen sollte.

Mit leiser Stimme fuhr Virginie Merigneux fort: »In diesem Hotel habe ich meine Hochzeit gefeiert, dort hinten in einem angrenzenden Konferenzraum hat mein Vater feierlich das Unternehmen an meine Schwester und mich übergeben und heute sitzen wir hier und reden über dessen Verkauf, der vor allem wegen meiner gescheiterten Ehe zustande kommt.« Sie wandte Ellen ihr Gesicht zu, blickte sie direkt an. In ihren Augen las Ellen Schmerz und Wehmut.

»Möchten Sie denn das Unternehmen nicht verkaufen?«

Virginie Merigneux schüttelte heftig den Kopf. »Doch, doch, natürlich. Es ist ja mein Entschluss gewesen, meiner ganz allein. Es muss sein.« Gedankenvoll drehte sie an ihrem Armband, schaute irritiert auf, als der Ober die bestellten Getränke auf den Tisch stellte.

»Ich möchte nicht indiskret sein, Frau Merigneux«, begann Ellen vorsichtig. »Aber dürfte ich Sie etwas fragen, was mich schon seit unserem ersten Treffen beschäftigt?«

Ihr Gegenüber fuhr sich fahrig mit der Hand durch das Haar, dann blickte sie Ellen offen an. »Natürlich dürfen Sie mich fragen.« Und mit einem Schmunzeln fügte sie hinzu: »Danach werde ich mich entscheiden, ob ich Ihnen eine Antwort geben kann.«

Ellens Mund verzog sich ebenfalls zu einem Lächeln. »Ich schätze Sie als eine professionelle Geschäftsfrau ein, mit klaren Überzeugungen und Werten, aber vor allem auch mit einem starken Familienbewusstsein und einer großen Liebe zum Geschäft ihres Vaters.«

Virginie Merigneux zog kaum merklich eine Augenbraue in die Höhe. »Das ist sehr nett von Ihnen.«

»Es freut mich, dass Sie es so sehen.« Ellen schwieg einen Moment, überlegte, wie sie ihre Worte am besten formulieren konnte. »Darum frage ich mich, warum Sie das Unternehmen verkaufen möchten.« Neugierig schaute sie die Französin an, die nachdenklich ihre Kaffeetasse in der Hand hin und her drehte, beharrlich schwieg. Endlich setzte sie die Tasse vorsichtig auf den weißen Porzellanteller. Ellen musste sich sehr konzentrieren, um die leise Stimme zu verstehen.

»Sie haben eine gute Beobachtungsgabe, Frau Sander, und ich schätze Ihre Offenheit, denn sie sagt viel über Sie als Menschen aus. Meine Verkaufsgründe sind rein privater Natur. Es gibt manchmal in einer Familie Situationen, die Entscheidungen erzwingen, egal wie schmerzlich sie sein mögen.«

»Ja, das verstehe ich. Wahrscheinlich ist es für Sie und Ihre Schwester nicht leicht gewesen, diese Entscheidung zu treffen.«

Frau Merigneux lachte sarkastisch. »Meine Schwester kann es nicht erwarten, bis sie sich nicht mehr um die Firma kümmern muss. Sie muss einfach alles zerstören, was mir Glück und Freude bereitet, erst meine Ehe und jetzt das Unternehmen.« Als sie die Worte ausgesprochen hatte, erschrak sie. Alle Farbe wich aus ihrem Gesicht. Mit weit aufgerissenen Augen drehte sie sich zu Ellen um: »Entschuldigen Sie, Frau Sander. Es ist mir so herausgerutscht.«

Als sie Ellens verstörte Miene sah, atmete sie tief ein, trank einen Schluck Kaffee und fasste sich. Langsam, aber mit klarer Stimme wandte sie sich an Ellen. »Es ist, wie es ist. Daher kann ich Ihnen auch gleich die Wahrheit sagen, sie lässt sich ohnehin nicht verheimlichen. Meine Schwester hat mich mit meinem eigenen Ehemann betrogen und meine Ehe zerstört. Er ist bereits aus- und zu ihr gezogen. Ich wollte das Unternehmen alleine weiterführen, ohne sie, aber ich kann es mir nicht leisten, sie auszubezahlen. Daher will ich verkaufen, die ganze Vergangenheit hinter mir lassen und noch einmal von vorne anfangen, ohne Familienverpflichtungen, ohne Erfüllung von Erwartungen und ständige Rücksichtnahme. Ich möchte mein eigenes Schmuckdesign entwerfen und es unter meinem Namen verkaufen. Es wird natürlich nicht so bekannt sein, wie »La Petite Bijouterie Dorée«, aber es wird mir andere, neue Möglichkeiten bieten und der Anfang eines völlig neuen Lebens sein.« Sie schluckte, blickte Ellen abwartend an. »Können Sie das verstehen, Frau Sander?«

Ellen nickte schweigend. »Das kann ich vollkommen verstehen. Es ist ein sehr mutiger, bewundernswerter Entschluss. Dazu wünsche ich Ihnen viel Glück.«
»Ihre Worte tun mir gut. Herr Lauritz hat wirklich großes Glück, Sie an seiner Seite zu haben.«

Gerade als er den Krawattenknoten band, klopfte es. Mit schnellem Schritt eilte Mark zur Tür, öffnete schwungvoll, doch anstatt dem erwarteten Hotelangestellten blickte er einer aufgelösten Valerie ins Gesicht.
»Ich muss mit dir sprechen, Mark. Es ist dringend«, stieß sie mit tränenerstickter Stimme hervor.
Reichte es nicht schon, dass er gleich Ellen Sander traf? Musste er zudem mit einer verheulten Valerie bestraft werden?
»Es tut mir leid, Valerie, aber ich habe jetzt einen Termin mit der Eigentümerin.«
»Ich muss dich aber JETZT sprechen, sonst reise ich unverzüglich ab.«
Marks Blick verdunkelte sich unheilvoll. »Ich hoffe für dich, dass es wirklich wichtig ist. Ich gebe dir genau fünf Minuten. Also, komm rein.«
Valerie warf ihren Kopf in den Nacken, dann rauschte sie an ihm vorbei ins Wohnzimmer seiner Suite. Ihr blumiges Parfüm umnebelte ihn wie eine unheilvolle Dunstwolke. Mit ausholendem Schritt folgte er ihr, blieb jedoch wartend im Türrahmen stehen. »Ich höre.«
Valerie stand am Fenster, kehrte ihm den Rücken zu. Durch das rhythmische Zucken ihrer Schultern und dem leisen

Schluchzen wusste er zweifelslos, dass sie weinte. Aber er wollte sie jetzt nicht trösten.

»Es geht so nicht weiter«, schluchzte sie.

»Was geht so nicht weiter?« fragte er ungehalten. So langsam war sein Maß an Nachsicht für ihr kindisches Verhalten voll.

»Ich kann so nicht mehr arbeiten. Du gibst mir diesen ungelenken Alexander an die Seite, verlangst von mir Höchstleistung, doch anstatt dich mit mir auszutauschen, verbringst du deine Zeit mit Ellen Sander.«

»Ich gedenke nicht, meine beruflichen Entscheidungen mit dir noch einmal zu diskutieren. Sie sind getroffen und alle, ausnahmslos alle, Valerie, haben sich daran zu halten. Auch du.« Marks Stimme klang bestimmt, duldete keinen Widerspruch.

Zornig fuhr Valerie herum, funkelte ihn an: »Ich bin nicht alle, Mark. Ich habe es satt, von dir wie alle anderen behandelt zu werden. Wir kennen uns schon so lange, uns verbindet so viel mehr. Es ist unerträglich, wie du all das leugnest. Ich kann und will so nicht mehr arbeiten. Ich reise ab.«

Das reichte. »Ist das der Grund, weswegen du mit mir sprechen musst, weswegen ich die Verkäuferin unseres potentiellen Unternehmenskaufes höchstwahrscheinlich verärgere, ja sogar gegen mich aufbringe? Ist das wirklich der Grund, weswegen ich hier stehe und den erfolgreichen Verlauf der Unternehmensfusion riskiere?« Seine Stimme bebte vor Zorn. In gefährlich ruhigem Ton fuhr er fort: »Ich hoffe für uns beide, dass ich mich irre und dass ich keinen Grund habe, an deiner Professionalität zu zweifeln. Alles andere haben wir bereits gestern besprochen.« Er blickte betont deutlich auf seine Uhr.

»Die fünf Minuten sind schon längst um, ich muss nun wirklich gehen. Was immer es auch ist, das du mit mir BERUFLICH besprechen willst, es muss bis später warten.« Er drehte sich um, griff nach seiner Aktenmappe und verließ ohne ein weiteres Wort die Suite.

Wütend drückte er den Fahrstuhlknopf. So ein Mist. Jetzt kam er mindestens eine Viertelstunde zu spät. Hoffentlich war Ellen Sander pünktlich gewesen und hatte die Situation gerettet. Valerie brachte ihn in eine unmögliche Situation, nicht nur, weil er Virginie Merigneux versetzte, sondern auch, weil er jetzt auf Ellen Sander angewiesen war. Resigniert fuhr er sich über die Augen. Sobald dies hier vorbei war, musste er die Sache mit Valerie ein für allemal klären, egal welche Konsequenzen das bedeutete. Nur jetzt war der denkbar ungünstigste Moment. Noch bevor Mark sich weitere Gedanken machen konnte, öffnete sich die Fahrstuhltür zur Hotelhalle.

»Da ist er ja«, Virginie Merigneux reckte ihren Arm in die Luft, winkte dezent. Dann stand sie sogleich auf, um Mark zu begrüßen, der in einem dunkelblauen, perfekt sitzenden Anzug mit langen Schritten auf sie zueilte. Lächelnd streckte er ihr die Hand entgegen.

»Bitte entschuldigen Sie meine Verspätung, Frau Merigneux. Es tut mir furchtbar leid, aber ich musste mich noch um einen unerwarteten Notfall kümmern.« Er wandte seinen Kopf zu Ellen. Sein Mund verzog sich zu einem erleichterten Lächeln, das jedoch seine Augen nicht erreichte. »Aber zum Glück konnte mich Frau Sander vertreten.«

Ellen glaubte, sich verhört zu haben. Vertreten? Sie hatte ihn vertreten? Sie hatte ihm den Hintern gerettet, denn ihre Gesprächspartnerin säße sicherlich nicht mehr hier, wenn er einfach so, ohne jegliche Nachricht, nicht erschienen wäre. Dann könnte er sich seine geplante Unternehmensfusion abschminken. Wütend griff sie nach ihrem Notizblock, setzte sich wieder ins Sofa, wo sie schweigend Marks und Virginie Merigneux' Gespräch lauschte.

KAPITEL 13

Fahles Licht fiel durch die schweren Vorhänge, als Ellen blinzelnd auf das Ziffernblatt ihres Weckers linste. Noch eine halbe Stunde Zeit, bis er klingelte. Gut gelaunt rollte sie sich auf die andere Seite, blickte zum Fenster. Endlich war diese unselige Woche vorbei. Noch heute Vormittag flogen sie zurück nach Hamburg. Zwei ganze Tage ohne Mark Lauritz, was für ein Geschenk! Sie würde die Zeit bis Montagmorgen ohne einen Gedanken an ihn oder an die Unternehmensfusion verbringen. Es war allerhöchste Zeit, dass sie sich mal von diesem zermürbenden Projekt erholte. Vielleicht konnten Vivian und sie etwas zusammen unternehmen? Ellen streckte sich genüsslich. Und vor allem wollte sie ausschlafen. Plötzlich konnte sie es nicht mehr erwarten, rollte sich auf die andere Seite und schwang die Beine aus dem Bett.

Der Weg zum Flughafen erschien Ellen diesmal viel kürzer. Vielleicht lag es auch daran, dass sie sich so gut mit Walter unterhielt. Sie hätte dem zurückhaltenden Mann gar nicht so viel Witz und Redegewandtheit zugetraut. Bei den Abendessen war er immer so ruhig gewesen, aber vielleicht lag das auch eher an Alexanders präsenter Art. Ellen genoss Walters Ausführungen über die französische Literatur, die neuesten Ausstellungen im Louvre und in den kleinen Pavillons an der Champs-Elysées. Er hatte seine freie Zeit, die ihr leider nicht vergönnt gewesen war, dazu genutzt, sich über das anstehende Kulturprogramm in Paris zu erkundigen. Nun plante er ein gemeinsames Wochenende mit seiner Frau, die genauso kunstinteressiert war wie er selbst. Sie konnte sich die beiden richtig vorstellen, wie sie einträchtig durch die weitläufigen Hallen des Louvre spazierten, sich die darin ausgestellten Kunstwerke anschauten. Vielleicht fuhren sie auch gemeinsam mit einem Bâteau Mouche über die abendlich erleuchtete Seine, flanierten über die Champs-Elysées oder bestiegen den Eiffelturm? Egal, sie war sicher, beide würden das Wochenende genießen. Fast enttäuscht über das Ende ihrer Unterhaltung öffnete Ellen die Seitentür des Taxis und stieg aus.

Während der Fahrer ihren Koffer aus dem Kofferraum wuchtete, bremste bereits das Taxi mit Valerie, Alexander und Mark scharf hinter ihr am Gehsteig. Gespannt wartete Ellen auf die drei, die seltsam ruhig nach ihren Gepäckstücken griffen. Vielleicht lag es daran, dass Valerie kein Wort sprach, sondern eingeschnappt ihren Koffer hinter sich her zerrte und mit verschränkten Armen am Eingang des Terminals wartete? Mark und Alexander folgten mit gemächlichem Schritt. Mark nickte in Richtung des Gebäudes. »Also dann, checken wir ein.«

Der Tross setzte sich in Bewegung, wobei Ellen darauf achtete, hinter Mark zu gehen. Sie legte wirklich keinen Wert auf weitere Kommentare aus seinem Mund. Am Check-in Schalter herrschte kein Andrang, sodass sie keine zehn Minuten später die Sicherheitskontrolle passierten und sich pünktlich vor dem Abflugschalter einfanden. Das Boarden hatte bereits begonnen, die Schlange der wartenden Passagiere war lang. Valerie stellte sich schweigend an, sodass die anderen ihr stirnrunzelnd folgten. Mark, der sich vor Ellen einreihte, änderte spontan seine Meinung und trat schweigend hinter sie. Vergeblich versuchte Ellen das Kribbeln in ihrem Nacken zu ignorieren, das der bloße Gedanke an Mark so dicht hinter ihr auslöste. Als ob sie es geahnt hätte, hörte sie seine tiefe Stimme dicht an ihrem Ohr.

»Ach, Frau Sander, fast hätte ich es vergessen.«

Ellen verdrehte die Augen. Was kam jetzt schon wieder? Mit fragendem Blick wandte sie sich zu ihm um. »Was hätten Sie fast vergessen, Herr Lauritz?«

»Mein Vater und ich möchten, dass Sie uns am Montagmorgen Ihre bisherigen Auswertungen präsentieren.« Er genoss ihren erstaunten Blick. »Mein Vater erwartet, auf den neuesten Stand gebracht zu werden, da er ja schließlich nicht in Paris war. Und wenn Sie uns schon Ihre Auswertungen präsentieren, dann bauen Sie doch bitte auch einen Ausblick der nächsten Schritte ein.« Er schwieg bedeutungsvoll. »Es sollte kurz, präzise und nicht detailliert sein. Wir wollen uns schließlich auf das Wesentliche konzentrieren.«

Ihr blieb nichts anderes übrig, als schweigend zu nicken und sich darauf zu konzentrieren, sich ihre Enttäuschung nicht anmerken zu lassen. Es würde wohl nichts aus einem vergnüglichen Wochenende werden.

Mark nickte in Richtung Flugzeugeinstieg. »Und nun wäre es hilfreich, wenn Sie den anderen folgen, sonst verpassen wir noch unseren Flug.«

KAPITEL 14

»Ich öffne schon.« Marlene Lauritz durchquerte mit schnellem Schritt die geräumige Diele, wobei ihre Absätze fröhlich auf dem Marmor widerhallten. Schwungvoll drehte sie den Schlüssel im Schloss, öffnete die schwere Eingangstür.

»Mein Schatz, komm herein. Wie schön dich zu sehen.« Dabei umarmte sie Mark.

»Hallo, Mama.« Er löste sich aus ihrer Umarmung, richtete sich wieder auf. Seine Mutter sah für ihre 65 Jahre, wie er fand, sehr gut aus. Zu ihrer langen cremefarbenen Hose trug sie einen wollweißen Pullover. Sie liebte schlichte Kleidung, um die wenigen, aber wertvollen Schmuckstücke, die sie trug, voll zur Geltung zu bringen. Ihre eisgrauen Augen sprühten nur so voll Energie.

»Ich freue mich ja so, dass du endlich wieder einmal vorbeischaust. Stell dir vor, Isabella ist auch da.«

Mark blickte erfreut auf. »Das ist wirklich eine Überraschung. Wo steckt sie denn?«

Noch während er die Frage stellte, lief eine schlanke Mittzwanzigerin mit langen, braunen Haaren, die ihr in Korkenzieherlocken bis auf den Rücken reichten, die Treppe hinunter und sprang von der vorletzten Stufe auf die Marmorsteine. Sie trug eine lange Jeans, ein graues T-Shirt und einen bunten Seidenschal lässig um den Hals geschlungen. Er passte genau zu ihrem Haarband, das vergeblich die Lockenpracht zu bändigen versuchte. In ihren Ohren baumelten vergnügt zwei riesige Ohrgehänge. Wahrscheinlich eine Eigenkreation. Seit seine Schwester vor drei Jahren entschieden hatte, Schmuckdesign zu studieren, trug sie fast ausschließlich nur noch ihre eigenen Entwürfe. Grinsend schlenderte sie auf Mark zu, schlang die Arme um seinen Hals und drückte ihm einen geschwisterlichen Kuss auf die Wange.

»Hallo, Bruderherz. Schön dich zu sehen.«

Mark erwiderte ihre Umarmung. »Hallo, Bella.«

Marlene Lauritz schaute stolz auf ihre beiden Kinder. Wie verschieden sie doch waren. Mark, der seinen weichen Kern unter einer harten Schale verbarg, und Isabella, die ihr Herz direkt auf der Zunge trug. Trotz des großen Altersunterschieds verstanden sich beide prächtig, schienen sich geradezu zu ergänzen. Isabella hakte sich entspannt bei Mark unter.

»Ich hab gehört du warst in Paris und das eine ganze Woche lang. Da bin ich jetzt aber mal auf alle Details gespannt.«

Mark lachte nachsichtig. »Mensch Bella, hat dir denn niemand erzählt, dass ich dort gearbeitet habe?«

Isabella schüttelte ungeduldig den Kopf. »Na und? Wenn ich eine Woche lang in der Stadt der Liebe arbeite, dann kannst du aber davon ausgehen, dass ich auch etwas davon habe.«

Mark zog ihr neckend an der Nase. »Du Grünschnabel, beende du erst einmal dein Studium.«

»Ach, du bist einfach in Sachen Romantik ein hoffnungsloser Fall.«

Ihre Neckerei wurde von der melodischen Stimme seiner Mutter unterbrochen: »Geht doch am besten schon ins Esszimmer. Das Essen ist nämlich schon fertig. Dann können wir uns direkt an den Tisch setzen und uns dort unterhalten.«

Mark drehte sich zu ihr um. »Entschuldige bitte, dass ich erst jetzt komme, aber der Flieger hatte heute Morgen Verspätung. Dadurch haben sich alle Termine bei mir verschoben.«

Seine Mutter lächelte ihn an. »Nicht schlimm. Geht schon einmal rein, ich komme sofort.« Während sie in die Küche ging, dachte sie über ihren Ältesten nach. Wie er dort im Flur in seinem Anzug stand, wirkte er wirklich sehr stattlich, ohne sich als Mutter schmeicheln zu wollen. Sie atmete besorgt aus. Er arbeitete zu viel. Vielleicht hatte er deshalb mit seinen 39 Jahren jedes Interesse an einer längeren Beziehung verloren. Sie seufzte. Nein, es war alles Coras Schuld. Sie hatte nicht nur sein Vertrauen missbraucht, sondern auch seine Gefühle bis ins Innerste verletzt. Sie kannte ihren Sohn. Wahrscheinlich war er immer noch nicht über Cora hinweg. Resigniert schüttelte sie mit dem Kopf. Es musste doch eine Frau geben, die ihn aus seinem selbstgebauten Panzer herauslockte, mit der er sich auf eine neue Beziehung einlassen wollte. Wenn sie doch nur wüsste, was sie tun könnte! Bei diesem Gedanken ergriff sie die große Suppenschüssel von der Wärmeplatte und trug sie ins Esszimmer.

Ihr Mann, Mark und Isabella saßen bereits um den ovalen Esszimmertisch aus Kirschholz. Isabella erzählte gerade fröhlich von ihrem Studium in London und welchen fachlichen Diskurs sie sich mit ihrem neuen Professor geliefert hatte. Die Worte sprudelten nur so aus ihrem Mund. Verstohlen wanderte Marlenes Blick zu Mark, der seiner Schwester aufmerksam und mit einem amüsierten Lächeln auf den Lippen zuhörte, doch er wirkte irgendwie bedrückt und müde. Ob das Akquisitionsprojekt ihm zu schaffen machte und doch nicht so gut lief, wie sein Vater es annahm?

»Hm, das riecht himmlisch, Mama.« Isabella unterbrach ihren Monolog mitten im Satz, richtete ihre ganze Aufmerksamkeit auf die Suppenterrine. Dabei hatte sie ihren Stuhl zurückgeschoben und bereits nach der Terrine gegriffen. Fröhlich hielt sie sie vor Mark. »Zur Feier des Tages darfst du zuerst, großer Bruder.«

»Dann beeile ich mich besser, bevor du es dir anders überlegst.« Mark griff zur Suppenkelle und füllte sich die cremige Suppe auf den Teller. Der Duft von Tomate und Basilikum stieg ihm in die Nase. »Hm, das riecht echt wunderbar.« Er strahlte seine Mutter an, auf deren Gesicht sich ein stolzes Lächeln zeigte.

Nachdem Isabella den Tisch umrundet und sich als Letzte selbst bedient hatte, wünschten sich alle einen guten Appetit. Herr Lauritz räusperte sich und sah Mark an.

»So, mein Junge, und nun erzähl uns doch einmal, wie es in Paris so gelaufen ist.«

»Aber Gerhard, ich bitte dich. Lass Mark doch erst einmal in Ruhe seine Suppe essen.«

Herr Lauritz nickte widerwillig. »Gut, aber danach möchte ich gerne etwas hören, schließlich habe ich die gesamte Woche mit Warten zugebracht, da mein lieber Herr Sohn es vorgezogen hat, mich nicht auf dem Laufenden zu halten.« Unmut war in seiner Stimme zu hören.

Mark aß unbeirrt seine Suppe auf, dann tupfte er sich mit der Serviette den Mund, trank gelassen einen großen Schluck Wasser. »Das war echt lecker.« Und nach einer kleinen Pause fügte er mit einem Seitenblick auf seinen Vater hinzu: »Ich habe nicht angerufen, weil es nichts Besonderes zu erzählen gab. Wie du weißt, waren wir dort, um Informationen zu sammeln und um uns ein Bild von dem Unternehmen zu machen.«

»Und? Was habt ihr herausbekommen? Mensch Junge, lass dir doch nicht jedes Wort aus der Nase ziehen. Ich bitte dich.«

»So einiges. Noch ist es ja viel zu früh etwas Verbindliches zu sagen, weil wir noch nicht alle Informationen ausgewertet haben. Aber allem Anschein nach ist das Unternehmen gesund, hat keine finanziellen Probleme, keine unüberwindlichen Personalkosten und ein gutes Produktsortiment.«

»Warum wollen die Eigentümer denn verkaufen?« Marlene schaute Mark fragend an.

»Es gibt wohl einen unüberwindlichen Zwist zwischen den beiden Schwestern. Eine von ihnen will aus dem Unternehmen ausscheiden und verlangt, ausgezahlt zu werden. Da die andere Schwester das aber nicht kann, haben sie sich für einen Verkauf entschieden.«

»Was kann das für ein Zwist sein, dass sich zwei Schwestern so verfeinden?« überlegte seine Mutter laut.

»Ich nehme an, es geht um einen Mann, große Emotionen, Liebe, Hass und Leidenschaft«, warf Isabella träumerisch ein und aß einen weiteren Löffel Suppe.

»Tatsache ist«, fuhr Mark fort, »dass ich glaube, sie würden sehr gerne an uns verkaufen. Allerdings müssen wir uns erst einmal darüber Gedanken machen, ob dieses Unternehmen wirklich zu uns passt.«

»Wieso?« Herr Lauritz hatte sich vorgebeugt, schaute seinen Sohn aufmerksam an.

»Na ja, unsere Produkte stehen erstrangig für Qualität, hochwertiger Schmuck, der etwas Besonderes ist, während ihr Sortiment auf den Massenmarkt ausgerichtet ist.«

Sein Vater dachte schweigend nach und nickte. »Gut, lass uns das am Montag im Detail diskutieren.«

»Ja, das habe ich auch gedacht und Frau Sander bereits gesagt, dass sie uns dann ihre bisherigen Überlegungen präsentieren soll. Angeblich sind einige Entscheidungen von uns zu fällen, ohne die sie nicht weiterarbeiten kann.«

Seine Mutter, die Mark aufmerksam zuhörte, horchte auf, als sein Ton um eine Nuance härter klang.

»Frau Sander? Wer ist Frau Sander?« neugierig drehte Isabella ihren Kopf zu Mark.

»Unser Vater hat Frau Sander als Branding Beraterin für den Firmenkauf engagiert.«

»Cool. Branding Beraterin, klingt echt schick. Und wie sieht sie aus?«

Mark zuckte mit den Achseln. »Normal.«

»Normal? Paps, welche graue Maus hast du denn da eingestellt?« Vorwurfsvoll schüttelte Isabella den Kopf.

»Ich habe Frau Sander nicht wegen ihres Aussehens, sondern wegen ihrer Kompetenz eingestellt, auch wenn ich sie nicht als normal, sondern als eine attraktive, junge und dynamische Geschäftsfrau beschrieben hätte.« Herr Lauritz richtete seine Aufmerksamkeit wieder auf seinen Sohn. »Und was ist dein Eindruck von ihr nach eurer ersten gemeinsamen Arbeitswoche? Bist du mit ihrer Arbeit zufrieden?«

Mark blickte grimmig auf die Suppenterrine. Das hatte ihm jetzt wirklich noch gefehlt, den ganzen Abend über Ellen ausgequetscht zu werden. »Ich habe ihr klar zu verstehen gegeben, wer die Zügel in der Hand hält. Sie weiß, dass sie sich nun beweisen muss, da jetzt erst die entscheidende Phase beginnt.«

Sein Vater schaute Mark lange schweigend an.

»Ist sie denn so unzuverlässig? Eberhard hat in den höchsten Tönen von ihr geschwärmt und sie als sehr professionell und zuverlässig beschrieben, nicht wahr, Gerhard?«

»Ja, und das ist auch mein Eindruck von ihr. Ich bin sicher, Mark wird das auch noch herausfinden.«

»Wie sieht sie denn nun aus?« Isabella bohrte unbeirrt weiter.

»Hab ich doch schon gesagt, normal. Reicht das jetzt?« Marks Stimme klang gereizt.

»Ich bin ja schon still. Was gibt es eigentlich als Hauptgang, Mama? Ich hab tierischen Hunger.« Isabella war aufgesprungen, hatte die Terrine ergriffen und war schon auf dem Weg zur Küche.

»Warte, ich helfe dir beim Auffüllen.« Marks Mutter erhob sich ebenfalls, folgte ihrer Tochter.

Isabella hatte bereits die Schranktür geöffnet, balancierte gerade die Salatschüssel aus dem Fach, als ihre Mutter die Küche betrat.

»Hast du Marks Reaktion gesehen?« fragte sie ihre Mutter mit blitzenden Augen. »Ich sag dir was, diese Frau Sander ist alles andere als normal, wenn du mich fragst.«

»Meinst du? Mark ist nicht sehr glücklich über die Entscheidung deines Vaters, sie in dieses Projekt einzubinden. Wahrscheinlich ist er deshalb verstimmt.«

Isabella hatte den Kopf leicht schiefgelegt, schien zu überlegen. »Weißt du was, ich werde mir diese Frau Sander höchst persönlich anschauen, dann wissen wir beide jedenfalls mehr. Paps kann mich Montag mit ins Büro nehmen, ich wollte eh in die Goldschmiede.«

Ihre Mutter nickte. »Ja, mein Schatz. Tu das.« Dann drückte sie ihrer Tochter zwei Schüsseln in die Hand, bewaffnete sich selbst mit der großen Fleischplatte und folgte ihr zurück ins Esszimmer.

Mark zog seinen Autoschlüssel aus dem Jacket und öffnete die Tür seines schwarzen Sportwagens. Er drehte den Schlüssel in der Zündung, dann ließ er das Beifahrerfenster herunter, winkte seinen Eltern und seiner Schwester noch einmal zu. Es war ein heimeliges Bild, wie sie da zu dritt in der Eingangstür der großen Stadtvilla standen. Aus dem Wohnzimmer drang helles Licht nach draußen, denn die großen, weißen Fensterläden standen noch offen. Mark winkte, dann ließ er den Motor bei der Beschleunigung leicht aufheulen.

Es war ein netter Abend gewesen, aber ehrlich gesagt war er heilfroh, dass er endlich vorüber war. Das Gespräch über Ellen hatte seine gute Laune vertrieben. Seine Familie hatte ja gar nicht genug von dem Thema bekommen können. Es reichte doch schon, wenn er sich tagsüber mit ihr auseinandersetzen musste, und sie ihn nachts in seinen Träumen verfolgte. Es war eine harte Woche gewesen. Nun wollte er endlich allein sein, keine nervigen Fragen mehr hören und vor allem Ellen Sander vergessen. Je eher sie aus seinem Leben verschwand, desto besser.

KAPITEL 15

Neugierig saß Isabella neben ihrem Vater auf dem Beifahrersitz, trommelte mit den Fingern auf den Griff der Autotür. »Sag mal, könntest du mir einen Gefallen tun, Paps?« Herr Lauritz zog fragend eine Augenbraue hoch. »Worum geht es denn?«

»Ich möchte gerne Frau Sander kennenlernen. Schließlich ist es doch immer gut, eine Branding Expertin zu kennen. Wer weiß, vielleicht brauche ich ja mal eine für meine eigene Schmuckkollektion.«

Herr Lauritz schüttelte den Kopf. »Bella, du bist wirklich unverbesserlich. Mark wird das nicht gerne sehen.«

»Bah, Mark«, Isabella warf entrüstet den Kopf zurück. »Er hat von Frauen wirklich keine Ahnung, sonst wäre er auch nicht auf diese dumme Cora hereingefallen.«

»Isabella, bitte«, wies ihr Vater sie streng zurecht.

»Mensch Paps, ist doch wahr. Wenn er seinen ganzen Frust mit Cora an dieser armen Frau auslässt, dann kann sie wirklich ein wenig Aufmunterung in Form eines netten Familienmitglieds gebrauchen. Schließlich kann sie ja nichts für Cora.«
Ihr Vater schwieg, schien zu überlegen. »Gut, aber denke daran, dass dein Bruder Geschäftsführer ist und du dich hier in seinem beruflichen Umfeld bewegst. Ich erwarte, dass du dich dementsprechend benimmst.«
Isabella strich ihm liebevoll über die Wange. »Aber klar, Paps. Ich bin doch kein Kind mehr.«
»Aber ein schrecklicher Wirbelwind«, antwortete er ergeben.
Isabella blickte aus dem Fenster. Es war schon einige Zeit her, dass ihr Vater sie zuletzt mit ins Büro genommen hatte. Sie freute sich darauf, die Mitarbeiter wiederzusehen und in der Goldschmiede ein neues Design auszuprobieren. Vor allem aber freute sie sich auf Ellen Sander.
Als sie hinter ihrem Vater die große Treppe emporstieg und ihm in sein Büro folgte, hastete Frau Diekmann aus ihrem Büro.
»Guten Morgen Herr Lauritz, ich«, sie hielt inne, als sie Isabella erblickte. »Ja Isabella, welch schöne Überraschung, Sie einmal wiederzusehen. Gut sehen Sie aus.« Mütterlich streckte sie ihr die Hand entgegen.
»Wie schön Sie wiederzusehen, Frau Diekmann. Ich hoffe, mein Vater drückt Ihnen nicht allzu viel Arbeit auf.«
»Aber nein, aber nein«, wehrte Frau Diekmann sofort ab, strich sich nervös übers Haar. »Ganz und gar nicht.«
»Dann bin ich ja beruhigt.«
»Frau Diekmann«, unterbrach sie Herr Lauritz' Stimme. »Ist mein Sohn schon da?«

»Nein, noch nicht. Er hat heute Morgen einen aushäusigen Termin, aber wir erwarten ihn in ungefähr einer halben Stunde.«

»Gut, gut«, antwortete Herr Lauritz knapp. »Und Frau Sander, ist sie schon da?«

»Ja, sie ist in ihrem Büro.«

»Gut. Danke.«

Herr Lauritz hatte seinen Mantel aufgehangen, legte Isabella die Hand auf die Schulter. »Nun will ich dir mal Frau Sander vorstellen, bevor dein Bruder hier auftaucht und dunkle Gewitterwolken aufziehen. Dann kannst du auch deiner Mutter alles haargenau erzählen.« Dabei lächelte er seiner Tochter verschmitzt zu.

Vor der letzten Flurtür blieben sie stehen, Herr Lauritz klopfte kurz, dann öffnete er vorsichtig die Tür. Isabella folgte ihm und blieb überrascht auf der Türschwelle stehen. Hinter dem Schreibtisch, auf dem fein säuberlich verschiedene Papierstapel neben dem Laptop aufgereiht lagen, saß eine junge Frau mit leicht gewelltem, schulterlangem, braunem Haar. Isabella schätzte sie auf Mitte Dreißig. Beim Eintreten ihres Vaters hatte herzlich gelächelt, war sofort aufgestanden und ihm zur Begrüßung entgegengeeilt. Sie trug ein knielanges, eng tailliertes, dunkelblaues Kostüm mit einem schlichten hellblau glänzenden Shirt, das sehr professionell wirkte und ihre schlanke Statur vorteilhaft betonte, sowie hochhackige, schwarze Schuhe mit gefährlich dünnen Absätzen. In ihren Ohren steckten schlichte Goldstecker, um ihren Hals trug sie eine feingliedrige Goldkette mit einem Brillantanhänger. Trotz der eher unauffälligen Kleidung wirkte sie sehr feminin, voller Energie und selbstbewusst.

Diese Frau war alles andere als normal, entschied Isabella. Ellen Sander war nicht nur sehr attraktiv, sondern garantiert auch im Stande, ihrem Bruder Paroli zu bieten. Wahrscheinlich war er deshalb nicht gut auf sie zu sprechen. Plötzlich sah Isabella in ein Paar tiefblaue Augen, die sie interessiert und offen anblickten.

»Darf ich Ihnen unsere Tochter Isabella vorstellen, Frau Sander? Sie studiert Schmuckdesign an der International School of Design in London und wollte heute einmal wieder in unserer Goldschmiede vorbeischauen.« Er drehte sich stolz zu seiner Tochter um, die immer noch fasziniert im Türrahmen stand. »Isabella, dies ist Frau Sander.«

Ellen lächelte der jungen Frau herzlich zu, die mit ihren dunklen, langen Locken, der beigen Leinenhose und der weißen taillierten Bluse auf der Türschwelle stand und sie mit großen Augen anschaute. Lächelnd ging Ellen ihr mit ausgestreckter Hand entgegen, die Isabella herzlich ergriff.

»Es freut mich sehr, Sie kennenzulernen. Ich hatte vor einer Woche das Vergnügen, die Goldschmiede gezeigt zu bekommen und bin noch immer von der filigranen Arbeit beeindruckt.«

Isabella strahlte. »Ja, es hat mich auch schon immer fasziniert. Jetzt bin ich fast soweit, dass ich selbst meine eigenen Entwürfe realisieren kann.«

Ellens Blick fiel auf die ausgefallenen Ohrringe, die von Isabellas Ohren bis auf die Schultern reichten, zarte Steine an einem hauchdünnen Goldfaden aufgereiht.

»Haben Sie Ihre Ohrringe selbst entworfen?«

»Ja, gefallen Sie Ihnen?«

»Sie sind wunderschön, sehr filigran. Sie haben wirklich Talent, wenn ich das so als Laie sagen darf.«

Isabella strahlte. »Vielen Dank.«

Ihr Vater räusperte sich. »Nun werden wir Sie weiter arbeiten lassen. Wir treffen uns ja bereits in einer Stunde, nicht wahr?«

Ellen nickte zustimmend. »Das ist richtig. Ihr Sohn möchte, dass ich Ihnen meine bisherigen Auswertungen präsentiere.«

»Ich bin schon sehr gespannt.« Herr Lauritz lächelte Ellen noch einmal freundlich zu und verließ das Büro.

»Tja, dann will ich Sie auch nicht weiter stören. Hat mich gefreut, Sie kennenzulernen«, verabschiedete sich Isabella.

Ellen lächelte. »Ganz meinerseits. Viel Spaß in der Goldschmiede.«

»Danke. Bis bald.« Damit hatte sich Isabella umgedreht und schwungvoll die Tür geschlossen.

Ellen ging langsam zurück zu ihrem Schreibtisch. Die Familie Lauritz war so nett, warum nur war Mark so unausstehlich? Resigniert rieb sich Ellen die Schläfen. Sie wollte nicht mehr an ihn denken, er hatte sie in Gedanken bereits das ganze Wochenende verfolgt. Und heute Morgen würde er sich wahrscheinlich neue Gemeinheiten ausdenken. Aber ihre Präsentation war gut. Sie hatte das gesamte Wochenende daran gearbeitet, konnte ruhigen Gewissens Herrn Lauritz die Ergebnisse ihrer bisherigen Analysen sowie die verschiedenen Optionen der weiteren Vorgehensweise präsentieren. Ellen setzte sich, blätterte ein letztes Mal durch ihre Präsentationsunterlagen.

Zufrieden mit sich schlug Ellen die letzte Seite ihrer ausgedruckten Präsentationsfolien um, bevor sie sich wieder Mark und seinem Vater zuwandte. Ihre Ausarbeitungen über die beiden Unternehmen, ihre Marktpositionierungen, die zu vereinenden Marken und mögliche Optionen für die zukünftige Aufstellung in den südlichen Märkten waren klar, einleuchtend und umfassend gewesen, denn sie hatte sich nicht in unnötigen Details verloren, um den Blick auf das Wesentliche zu lenken. Sie schaute auf die letzte Seite und fuhr fort: »Unter der Voraussetzung, dass sich aus den geplanten Besichtigungen der italienischen und spanischen Niederlassungen keine gegensätzlichen Erkenntnisse ergeben, schlage ich vor, die Überlegungen in Richtung zweier Marken zu lenken, wobei die zu erwerbende Marke den Zusatz »aus dem Haus Lauritz« erhält. Dies hat mehrere Vorteile, vor allem aber erleichtert es die Markeneinführung in den deutschen Markt. Die Marke »Lauritz« wird im Rahmen der Fusion in den französischen, italienischen und spanischen Markt eingeführt, als Luxusvariante des Bekannten. Die Zweimarkenstrategie würde auch die Identifikation der Mitarbeiter erleichtern, denn jeder könnte in seinem Unternehmen weiterarbeiten, sich lediglich als Teil eines neuen größeren Ganzen begreifen. Diese wichtige Phase der Identifikation wird von zahlreichen Workshops meinerseits begleitet.« Hoffnungsvoll blickte sie in Herrn Lauritz' Gesicht. »Da dies jedoch sehr viel Vorbereitung verlangt, brauche ich Ihre grundsätzliche Entscheidung zur zukünftigen Ausrichtung der Markenstrategie.«
Herr Lauritz nickte nachdenklich, doch bevor er etwas erwidern konnte, ließ Marks dunkle Stimme Ellens Kopf herumwirbeln.

Irritiert blickte sie ihn an. Wieso ergriff er jetzt das Wort? Er kannte doch ihre Auffassung. Ging es nicht darum, seinen Vater ebenso über ihre Arbeit zu informieren?

»Danke für Ihre Ausführungen.« Marks Stimme klang hart. »Allerdings muss ich zugeben, dass ich von den Ergebnissen enttäuscht bin.«

»Wie bitte?« rutschte es Ellen ungläubig heraus.

Marks Augen zogen sich missbilligend zusammen, doch er blickte Ellen weiter unentwegt an, bevor er ruhig weitersprach: »Ich verstehe, dass dies für Sie der einfachste Weg ist, aber ich finde Ihre Logik lückenhaft und keinesfalls überzeugend.«

Ellen spürte heißen Zorn in sich aufsteigen. Wie konnte Mark das sagen, nachdem sie ihn täglich informiert hatte? Diese Schlange!

Mark blickte seinen Vater an. »Was ich sagen will ist, mir ist absolut nicht klar, warum wir nicht zum Beispiel alles unter »Lauritz« firmieren und das Sortiment einfach erweitern? Diese Möglichkeit haben wir bisher noch gar nicht erörtert.«

»Ich habe Ihnen doch auf Seite sieben…«, begann Ellen.

»Ich weiß, was Sie auf Seite sieben erzählt haben«, unterbrach er sie barsch. »Aber das war bei weitem zu allgemein und oberflächlich. Ich verlange eine saubere, detaillierte Analyse, die mir das Gefühl gibt, eine gute Entscheidungsgrundlage zu haben. Und das ist bei dem hier«, er wedelte abfällig mit den ausgedruckten Präsentationsseiten, »definitiv nicht der Fall.«

Das konnte doch nicht wahr sein! War Mark von Sinnen? Wieso ließ er sie so ins Messer laufen, wo sie doch den groben Faden der Präsentation von ihm selbst bekommen hatte? Er wollte doch nur einen Überblick und keine detaillierte

Ausarbeitung. Ellen kniff die Augen leicht zusammen. Sie musste sich jetzt beherrschen, durfte sich vor Marks Vater keine Blöße geben, darauf wartete Mark doch nur! Heißer Zorn strömte durch ihre Adern, nur dank ihrer eisernen Disziplin erwiderte sie liebenswürdig: »Ich muss zugeben, dass mich Ihre Kritik überrascht, Herr Lauritz, da Sie mich extra um einen groben Überblick meiner derzeitigen Überlegungen gebeten hatten, nicht um eine genaue Analyse.«

»Da wusste ich auch noch nicht, dass Sie uns zu so gravierenden Entscheidungen zwingen wollen, die wir nur auf Basis sauberer Ausarbeitungen treffen können.« Als ob er ein unerzogenes Schulkind tadelte, atmete er genervt aus. »Nun gut, jetzt wissen Sie ja, was wir brauchen. Bis wann können wir mit der genauen Analyse rechnen, denn vorher ist es unmöglich, eine Entscheidung über die zukünftige Markenstrategie zu treffen.«

»Ist Freitag in Ordnung?« Ellens Stimme klang gefährlich ruhig.

»Das ist zu spät. Ich will keine ganze Arbeitswoche verlieren.« Er beugte sich leicht vor. Seine eisgrauen Augen blitzten Ellen gefährlich an. »Wenn Sie alles schon so gut durchdacht haben, wie Sie sagen, dann können Sie das sicherlich auch schneller zu Papier bringen. Übermorgen früh, spätestens.«

Ellen erwiderte seinen Blick einen Moment lang schweigend. Dann nickte sie. »In Ordnung.« Sie stand auf.

Herr Lauritz und Mark erhoben sich ebenfalls. Ellen nickte Marks Vater kurz zu und verließ, ohne Mark eines weiteren Blickes zu würdigen, das Büro.

Ellen war zum Heulen zu Mute, aber das sollte und durfte niemand hier wissen. Schnell eilte sie über den Flur in ihr Büro, wo sie die Tür fest ins Schloss zog. Dann sank sie in den danebenstehenden Sessel, starrte resigniert aus dem Fenster. Alle Arbeit, alle Kooperation mit Mark waren umsonst gewesen. Er hatte sie extra auflaufen lassen, sie wie eine dumme Anfängerin aussehen lassen, dabei hatte sie nur das getan, was er wollte. Dieser Mann hasste sie und würde nicht eher ruhen, bis er sie in die Knie gezwungen hatte. Er hatte sich seinen Sieg über sie zum Ziel gesetzt und gedachte dies mit allen Mitteln zu erreichen, das war klar. Sie hatte sich von ihm täuschen lassen, aber das war nun vorbei. Aus und vorbei. Er war auf der Jagd, lauernd mit dem Finger am Abzug. Er wollte sie erlegen und wartete geduldig, bis er sie in einem schwachen Moment erwischte, um, ohne mit der Wimper zu zucken, abzudrücken. Das hatte sie nun unmissverständlich verstanden. Wie hatte sie es bloß vergessen können? Mark Lauritz war der widerwärtigste Mann auf der ganzen Welt!

Frustriert stand Ellen auf, ging hinüber in Karins Büro, um sich eine Tasse Kaffee zu holen. Glücklicherweise fand sie das Büro verwaist vor, goss sich den letzten Rest warmen Kaffees ein und hielt inne, als sie Schritte hinter sich vernahm.

»Karin, ich brauche dringend die Unterlagen über«, Marks Stimme verstummte unweit hinter Ellen, doch sie drehte sich nicht um. Stattdessen beschäftigte sie sich ausgiebigst mit den letzten Tropfen Kaffee, die in ihre Tasse flossen. Sollte er doch reden, was er wollte, sie hatte von ihm die Nase voll. Und es war ihr sowas von egal, wenn er sie für unhöflich hielt. Er war schließlich der Meister der Unhöflichkeit. Dennoch irritierte seine Anwesenheit sie, ihr Puls schlug gegen ihren Willen schneller. Aber das war ja auch nur zu natürlich, wenn man wusste, dass der Feind einem im Rücken lauerte. Als nun auch der allerletzte Tropfen aus der Kanne gelaufen war, sie im gefühlten Zeitlupentempo endlich einen Löffel gefunden und damit ihren Kaffee umgerührt hatte, horchte sie kurz auf. Alles war still. Mark hatte das Büro verlassen. Erleichtert drehte sie sich um - und erschrak. Lässig im Türrahmen gelehnt stand er keine zwei Meter entfernt, beobachtete sie mit süffisantem Lächeln und tippte auf das Ziffernblatt seiner Armbanduhr: »Kompliment, volle fünf Minuten um sich eine Tasse Kaffee einzuschenken. Bei dem Arbeitstempo überrascht mich wirklich nicht, dass Sie so eine oberflächliche Präsentation zusammenstellen. Wenn Sie so weiterarbeiten, werden Sie wohl bis übermorgen nicht viel schlafen.« Er zog provozierend eine Augenbraue in die Höhe, bevor er ohne ein weiteres Wort verschwand.

Ungläubig starrte Ellen den leeren Türrahmen an. Hatte sie das gerade geträumt? Hatte Mark sie wirklich die ganze Zeit beobachtet, um ihr noch einmal Kritik reinzuwürgen? Hatte ihm die Vorstellung vorhin noch nicht gereicht? Oh, wie sie ihn hasste! Vielleicht sollte sie Valerie mit irgendeiner lahmen Lüge auf ihn ansetzen, das wäre die beste Strafe für ihn, dachte Ellen mit Genugtuung. Doch es half nichts, sie musste zurück in ihr Büro, wo eine extra Portion Arbeit auf sie wartete.

KAPITEL 16

Herr Lauritz betrat das Wohnzimmer. »Guten Abend, meine Liebe.«

Marlene Lauritz schaute von ihrer Zeitschrift auf. »Guten Abend, Gerhard.« Bei genauerem Blick auf ihren Mann veränderte sich jedoch ihr Lächeln in einen besorgten Gesichtsausdruck. »Du siehst müde aus. Geht es dir gut?«

Ihr Mann nickte bedächtig »Ja, ja, mir geht es gut.« Dabei trat er langsam zur Anrichte, wo eine Karaffe mit Wasser und einigen Gläsern stand. Tief in Gedanken versunken goss er sich ein, trank einen großen Schluck. Stirnrunzelnd legte seine Frau ihre Zeitschrift beiseite und trat zu ihm. Dicht hinter ihm blieb sie stehen, legte sanft eine Hand auf seine Schulter. »Gerhard, was ist los?«

Herr Lauritz drehte sich langsam zu ihr um. »Ach, Marlene. Ich mache mir Sorgen um unser Projekt, um Mark und auch um Frau Sander.«

Ihre Augenbrauen hoben sich. Sie setzte sich in den nächstgelegenen Sessel. »Gerhard, bitte erzähl mir, was los ist.«

Herr Lauritz nahm seiner Frau gegenüber Platz, trank einen Schluck Wasser, dann stellte er das Glas vorsichtig auf den kleinen, gläsernen Beistelltisch.

»Heute Morgen hatte ich eine Besprechung mit Mark und Frau Sander, in dem sie uns ihre bisherigen Ergebnisse präsentiert hat. Es war eine wirklich gute Präsentation, klar, logisch, präzise auf den Punkt ausgearbeitet.«

»Aber das hört sich doch wunderbar an«, warf seine Frau ein.

»Tja, Mark war aber nicht meiner Meinung und hat eine neue Präsentation verlangt.« Gedankenverloren verzog er seinen Mund. »Marlene, ich weiß nicht, was in Paris vorgefallen ist, aber Mark geht sehr hart mit Frau Sander ins Gericht. Ich frage mich ernsthaft, wie lange sie sich das noch gefallen lässt. Wir sind jetzt in einer kritischen Phase der Akquisition. Gerade jetzt können wir es uns nicht erlauben, dass sie alles hinwirft.«

»Hat sie denn irgendetwas in dieser Hinsicht gesagt?« fragte seine Frau bestürzt.

»Nein, nein«, schüttelte Herr Lauritz den Kopf. »Sie hat alles sehr professionell weggesteckt, aber es war so klar, dass Mark ungerecht war. Ich kenne ihn gar nicht so, das ist überhaupt nicht seine Art. Irgendetwas stimmt da nicht. Du hättest die beiden erleben sollen, die Luft war zum Zerreißen gespannt.«

»Hast du Mark zur Rede gestellt?«

»Ich habe es versucht, aber er hat mich nicht an sich rankommen lassen. Was geht da nur zwischen den beiden vor?« Er schaute fragend seine Frau an.

»Ich denke, es ist an der Zeit, Frau Sander zu uns zum Abendessen einzuladen.«

»Vielleicht hast du Recht. Wir sollten ihr zeigen, dass die Familie Lauritz sie sehr schätzt, auch wenn dies einem Mitglied momentan sehr schwer fällt.« Er seufzte.

Seine Frau war zu ihm getreten, strich ihm liebevoll über den Arm. »Ich sehe das genauso. Sagen wir Donnerstagabend?«

»Das sollte gehen, denn kommende Woche könnten weitere Gespräche in Madrid und Rom anstehen.«

Marlene lächelte ihrem Mann aufmunternd zu. »Du wirst sehen, nach diesem Abendessen sind wir alle schlauer.«

»Hoffentlich«, antwortete er müde und leerte sein Glas.

KAPITEL 17

Dieses Mal hatte sie an alles gedacht. Nachdenklich flippte Ellen ihre Präsentationsfolien noch einmal durch. Heute konnte Mark ihr nicht wieder ein schlechtes Urteil geben. Sie hatte eine detaillierte Analyse ausgearbeitet, jeden Gedankenschritt verständlich dokumentiert, Zeit- und Kostenpunkte exakt aufgeführt und alles in eine klare Form gebracht. Immer wieder hatte sie sich mögliche Fragen, Schwachstellen und Lücken überlegt, die Mark finden könnte. Aber mehr als das konnte sie jetzt wirklich nicht mehr tun. Selbst ein völlig Unbedarfter würde das hier verstehen. Sollte Mark doch denken, dass sie nun an seinem scharfen Verstand zweifelte, auch wenn sie alles andere als das tat. Ellen schloss resigniert die Augen, griff nach ihren Ausdrucken und näherte sich mit bestimmtem Schritt dem Büro des Seniorchefs.

Ihrem Klopfen folgte ein lautes »Herein«. Herr Lauritz stand sofort auf, eilte ihr entgegen. Mark, der in einem Sessel gegenüber seinem Vater gesessen hatte, erhob sich ebenfalls. Sein Gesicht wirkte verschlossen, seine eisgrauen Augen beobachteten Ellen scharf. Irgendetwas schien ihn verstimmt zu haben. Das waren ja wunderbare Voraussetzungen für ihre Präsentation. Aber es half alles nichts, da musste sie jetzt durch.

»Ich hoffe, ich habe heute alle Ihre Fragen mit meinen Ausführungen beantworten können«, schloss Ellen ihre Präsentation.

Noch bevor Mark antworten konnte, nickte sein Vater zustimmend.

»Vielen Dank für die ausgesprochen detaillierte und klare Analyse, Frau Sander. Auch wenn ich zugeben muss, dass ich einige Aspekte Ihrer Erläuterungen vorher nicht als kritisch angesehen habe, so verstehe ich jetzt Ihre Begründungen und finde Ihre Vorschläge ausnahmslos sehr gut.« Er räusperte sich. »Natürlich möchte ich diese zunächst mit meinem Sohn unter vier Augen besprechen, denn damit sind ja weitreichende Konsequenzen verbunden, aber Sie werden umgehend unsere Entscheidungen erhalten, damit Sie weiterarbeiten können. Ich versichere Ihnen, dass wir mit Ihrer Arbeit wirklich sehr zufrieden sind.«

Ellen blickte ihn dankbar an, dann linste sie vorsichtig zu Mark herüber, der sie immer noch unheilvoll anstarrte. Das »wir« war wohl ein netter Versuch seines Vaters, die Arbeitsstimmung zu verbessern. Ach, Marks Meinung konnte ihr egal sein. Hauptsache, sein Vater war mit ihrer Arbeit zufrieden. Überrascht blickte Ellen erneut zu Herrn Lauritz, als er mit seiner ruhigen Stimme noch einmal das Wort ergriff.

»Meine Frau und ich möchten Sie gerne zu uns zum Abendessen einladen und würden uns sehr freuen, wenn Sie unsere Einladung annehmen.«

»Das ist eine große Ehre für mich. Natürlich komme ich sehr gerne.«

»Passt Ihnen morgen Abend?« Marks Vater lächelte Ellen etwas unbeholfen an. »Kommende Woche werden Sie wohl wieder unterwegs sein, so wie es aussieht, und meine Frau würde Sie wirklich gerne kennenlernen.«

Ellen schluckte den widerspenstigen Kloß in ihrer Kehle herunter. Ein Abendessen mit dem Seniorchef und seiner Frau war nicht nur ein außergewöhnliches Zeichen der Anerkennung, sondern auch sicherlich sehr nett. Hauptsache Mark nahm nicht daran teil.

»Morgen Abend passt prima.«

Herr Lauritz lächelte sichtlich erleichtert. »Fein, dann freue ich mich, Sie morgen bei uns zu sehen.« Er wandte sich an seinen Sohn. »Also 19:30 Uhr.«

Mark nickte schweigend, während Ellens Herz sank. Ihr blieb aber auch nichts erspart.

KAPITEL 18

Sie schaltete den Motor ab, stieg mit weichen Knien aus dem Auto. Vor ihr lag die ehrwürdige Stadtvilla mit ihren weißen Sprossenfenstern, inmitten eines von alten Bäumen umsäumten Grundstücks. Mit klopfendem Herzen drückte Ellen das Gartentor auf, schritt über den weißen Kiesweg zur Haustür, in deren Mitte ein schwerer Messingknauf prangte. Nervös zupfte sie an ihrem silbrigen Top, das sie zu ihrem dunkelblauen Kostüm angezogen hatte und strich sich noch einmal über den fließenden Stoff ihres Rockes. Er fiel ihr glockenartig um die Beine, endete oberhalb des Knies. Das kurze Jacket umfasste ein lockerer Gürtel. Dazu trug sie dunkelblaue schlichte, aber hochhackige Pumps. Fast drei Stunden hatte sie fragend vor ihrem Kleiderschrank zugebracht, bis sie sich für dieses Outfit entschieden hatte - feminin und doch nicht zu relaxt, denn schließlich fand das Abendessen bei ihrem Auftraggeber statt. Egal was passierte, sie durfte sich unter keinen Umständen von Mark provozieren lassen. Energisch nickte Ellen, um sich ihren eigenen Schwur zu bestätigen, dann drückte sie nervös auf die Klingel. Ein heller Glockenton zerriss die friedliche Stille, dicht gefolgt von raschen Schritten. Schon wurde die Eingangstür weit aufgerissen und Isabella stand in einem luftigen Sommerkleid vor ihr. Die wilden, braunen Locken wurden von einem roten Seidenschal gezähmt, den sie sich schmal um den Kopf gebunden hatte, in ihren Ohren funkelten goldene, ineinander verschlungene Ohrringe. »Hallo Frau Sander, wie schön, dass Sie kommen konnten.« Sie machte eine einladende Armbewegung ins Hausinnere. »Kommen Sie doch herein, wir sitzen alle im Wohnzimmer.«

»Hallo Isabella, vielen Dank für die nette Begrüßung.« Isabella ließ ihren Blick beeindruckt über Ellens attraktive Erscheinung gleiten, schnupperte unbemerkt ihr Parfüm. Klassisch mit einer dezenten Vanillenote. Sehr interessant. Schnell schloss sie die große Eingangstür, dann führte sie Ellen durch die Halle in einen Raum zu ihrer Rechten.

»Sie kommen gerade richtig, wissen Sie«, begann Isabella die Unterhaltung erneut. »Mein Bruder ist auch erst vor wenigen Minuten eingetroffen.« Sie senkte verschwörerisch die Stimme. »Dabei wollte er schon viel früher kommen.«

»Vielleicht ist er aufgehalten worden. Soviel ich weiß, hat er im Moment sehr viel Arbeit.« Wieso entschuldigte sie eigentlich Marks Zuspätkommen? Sie hatte doch überhaupt keine Ahnung, warum er nicht pünktlich war.

Isabella warf Ellen einen nachdenklichen Blick zu, bevor wieder das unbekümmerte Lächeln auf ihrem Gesicht erschien. »Ja, der Arme. Aber nun ist er ja da.« Mit diesen Worten hatten sie die Türschwelle des Raumes erreicht, aus dem leises Gemurmel zu hören war. »Frau Sander ist da.« Isabella verkündete Ellens Ankunft wie die langersehnte Ankunft eines Hauptdarstellers bei der Filmpremiere.

Ellen wurde leicht mulmig, doch es half jetzt alles nichts. Lächelnd betrat sie den Raum mit seinen hellgelb gestrichenen Wänden, den klassischen Möbeln im Stil von Ludwig XVI. Sofort sprang Herr Lauritz auf, eilte ihr entgegen. Aus den Augenwinkeln sah sie, dass sich auch Mark erhoben hatte.

»Guten Abend, Frau Sander.« Marks Vater kam mit ausgestreckten Händen auf Ellen zu, begrüßte sie herzlich. »Ich möchte Ihnen gerne meine Frau vorstellen.« Dabei drehte er sich leicht nach hinten und Ellen erblickte eine attraktive Frau Mitte sechzig. Ihr volles, braunes Haar reichte ihr bis zur Schulter, lag in ordentlichen Wellen geföhnt um ihren Kopf. Sie trug ein cognacfarbiges, knielanges Kleid, dessen gerader Schnitt durch ein buntes Chiffontuch, das sie sich als Gürtel um die Taille gebunden hatte, aufgelockert wurde. Dazu hatte sie schwarze, schlichte Pumps gewählt. An jeder Hand funkelte ein breiter Goldring in individuellem Design, in ihren Ohren sah Ellen goldene Ohrstecker. Was für eine stilbewusste und attraktive Frau. Mit einem warmen Lächeln war sie zu ihrem

Mann getreten, reichte Ellen die Hand und blickte sie mit ihren eisgrauen Augen herzlich an. Ellens Atem stockte, das waren Marks Augen! Nein, das stimmte nicht ganz. Solch einen freundlichen, warmen Blick hatte sie in seinen Augen noch nie wahrgenommen.

»Guten Abend, Frau Lauritz. Herzlichen Dank für die Einladung. Ich habe mich sehr darüber gefreut.« Ellen lächelte Marks Mutter herzlich an, dann reichte sie ihr die edle Pralinenschachtel, die sie beim führenden Chocolatier Hamburgs erstanden hatte. »Ein kleines Dankeschön«, schob sie erklärend nach.

Frau Lauritz' Lächeln vertiefte sich. »Das finde ich aber ganz reizend von Ihnen, mir diese wunderbare Köstlichkeit mitzubringen.« Und mit einem schelmischen Blick fügte sie hinzu: »Ich liebe diese kleinen Sünden.« Sie lachte fröhlich auf. Wie konnten solche Eltern ein solches Scheusal als Sohn haben? schoss es Ellen durch den Kopf.

Frau Lauritz drehte sich zu Mark um. »Unseren Sohn kennen Sie ja.« Dabei warf sie Mark einen vielsagenden Blick zu. Mit undurchdringlicher Miene trat er näher, schüttelte Ellen kurz und förmlich die Hand. »Guten Abend«, war alles, was er sagte. »Guten Abend«, erwiderte Ellen und zwang sich, ihn freundlich anzulächeln. Seine Augen hatten eine dunkelgraue Farbe angenommen, schauten sie jedoch nur für den Bruchteil einer Sekunde an. Er schien sich im Gegensatz zum Rest der Familie nicht über ihren Besuch zu freuen, das stand fest. Aber alles andere wäre auch eine vollkommene Überraschung gewesen.

»Kommen Sie, setzen Sie sich zu uns.« Seine Mutter wies einladend auf ein dunkelbraunes Ledersofa, bevor sie sich lächelnd zu ihrem Sohn umwandte.

»Schatz, bringst du Frau Sander bitte auch ein Glas Champagner?« Sie lächelte Ellen fragend an. »Sie trinken doch ein Glas mit uns?«

»Sehr gerne, danke.«

Schweigend trat Mark an einen in Messing eingerahmten Beistellwagen, auf dem in einem gläsernen, eisgekühlten Kübel eine geöffnete Flasche steckte. Gelassen griff er nach einem Glas, füllte es, dann reichte er es wortlos Ellen.

»Danke«, sie griff nach dem Glas, wobei ihre Finger seine leicht berührten. Ein Schauer lief ihr über den Rücken. Erschrocken flog ihr Blick zu ihm, direkt in seine Augen, die sie lauernd anfunkelten. Schnell wandte sie sich seinen Eltern zu, doch ihr Herz pochte heftig.

Mark ließ sich in das tiefe Polster seines Sessels sinken, griff gedankenvoll nach dem neben ihm stehenden Glas und ließ seinen Blick mit undurchdringlicher Miene auf Ellen ruhen. Trotz der äußerlichen Ruhe pochte das Blut in seinen Schläfen. Die kaum merkliche Berührung ihrer Finger hatte es in rasendem Tempo durch seinen Körper gejagt. Das hatte sie mit kalter Absicht geplant, perfektioniert durch diesen erschrockenen Blick. Unmerklich kniff er die Augen zusammen. Wollte sie sich rächen? Ihn aus der Fassung bringen? Ahnte sie, dass sie ihn nicht gleichgültig ließ? War sie noch raffinierter als er dachte? Und Ellen Sander war raffiniert, er brauchte ja nur seine Mutter anzuschauen, die sie mit ihrem Charme ebenso umgarnte wie seinen Vater. Umso wichtiger war es, dass er einen kühlen Kopf bewahrte, er war schließlich der Einzige in seiner Familie, der dieser Frau widerstand und somit die Interessen des Unternehmens sachlich vertrat.

Das Essen schmeckte köstlich. Ellen ließ ihren Blick vorsichtig über den Tisch gleiten, in dessen Mitte sich neben den Gemüse- und Fleischplatten schwere Kerzenleuchter sowie ein langgestrecktes Blumengebinde befanden. Das cremefarbene Tischtuch aus schwerem Damast und die feinen Porzellanteller zeugten von edler Tischkultur, die perfekt in diesen Raum, zu den Möbeln und zu seinen Bewohnern passte. Andächtig schnitt Ellen sich ein Stück Fleisch ab und genoss es, wie es sich butterweich in ihrem Mund auflöste.

»Wann wussten Sie eigentlich, dass Sie ihre eigene Agentur gründen wollen?« Isabella beugte sich neugierig vor.

Ellen blickte von ihrem Teller auf. »Das wusste ich schon sehr früh. Im Studium hat mich alles, was mit der Unternehmensmarke zu tun hat, besonders fasziniert. Das ist ein sehr facettenreiches Themengebiet, weit mehr als Farbe und Form eines Logos. Doch als Angestellte kann man nur einen Bruchteil umsetzen, das hat mich nicht gereizt. Daher beschloss ich schon im Studium, meine eigene Agentur zu gründen.«

»Das finde ich toll. Ich möchte auch meine eigene Schmuckkollektion entwerfen.«

»Isabella hat bereits einige Auszeichnungen für ihre Entwürfe erhalten«, warf ihre Mutter erklärend ein. »Das beflügelt natürlich.«

»Eine eigene Kollektion unter meinem Namen«, schwärmte Isabella. »Himmlisch.«

»Ihre Schmuckstücke sind wirklich wunderschön«, stimmte Ellen zu.

»Sind Sie zufälligerweise auch Schmuckexpertin? Das wusste ich ja noch gar nicht«, unterbrach Marks Stimme die Unterhaltung.

Ellen legte ihr Besteck zur Seite, blickte ihren Tischnachbarn wie ein schwer verstehendes Kind mit nachsichtigem Lächeln an. »Ich bin zwar keine Schmuckexpertin, aber eine Frau, die gerne ausgefallenen Schmuck kauft. Und die Entwürfe, die ich bisher von Ihrer Schwester gesehen habe, würde ich ausnahmslos kaufen, denn sie sind nicht nur elegant, sondern auch individuell und sehr filigran.«

Marks Augen verengten sich ärgerlich, bevor er sich wieder seinem Salat zuwandte.

»Wirklich?« Isabellas Stimme schwoll über vor Stolz. »Wenn Sie möchten, dann entwerfe ich Ihnen gerne ein Paar Ohrringe.«

Ellen schaute Isabella überrascht an. »Sind Sie sicher? Das kostet Sie doch sicherlich sehr viel Zeit.«

»Isabella arbeitet s c h n e l l.« Marks Betonung ließ Ellens Zorn erneut sprungartig ansteigen, dennoch schaffte sie es, in höflichem Plauderton zu antworten: »Das ist schön, dann haben wir etwas gemeinsam.« Sie würdigte ihn keines Blickes.

Mark wandelte seinen ungläubigen Ausruf in ein gegrummeltes Erstaunen um, das laut genug war, um von der neben ihm sitzenden Ellen gehört zu werden. Vielleicht sollte sie ihm einfach kräftig vors Schienbein treten? Isabella schien von all dem nichts mitzubekommen.

»Ich überlege mir was für Sie und zeige Ihnen einfach meine Ideen. Wenn es Ihnen gefällt, können wir sie ja anschließend umsetzen.«

»Das ist wirklich sehr nett von Ihnen.«

»Ach was. Es freut mich, dass Ihnen meine Ohrringe so gut gefallen. Also, in den kommenden Tagen schaue ich einfach wieder in Ihrem Büro vorbei.«

»Nichts für ungut, Bella, aber Frau Sander hat sehr viel zu tun und keine Zeit für so etwas.« Marks Stimme hatte einen ungewohnt weichen Klang, sodass Ellen überrascht aufhorchte.

»Aber sie ist doch keine Maschine, die ununterbrochen arbeiten kann. Ich verspreche auch, dass es Frau Sander nicht lange von der Arbeit abhält, nur eine kleine Pause zwischendurch, ok?« Dabei legte Isabella ihren Kopf schief, blickte ihren Bruder fragend und mit einem Lächeln an, das selbst Eisberge zum Schmelzen bringen konnte. Mark schüttelte nachsichtig den Kopf.

»Du bist unmöglich, Bella. Aber wenn es Frau Sander nicht stört, kannst du es meinetwegen tun.«

Hatte sie sich verhört? Überrascht schaute Ellen Mark an, der ihr jedoch keinen Blick schenkte.

»Und, ist das in Ordnung für Sie?«

Ellen wirbelte zu Isabella herum. »Aber natürlich. Ich bin schon sehr gespannt.«

»Haben Sie Mitarbeiter, Frau Sander?« Marks Mutter mischte sich ins Gespräch.

»Nein, im Moment nicht. Ich plane zwar jemanden einzustellen, aber bisher war es einfacher, die Arbeit alleine zu bewältigen.«

»Das kann ich mir denken«, murmelte Mark.

Am liebsten hätte Ellen ihn heftig in die Seite geboxt. Dieser Mistkerl.

»Und wie lange haben Sie schon Ihre eigene Agentur?«

»Seit fünf Jahren. Das waren sehr spannende Jahre mit unterschiedlichen Aufträgen, anfangs eher einzelne Aufgabenstellungen, doch seit zwei Jahren habe ich relativ umfassende Projekte, worüber ich sehr glücklich bin.«

Frau Lauritz nickte verstehend. »Ich kann mich noch gut an unsere ersten Jahre erinnern. Wir hatten damals nur ein einziges Geschäft mit angeschlossener Goldschmiede. Es war alles sehr einfach, aber wir waren den ganzen Tag beschäftigt und fielen abends erschöpft ins Bett.« Sie ließ ihren Blick weit in die Vergangenheit schweifen. »Aber es war so wundervoll. Jede einzelne neue Kreation war ein großer Erfolg für uns, jedes verkaufte Schmuckstück ein Grund zum Feiern.« Sie zuckte entschuldigend mit den Achseln. »Aber dafür fehlte uns dann wiederum die Zeit.«

»Haben Sie auch im Unternehmen gearbeitet?« erkundigte Ellen sich interessiert.

»Ja, ich habe den Schmuck hergestellt, ganz traditionell.« Sie lächelte Ellen an. »Aber dann kam Mark zur Welt und ich habe mich um ihn gekümmert.« Liebevoll blickte sie ihren Sohn an. »Das war eine wunderbare Zeit, wenn auch eine sehr dynamische. Denn kaum war er aus den Windeln raus und ich wollte wieder einsteigen, da war die Manufaktur bereits umgezogen und die Schmuckherstellung auf mehrere Mitarbeiter verteilt. Daraufhin habe ich mich ganz für die Kindererziehung entschieden. Und als dann zehn Jahre später unsere Isabella geboren wurde, hatte ich mit einem Säugling und einem Teenager alle Hände voll zu tun.« Sie lachte glücklich bei der Erinnerung.

»Mama, bitte.« Marks Stimme klang genervt.

»Schon gut, Mark. Du wirst mich verstehen, wenn du einmal eigene Kinder hast.« Sie blickte ihn nachsichtig, doch gleichzeitig äußerst wachsam an.

Er zuckte mit den Schultern. »Vielleicht«, war alles, was er sagte.

»Haben Sie Kinder, Frau Sander?« Marlene Lauritz schaute Ellen interessiert an.

»Nein, dazu fehlte bisher die Zeit.«

Sie nickte verständnisvoll. »Das kann ich gut verstehen. Aber Sie sind ja auch noch jung.« Als sie Mark dabei ertappte, wie er die Augen bei ihren Worten verdrehte, schüttelte sie missbilligend mit dem Kopf.

»Mein Bruder behauptet, dass er die ganze Woche nichts von Paris gesehen hat, stimmt das wirklich?« Isabella beugte sich gespannt zu Ellen über den Tisch.

»Bella, also wirklich«, entfuhr es Mark.

Doch ohne auf seinen Einwand zu achten, nickte Ellen zustimmend. »Leider war es wirklich so.«

Verständnislos schüttelte Isabella mit dem Kopf. »Also, wenn ich in Paris wäre, dann würde ich das Schöne mit dem Nützlichen verbinden«, stellte sie klar.

Dann fahr aber bloß nicht mit deinem Bruder dorthin, schoss es Ellen durch den Kopf. Mark atmete entnervt aus, doch dann wandte er sich nachsichtig an seine kleine Schwester.

»Bella, das ist nicht die Realität, sondern dein Wunschdenken. Bei uns wird hart gearbeitet, wir können es uns nicht leisten, die kostbare Zeit mit Vergnügungsaktivitäten zu vergeuden.«
Nein, wir nutzen unsere kostbare Zeit und schikanieren unsere Dienstleister, dachte Ellen zornig, doch sie schaffte es, lächelnd zu nicken.
»So, nun ist es Zeit für das Dessert. Ich bin gleich wieder da«, Frau Lauritz hatte sich erhoben.
»Kann ich Ihnen helfen?« bot Ellen an, doch Marks Mutter schüttelte lächelnd mit dem Kopf.
»Das ist ganz lieb, aber nicht nötig. Isabella wird mir helfen. Unterhalten Sie sich ruhig mit meinem Mann und Mark.« Sie nickte Ellen noch einmal warm zu, bevor sie das Esszimmer verließ, dicht gefolgt von ihrer Tochter.

Verschwörerisch blickte Isabella zur Küchentür, bevor sie sich mit leuchtenden Augen zu ihrer Mutter herüberbeugte. »Und?«
»Was und?« Frau Lauritz füllte betont gelassen die kleinen Glasschälchen mit dem Mangomousse.
»Ellen Sander natürlich. Sie ist doch wirklich alles andere als eine graue Maus. Was hältst du von ihr?«
»Ich finde, sie ist eine intelligente, attraktive und charmante junge Frau.« Flink griff ihre Mutter nach den Täfelchen weißer Schokolade, die sie zusammen mit je einer Himbeere und einem Blatt Minze zur Verzierung in die Moussehäufchen steckte, bevor sie zufrieden ihr Werk begutachtete.
»Genauso sehe ich das auch.«

Doch bevor ihre Tochter sich in weiteren Analysen über Ellen Sander auslassen konnte, drückte Marlene Lauritz ihr kurzerhand das Tablett mit den Schälchen in die Hand.

»Das können wir alles nachher in Ruhe besprechen, Isabella. Nun trag das schon mal rüber. Ich hole noch den Dessertwein.«

Sanft schob sie ihre Tochter zur Küchentür, trat an den Kühlschrank, aus dem sie eine gekühlte Flasche entnahm und blickte gedankenvoll zur Küchentür. Ja, was sollte sie von Ellen Sander denken? Aber vielmehr fragte sie sich, was sie von ihrem sonst so galanten Sohn denken sollte. Anstatt das Gespräch charmant zu führen, saß er heute wie ein bockiger Teenager am Tisch. Gerhard hatte Recht, das war so ganz und gar nicht typisch für Mark. Und so, wie sie Ellen Sander einschätzte, nahm sie sein unmögliches Verhalten auch genau wahr. Sie wollte gar nicht daran denken, wie er sich benahm, wenn er mit ihr allein war. War er immer noch so verärgert, dass sie zusammen mit ihm an der Fusion arbeitete? Kränkte ihn die Entscheidung seines Vaters so sehr? Sie seufzte leise. Hoffentlich bewies Ellen Sander Zähigkeit und gab jetzt nicht auf, denn auch wenn Mark es nicht wahrhaben wollte, sie brauchten sie. Hoffentlich bewirkte der heutige Abend etwas Gutes. Mit diesem Wunsch durchquerte sie die Diele in Richtung Esszimmer.

Ellens Blick fiel auf die kleine Messingstanduhr auf dem Kaminsims. Es war kurz vor Mitternacht. Überrascht musste sie sich eingestehen, dass die Zeit dank Marks Familie schneller als erwartet verflogen war. Vor allem seine Mutter und Isabella hatten die Unterhaltung des Abends bestimmt, sie leicht und fröhlich gestaltet, während Mark nur schweigend zugehört hatte.

»Es ist schon spät«, begann Ellen. »Ich werde mich jetzt verabschieden, denn es wartet morgen viel Arbeit auf mich.«

»Ich dachte schon, Sie hätten das vergessen«, warf Mark trocken von der Seite ein.

Sie wandte ihren Kopf, blitzte ihn kurz zornig an, bevor sie mit einem harmlosen Lächeln auf den Lippen nickte. »Natürlich habe ich das nicht vergessen.« Entschieden stand sie auf, wandte sich entschuldigend an seine Eltern. »Ich hoffe, Sie sind mir nicht böse, wenn ich jetzt gehe.«

Herr Lauritz, der seinen Sohn missbilligend anschaute, erhob sich ebenfalls. »Natürlich nicht, Frau Sander. Wir haben uns wirklich gefreut, dass Sie heute gekommen sind.«

»Ich danke Ihnen für das wunderbare Essen.« Ellen schüttelte Marks Mutter die Hand, bevor sie sich auch von Isabella verabschiedete.

»Ich schaue in den kommenden Tagen wie versprochen bei Ihnen vorbei.« Isabella blickte sie leicht scheu an.

»Darüber würde ich mich sehr freuen.« Dann sah Ellen Mark kühl an. »Ich sehe Sie morgen?«

»Unsere Besprechung ist um 9 Uhr«, erwiderte er knapp.

»Genau daran hatte ich gedacht«, erwiderte sie honigsüß, bevor sie seinem Vater in die Diele folgte.

Bevor seine Mutter ihn in die Mangel nehmen konnte, wandte Mark sich ebenfalls zum Gehen. »Ich muss auch los. Wie gesagt, der Arbeitstag morgen beginnt früh.« Er umarmte seine verdutzte Mutter, strich seiner kleinen Schwester durchs Haar und eilte hinter Ellen und seinem Vater her.

Gerade als Ellen das Gartentor erreichte, verabschiedete er sich von seinem Vater, dann folgte er ihr mit ausholendem Schritt durch den Vorgarten. Ohne auf ihn zu achten stieg Ellen ins Auto, startete den Motor. Fast erschrak sie, als Mark an ihr Seitenfenster klopfte. Mit zusammengepressten Lippen fuhr sie die Scheibe herunter.

»Wir zwei treffen uns morgen früh bereits um sieben Uhr in meinem Büro. Ich will mit Ihnen noch einiges wegen Ihres Markenvorschlags besprechen.«

»In Ordnung», antwortete Ellen mechanisch.

Als Antwort klopfte Mark zweimal mit der flachen Hand aufs Autodach. »Dann gute Nacht.« Und schon war er zu seinem eigenen Wagen geeilt, dessen Blinklichter beim Öffnen hell in der Dunkelheit leuchteten.

So ein Mist, jetzt wurde die Nacht wirklich kurz, wenn sie Mark schon in sieben Stunden treffen musste. Gott sei Dank, war morgen endlich Freitag, und ihr standen zwei Mark-Lauritz-freie Tage in Aussicht. Entnervt drückte Ellen das Gaspedal und brauste in die dunkle Nacht davon.

KAPITEL 19

Der Regen peitschte gegen die Windschutzscheibe. Obwohl die Scheibenwischer auf höchster Geschwindigkeitsstufe arbeiteten, war die Sicht suboptimal. Wenigstens passte das scheußliche Wetter zu ihrer Stimmung um sieben Uhr morgens, nur mit einer Tasse schwarzen Kaffee im Magen, Mark Lauritz zu treffen. Vorsichtig lenkte Ellen den Wagen auf den noch verwaisten Firmenparkplatz. Einige wenige Autos standen in der Nähe der Goldschmiede, doch vor dem Hauptgebäude herrschte gähnende Leere. Suchend hielt sie nach Marks Auto Ausschau, konnte es jedoch nirgends entdecken. Soviel zum Thema Pünktlichkeit, dachte sie verbittert. Aber natürlich sah er ihr Treffen nicht als wichtig genug an, um pünktlich zu erscheinen. Missmutig zog sie den Zündschlüssel ab, griff nach ihrem Regenschirm sowie ihrer Aktentasche und rannte mit großen Schritten um die zahlreichen Pfützen herum ins Gebäude.

Ungläubig blickte Ellen auf ihre Uhr. In einer Viertelstunde fand die Besprechung statt, an der auch Valerie, Alexander und Walter teilnahmen. Doch von Mark Lauritz fehlte noch immer jede Spur. Wütend trommelte sie mit den Fingern auf die Sessellehne, starrte auf Marks aufgeräumten Schreibtisch. Plötzlich wurde die Tür hinter ihr aufgerissen, und Mark durchquerte den Raum mit ausholendem Schritt.
»Was machen Sie denn hier?« fragte er beiläufig.
»Guten Morgen. Ich warte auf Sie. Wir waren für sieben Uhr heute Morgen verabredet.«
»Ach ja. Mir ist etwas dazwischen gekommen. Tut mir leid, aber so wie es aussieht, werden wir in den kommenden Tagen ja noch genug Zeit haben, um die Markenstrategie zu besprechen. In Rom oder Madrid, ganz wie Sie wollen.«
»Sie hätten mir wenigstens Bescheid geben können«, entfuhr es Ellen wütend. »Ich warte hier nun schon fast zwei Stunden auf Sie.«

»Wirklich?« Er blickte sie betont überrascht an.

Am liebsten hätte sie ihm eine schallende Ohrfeige verpasst.

»Dann gehe ich jetzt.« Mit äußerster Selbstdisziplin erhob sich Ellen und verließ wutschäumend Marks Büro.

Die Kantine war bis auf den letzten Tisch gefüllt. Alexander und sie hätten keine fünf Minuten später kommen dürfen. Sie konnten sich glücklich schätzen, noch einen letzten freien Tisch ergattert zu haben. Gerade hob Ellen die Gabel mit dem Lachs zum Mund, als sie mitten in der Bewegung innehielt. Valerie, die gerade die Kantine betrat, blickte suchend durch den Raum. Plötzlich blieb ihr Blick an Ellen hängen, und das Lächeln erstarb Valerie buchstäblich auf den Lippen. Für einen Moment stand sie dort wie versteinert, dann drehte sie sich auf dem Absatz um, warf den Kopf in den Nacken und stolzierte hoch erhobenen Hauptes wieder zur Tür hinaus.

»Ist etwas passiert?« Alexander blickte Ellen fragend an, die langsam die Gabel auf den Teller sinken ließ.

»Können Sie mir bitte mal sagen, was Valerie eigentlich gegen mich hat?«

»Wieso? Wo ist sie denn?« Suchend blickte Alexander sich in der vollen Kantine um. »Ich kann sie nirgends sehen.«

»Natürlich nicht. Sie hat ja auch, sobald sie mich erblickte, auf dem Absatz kehrt gemacht und die Kantine verlassen.« Ellens Stimme schwankte zwischen Wut und Ratlosigkeit. Irritiert blickte sie Alexander an, als er herzhaft lachte.

»Ich finde das wirklich nicht komisch, Alexander.«

»Entschuldigen Sie, dass ich lache. Aber ich finde Valeries Eifersucht mittlerweile sehr lustig.« Er blickte Ellen entschuldigend an. »Nehmen Sie es nicht persönlich, es ist nicht Ihre Schuld.«

»Valerie scheint da aber anderer Meinung zu sein.«

»Die Arme«, Alexanders Stimme nahm einen mitleidsvollen Ton an. »Da reißt sie sich die Beine aus, um Marks Aufmerksamkeit zu ergattern, und kaum sind wir aus Paris zurück, verkündet er, dass er die nächste Woche in Madrid und Rom sein wird, und zwar nur mit Ihnen allein.« Sein Mund verzog sich zu einem breiten Grinsen, doch seine Augen beobachteten Ellens Reaktion scharf.

»Wegen mir kann sie gerne mein Ticket haben«, platzte es aus Ellen heraus, doch sogleich schalt sie sich für diese unprofessionellen Worte. »Bitte entschuldigen Sie, Alexander, aber ich habe so viel Arbeit auf dem Tisch, dass mir für Valeries unbegründete Empfindsamkeiten die Geduld fehlt.«

»Schon gut, aber toll hört es sich ja an, das müssen Sie schon zugeben.«

»Ja, vielleicht. Aber die Realität ist wirklich anders.« Sie beugte sich leicht zu Alexander vor. »Wir waren fünf Tage in Paris, und was haben wir von der Stadt außer der Anwaltskanzlei, dem Datenraum und dem Hotel gesehen?« Als er sie nachdenklich anblickte, nickte sie entschieden. »Genau, nichts oder nur das, was wir aus dem Taxifenster sehen konnten. Und Madrid und Rom werden genauso sein.«

»Aber danach haben Sie einige Tage frei. Mark erwähnte doch heute Morgen die Projektpause«, munterte Alexander sie auf.

»Erst muss das finale Angebot eingereicht werden, bevor es zwei Wochen Projektpause geben wird. Aber egal, lassen wir meine Arbeit nun außen vor. Woran arbeiten Sie im Moment?«

»Ich bereite die Einkäufe für die neuen Kollektionen vor, vergleiche Lieferkonditionen, Mengenrabatte und verhandle neue Preislimits. Ich liebe diese Verhandlungen.«

»Das sieht man. Sie strahlen richtig, wenn Sie davon erzählen.«

»Vielleicht«, er schmunzelte vergnügt. »Aber vielleicht strahle ich Sie ja auch einfach an.«

»Und warum würden Sie das tun?« Sie blickte ihn fragend an.

»Um Sie davon zu überzeugen, sich mit mir zu einem Abendessen zu treffen. Hier im Büro können wir uns ja nie ausführlich unterhalten. Immer ruft die Arbeit.« Zur Bestätigung blickte er auf seine Uhr.

Sie strich sich amüsiert eine Strähne hinters Ohr. »Und ich dachte schon, Sie wollten mit mir flirten.«

»Vielleicht«, entgegnete er vage. »Also?«

»Warum nicht?«

»Das nenne ich Entschlusskraft. Wann passt es Ihnen?«

Ellen legte ihre Stirn in Falten, dachte kurz nach. »Ehrlich gesagt, wird es erst in der Projektpause möglich sein.«

Alexanders Mund verzog sich erneut zu einem breiten, zufriedenen Grinsen. »Abgemacht. Sobald wir die konkreten Daten für die Projektpause wissen, fixieren wir unser Abendessen.«

»Ja, das hört sich gut an.« Schnell schob sie sich den letzten Bissen in den Mund. Es war höchste Zeit, zurück ins Büro zu gehen.

Als sie die letzten Stufen der Treppe erklomm, betete sie inständig, dass sie ungesehen von Mark in ihr Büro gelangte.

Schnellen Schrittes eilte sie den langen Flur entlang, dabei schaute sie eher beiläufig in Karins Büro.

»Ah, Ellen. Wie gut, dass ich Sie sehe. Ich würde gerne die Reisedaten mit Ihnen besprechen.«

»Natürlich gerne, Karin.« Ergeben betrat Ellen Karins Büro.

»Warten Sie, ich drucke Ihnen den Plan schnell aus, dann ist es einfacher, ihn kurz durchzugehen.« Eifrig drückte Karin zwei Tasten, fast in der gleichen Sekunde ertönte hinter ihr ein eifriges Summen, bevor der Drucker zwei Blätter Papier ausspuckte. Schwungvoll drehte Karin sich in ihrem Schreibtischstuhl um, griff nach den Unterlagen und überreichte Ellen die Ausdrucke. Neugierig nahm Ellen die Papiere an sich, begann das Gedruckte zu überfliegen, während Karin ihr mit sanfter Stimme die Details erklärte. Ellens Laune sank mit jeder Sekunde. Bereits Montagmorgen flog sie zusammen mit Mark nach Madrid, um die dortige Manufaktur zu besuchen. Am Dienstag traf sie dann den Marketingchef, allerdings ohne Mark. Wenigstens ein Lichtblick! Von Madrid aus würden sie am Mittwoch nach Rom fliegen, wo ebenfalls der Besuch einiger Filialen geplant war, bevor sie am Donnerstagabend nach Hamburg zurückkehren würden. Ellen wünschte, es wäre bereits Donnerstagabend. Nur mit halbem Ohr hörte sie Karin zu, die ihr detailliert die ausgesuchten Hotels und Flugdaten erklärte.

»Danke, Karin. Soweit ist der Plan für mich in Ordnung.« Bei diesen Worten stand Ellen auf. »Ich schenke mir nur noch schnell eine Tasse Kaffee ein.«

»Da wäre noch eine Sache.« Marks Sekretärin hüstelte nervös.

»Ja, welche denn?« Überrascht drehte sich Ellen erneut zu Karin um, die bereits ein weiteres Blatt in der Hand hielt.

»Dies ist eine Liste, die mir Mark diktiert hat. Er möchte, dass Sie die aufgeführten Punkte während Ihrer Reise bearbeiten, um sie anschließend ihm und seinem Vater zu präsentieren.«

»Aha.« Neugierig trat Ellen näher, streckte die Hand nach dem Papier aus, das Karin ihr leicht beschämt überreichte.

Ellen traute ihren Augen nicht. Die aufgelisteten Punkte hatten vielleicht mit der Fusion zu tun, waren aber vielmehr Hintergrundwissen als relevante Entscheidungshilfe, wichen ihrer Meinung erheblich vom eigentlichen Fokus ab. Wieso diese unnötige Arbeit? Vor ihren Augen tauchte das Bild von Aschenputtel mit den ausgeschütteten Linsen auf, die es zu sortieren galt. Mark Lauritz stand der bösen Stiefmutter wirklich in nichts nach. Nur wo waren ihre Tauben, die ihr halfen dieses zusätzliche Arbeitspensum zu bewältigen?

KAPITEL 20

Vier Tage. Vier lange, unerträgliche Tage lagen vor ihr, die es zu überstehen galt. Resigniert schaute Ellen aus dem Taxifenster. Ihre Gedanken flogen zurück zu den vergangenen Stunden, die sie schweigend neben Mark im Flugzeug gesessen hatte. Wortlos hatten sie sich in ihre Zeitungen vertieft, die sie wie schützende Mauern zwischen sich hochgehalten hatten. Ellen verzog ihren Mund zu einem schiefen Grinsen. Zumindest hatten die Zeitungen ein Gespräch verhindert, und das war weitaus besser, als weitere Provokationen zu ertragen.

Erleichtert drückte Ellen den Fahrstuhlknopf. Endlich waren alle Pflichttermine absolviert, nun konnte sie sich ihrer Arbeit widmen, ohne Mark im Nacken. Nur noch wenige Sekunden, dann war sie ihn endlich für den Rest des Tages los. Sehnsüchtig wartete sie auf den erlösenden Klingelton des Fahrstuhls, der ihren Hotelflur ankündigte.

»Ich schlage vor, wir treffen uns in zwei Stunden unten in der Hotellobby. Dann fahren wir zusammen zum Abendessen.«

Ellens Kopf schnellte herum. »Wie bitte?«

»Ich sagte, dass wir uns in zwei Stunden in der Hotellobby treffen.« Mark atmete genervt aus.

Als Ellen ihn mit erstaunten, weit aufgerissenen Augen schweigend anblickte, schüttelte er verständnislos den Kopf. »Dann fahren wir gemeinsam zum Restaurant«, fügte er betont langsam hinzu.

»Ich wusste gar nicht, dass wir einen weiteren Termin haben.« Fieberhaft überlegte sie, wen sie heute Abend treffen würden.

»Dann wissen Sie es jetzt.«

»Und mit wem treffen wir uns?« Es war wirklich unangenehm, aber diese Verabredung hatte sie vollständig überhört.

»Mit niemandem.« Fast widerwillig sprach er die Worte aus.

Entsetzen, Panik, Ungläubigkeit rangen mit ihr, versperrten ihrer Logik den Weg. »Wie bitte?« fragte sie verständnislos.

»Meine Güte, Frau Sander. Ist Ihnen die Hitze zu Kopf gestiegen? Jetzt tun Sie doch nicht so verständnislos, wir sind hier nicht im Kindergarten. Sehen Sie zu, dass Sie in zwei Stunden pünktlich in der Lobby sind.«

Seine Worte rissen Ellen zurück in die Realität. »Ich habe Sie sehr gut verstanden«, antwortete sie barsch. »Allerdings frage ich mich, warum wir zwei zusammen ins Restaurant gehen.« Das Klingeln des Fahrstuhls unterbrach sie.

Genervt nahm Mark ihr den Vortritt. »Dann fragen Sie sich weiter, aber seien Sie pünktlich«, warf er ihr über die Schulter zu, während er sich mit ausholendem Schritt entfernte.

Mit einer Mischung aus Verständnislosigkeit und Aufgewühltheit blickte Ellen ihm nach. Träumte sie das gerade? Hatte sie nun mit Mark Lauritz eine Verabredung zum Abendessen, die weder er noch sie wollten? Was sollte dieser Unsinn? Warum konnte nicht einfach jeder friedvoll den Zimmerservice bestellen, dabei die Berge von Arbeit angehen und sich für den kommenden harten Arbeitstag wappnen? Warum mussten sie sich einen gemeinsamen Abend antun? Es war alles wie verhext, nichts folgte hier einer logischen Regel, die nächste Herausforderung stand ihr unmittelbar bevor.

Mit klopfendem Herzen betrat sie die belebte Hotellobby. Eine Reisegruppe umringte lautstark die Rezeption, Berge von Koffern und Reisetaschen türmten sich zwischen dem Hoteleingang und den gerade eingetroffenen Gästen. Eine entnervte Mutter rannte hinter ihrem vierjährigen Sohn durch die weitläufige Halle, vergeblich bemüht, das vor Vergnügen kreischende Kind einzufangen. Suchend blickte sich Ellen nach Mark um. Natürlich war er nirgends zu sehen. Sie hatte auch nichts anderes erwartet. Gegen ihren Willen war sie aufgeregt, in ihrem Magen kribbelte es unaufhörlich. Ein Abendessen mit Mark war eine ganz besondere Herausforderung, eine »Black Box«. Sie hatte nicht die geringste Ahnung, was sie erwartete, geschweige denn, wie sie damit umgehen sollte. Allein schon

die Kleiderwahl war ein Kraftakt gewesen, da sie weder das Restaurant kannte, noch zu entspannt erscheinen wollte. Die Lösung war ihre weiße Stoffhose mit dem cremefarbigen Top, dazu die taillierte gleichfarbige Jacketjacke. Die einzigen Accessoires waren ihre zwei langen Silberketten, sowie die braunweißen Sommerschuhe mit den hohen Bastabsätzen. Mit eiligen Schritten liefen die Hotelangestellten umher, eifrig bemüht, die wartende Reisegruppe einzuchecken, sowie das Gepäck aus der Eingangshalle zu schaffen. Der Trupp bewegte sich, wobei Ellens Blick eher zufällig zurück zu den Couchtischen glitt und an einem eisgrauen Augenpaar hängen blieb, das sie abwartend fixierte. Plötzlich schlug ihr Herz bis zum Hals, als Mark aufstand und mit gemächlichem Schritt die Hotelhalle durchschritt. In seiner Jeans und dem blauen Freizeithemd versprühte er einen gefährlichen Charme.
»Da sind Sie ja. Ich hatte schon überlegt, ob Sie kneifen.«
»Das hätten Sie wohl gerne gehabt. Tja, da bin ich nun.«
»Ja, da sind Sie nun«, antwortete er mechanisch.
Misstrauisch blickte sie ihn an, hatte er wirklich gedacht, sie würde nicht erscheinen? Für wie dumm und unprofessionell hielt er sie eigentlich? Heute Abend würde sie sich nicht von ihm einschüchtern lassen. Pech für ihn.

Was für eine absurde Situation! Das nächste Mal würde er sich nicht mehr von seinem Vater das Versprechen abnehmen lassen, sich um Ellen Sander zu kümmern. War es nicht egal, wann, wie oder wo sie in Madrid aßen? Aber nein, für seinen Vater war es tatsächlich einen Anruf wert gewesen, ihm dieses dämliche Versprechen abzuringen. Nun mussten sie beide gezwungenermaßen einen gemeinsamen Abend verbringen. Natürlich hätte er sich denken können, dass Ellen Sander dies falsch deuten würde, ihre Kleiderwahl mit dieser engen Hose, die ihre langen, schlanken Beine betonte, zusammen mit den sexy, mörderisch hohen Stöckelschuhen sprach schließlich Bände. Würde sie heute Abend endlich ihre Maske fallen lassen? Eine diebische Vorfreude breitete sich plötzlich in Mark aus. Nur zu, er wartete bereits darauf, ihr endlich das Handwerk zu legen. Allein der Gedanke daran ließ seinen Puls schneller schlagen.

Stimmengewirr, fröhliches Gelächter, verträumte Liebespaare, neugierige Touristen. Die Menschenmenge um sie herum nahm exponentiell zu, kündigte den Plaza Mayor an. Neugierig betrat Ellen an Marks Seite den belebten Platz, betrachtete staunend die üppige Pracht der Häuserfassaden, die den weitläufigen Platz vollständig umringten, ihn im Licht der unzähligen Laternen trotz all der Menschen verträumt erscheinen ließen.
»Oh, er ist wunderschön«, entfuhr es ihr fasziniert.
Augenblicklich blieb Mark stehen. »Waren Sie noch nie hier?«
Verneinend schüttelte Ellen den Kopf. »Nein, ich bin zum ersten Mal in Madrid.«
»Na, sieh mal einer an. Und ich dachte schon, Sie haben jeder europäischen Hauptstadt Ihren Stempel aufgedrückt.«
»Tja, da haben Sie sich geirrt.« Trotzig reckte sie ihr Kinn, entgegnete seinen Blick, der sich in sie zu bohren schien. Dann wandte Mark sich plötzlich ab.
»Der Plaza Mayor ist ein einzigartiger Platz. Wie Sie sehen, ist er vollständig von Wohngebäuden umgeben. Ursprünglich hieß

er Plaza del Arrabal, dann wurde sein Name immer wieder geändert, bis es schließlich bei Plaza Mayor blieb.« Er blickte suchend um sich, dann wies er mit ausgestrecktem Arm auf ein altes Gebäude in der Mitte der Nordseite des Platzes. »Das Gebäude dort ist das wahrscheinlich älteste Haus, das sogenannte Casa de la Panadería.«

»Ich bin beeindruckt. Woher wissen Sie das alles?«

»Ich war schön häufiger in Madrid, meine Mutter liebt diese Stadt.«

»Essen wir hier?« Neugierig blickte Ellen zu den verschiedenen Restaurants und Cafés unter den Arkaden.

Marks Antwort war ein missbilligender Blick. Obwohl sie sich doch mittlerweile an diesen Ausdruck seiner Augen gewöhnt haben sollte, stach er sie immer noch mitten ins Herz, entfachte eine unbeschreibliche Wut, die sich wie frisches Gift in ihrem Körper ausbreitete.

»Sie wollen doch nicht wirklich in diesen Touri-Restaurants essen?«

Natürlich, ich esse AUSSCHLIESSLICH in Touri-Restaurants, blaffte Ellen in Gedanken zurück, schaffte es jedoch, zu schweigen.

Wie selbstverständlich überquerte Mark den belebten Platz, durchschritt einen kleinen Torbogen, durch den sie in den stilleren Teil der Altstadt gelangten. Enge Gassen, hohe in den dunklen Himmel ragende Häuserwände und fahles Licht der Straßenlaternen bestimmten das Bild. Sie passierten eine kleine Straße, bogen an deren Ende rechts ab und blieben kurz darauf vor einem schlichten Haus mit einer großen Glastür stehen, die von schweren, weißen Gardinen im Inneren verdeckt war. Mit einem beherrschten Ruck öffnete Mark die Tür. Musik und fröhliches Stimmengewirr empfingen sie, hießen sie in dem kleinen Restaurant, dessen vorderer Teil aus einer vollbesetzten Bar bestand, willkommen. Weiter im Raum befand sich ein gigantischer, raumhoher Ficus Benjamini, der die Sicht auf die dahinter stehenden Tische leicht verdeckte. Soweit Ellen sehen konnte, waren sie alle, bis auf einen einzigen Tisch im hinteren Teil des Raumes, bereits besetzt. Lange, schwere Tischdecken, elegante Blumengebinde, und teures Geschirr verrieten sofort, dass es ein Restaurant der gehobenen Preisklasse war. Instinktiv dachte Ellen an Marks Vater. Bestimmt hatte er dieses Restaurant empfohlen, ja, wenn nicht sogar darauf gedrungen, sie hierher auszuführen. Erleichterung gepaart mit Enttäuschung kämpften mit ihr. Es blieb also alles beim Alten. Der Ober zog ihr den Stuhl zurecht, schweigend nahm sie Platz, griff nach der Serviette und wagte einen Blick hinüber zu Mark. Als ob er ihren Blick spürte, hob er seinen Kopf, blickte sie fragend an, dann zog er leicht amüsiert eine Augenbraue hoch.

»Gefällt es Ihnen? Oder möchten Sie doch lieber in einem Restaurant am Plaza Mayor essen?«

Der Tisch war klein, die Distanz zu seinen Beinen sogar gefährlich kurz. Wenn sie richtig zutrat, könnte sie ihn perfekt am vorderen Schienbein treffen, schoss es Ellen durch den Kopf, doch sie rang sich ein liebenswürdiges Lächeln ab.

»Es ist wunderschön hier. Ich nehme an, Sie waren auch schon mit Ihrer Familie hier?«

»Nein, dieses Restaurant gibt es erst seit wenigen Monaten.«

»Oh, dann haben Sie es extra für heute Abend ausgesucht? Ich fühle mich wirklich geschmeichelt.« Ob er ihren ironischen

Unterton wahrnam? Das kurze Aufleuchten seiner Augen bestätigte ihre Vermutung. Vielleicht wurde der Abend ja doch noch ganz lustig, besser sie verdrängte die warnende Stimme, dass sie hier mit dem Feuer spielte, drauf und dran war, mit dem Teufel zu tanzen.

Er hatte es doch gewusst. Versuchte sie nun mit ihm zu flirten? Kaum saß sie am Tisch, funkelte sie ihn übermütig mit ihren blauen Augen an. Nur weiter so, er war bestens vorbereitet, ja freute sich bereits auf den Moment seines Triumphes. Vielleicht sollte er es ihr mit etwas Charme erleichtern? »Haben Sie sich schon entschieden?« Er verlieh seiner Stimme einen weniger förmlichen Ton. »Ich meine, was Sie essen möchten?« fügte er süffisant hinzu.
Ihr überraschter Blick gefiel ihm, doch dann klappte sie spontan die Speisekarte zu, lächelte ihn vielsagend an: »Ich überlasse Ihnen die Wahl.«
Sie war geschickt, hellwach und vielleicht ein wenig unvorsichtig. Gut, das Spiel konnte beginnen. Mark nickte zustimmend. »Gibt es etwas, das Sie nicht mögen?«
Sie beugte sich leicht vor, schaute ihn direkt an. Ihre Augen sprachen Bände, nur schienen sie eine ihm noch unbekannte Sprache zu sprechen.
»Ich vertraue einfach Ihrer Entscheidung.«
»Eine völlig neue Erfahrung für Sie.«
Statt einer Antwort lehnte sie sich schweigend zurück, fixierte ihn mit einem undurchdringlichen Blick, bevor sie ihren Kopf abwandte und interessiert das Gemälde an der Wand hinter ihm betrachtete. Mark nickte dem Ober zu, gab die Bestellungen auf

und ließ sich einen passenden Rotwein empfehlen. Erst als sie wieder allein waren, blickte er sie an. »Reisen Sie eigentlich gerne?«

»Ich finde es spannend, andere Länder kennenzulernen, Neues zu entdecken.«

»Madrid ist eine wunderschöne Stadt, imposant, abwechslungsreich, voller Geschichte und dennoch lebendiger Alltag.« Er schwieg bedeutungsvoll. »Leider werden Sie dieses Mal keine Gelegenheit haben, sich all die wunderbaren Dinge anzuschauen.« Bedauern schwang in seiner Stimme mit.

»Stimmt, aber schließlich bin ich nicht hier, um Sightseeing zu betreiben.«

»Aber in Paris haben Sie das ja auch getan.« Seine Augen ruhten wachsam auf ihr.

»In Paris bin ich einen halben Tag früher angereist und war ein einziges Mal spazieren.«

Ihre Augen sprühten gefährlich, er spürte ihre unterdrückte Wut, in seinem Magen kribbelte es freudig.

»Danach habe ich von Paris nichts gesehen. Das wissen Sie genauso gut wie ich.«

»Dennoch hat es Sie nicht davon abgehalten mit Alexander zu flirten.« Ihre Augen erinnerten ihn an blaue Saphire, die gefährliche Pfeile in seine Richtung schossen.

»Kein Grund sich aufzuregen, Frau Sander«, beruhigte er sie mit einem charmanten Lächeln. »Ich möchte Sie nur einfach daran erinnern, dass Sie Berufliches nicht mit Privatem vermischen. Alexander hat eine Menge Arbeit auf dem Tisch, auf die er sein volles Augenmerk richten muss. Schließlich steht zu viel Geld auf dem Spiel. Eine einzige falsche

Entscheidung in seinem Aufgabengebiet kann uns teuer zu stehen kommen.« Mark schwieg nachdrücklich. »Wenn Sie ihm den Kopf verdrehen möchten, dann bitte außerhalb des Unternehmens oder aber nach Beendigung des Projektes.«

Ellen öffnete wutentbrannt ihren Mund, als der Ober die Vorspeise servierte.

»Langustinen Carpaccio mit Kräuterpesto an mariniertem Feigenschaum«. Der Ober drehte die Teller in die exakte Position, trat einen Schritt zurück, bevor er sich in Richtung Küche entfernte.

Langsam griff Ellen nach ihrem Besteck, versuchte sich verzweifelt zu beruhigen, ihre vor Wut zittrigen Hände unter Kontrolle zu bringen. Es war schon ein Sieg, dass sie zitterfrei das Besteck hielt.

»Ich hoffe, Ihnen schmeckt meine Wahl.« Betont arglos griff Mark nach seinem Weinglas, hielt es Ellen zum Toast hin. »Auf einen schönen Abend.«

Schweigend legte sie das Besteck zurück, griff nach ihrem Glas, stieß es sanft gegen seines. Mit aller Kraft zwang sie sich, ihn anzuschauen. Nachdem er sein erstes Gift versprüht hatte, wirkte er offen, ja vollkommen charmant. Was für eine Schlange! Aber so leicht ließ sie ihn nicht gewinnen.

»Warum haben Sie sich eigentlich für die Geschäftsleitung von Lauritz entschieden? Ich meine, wollten Sie das schon immer tun oder ist es das Resultat einer beruflichen Entscheidung?«

Mark schaute sie verblüfft an, mit dem abrupten Themenwechsel hatte er nicht gerechnet.

»Tja, so genau habe ich nie darüber nachgedacht. Solange ich denken kann, gab es das Unternehmen, es war immer Teil meines Lebens, meiner Familie. Da gab es keine Trennung. Die Leidenschaft, die meine Eltern ihren Kreationen entgegengebracht haben, ist wohl auch auf meine Schwester und mich übergesprungen. Mir war immer klar, dass mein Platz in unserem Unternehmen ist.«

Fasziniert lauschte Ellen seinen Worten. Es war vielleicht das erste Mal, dass Mark ohne Ironie, Tadel und Schärfe in seinen Worten zu ihr gesprochen hatte. Seine Stimme war schön, tief und akzentuiert. Sie konnte die enge Verbundenheit, die er für die Arbeit seiner Eltern und das Familienunternehmen empfand, deutlich aus seinen Worten spüren.

»Haben Sie je darüber nachgedacht selbst Schmuck herzustellen?«

Mark lachte amüsiert auf. »So wie Isabella, meinen Sie?« Verneinend schüttelte er den Kopf. »Nein, niemals. Diese handwerkliche Arbeit liegt mir nicht. Meine Schwester hat die Kreativität geerbt, nicht ich.«

»Sie ist wirklich begabt. Ihre Ohrringe sind außergewöhnlich.«

»Sie träumt von einer eigenen Kollektion, aber erst einmal muss sie ihr Studium beenden, sich dann die Sporen im Unternehmen verdienen.«

»Sie sind ganz schön hart zu ihr, dabei sind Sie selbst...«, sie unterbrach sich mitten im Satz. Aber es war zu spät. Er hatte ihr genau zugehört. Seine eisgrauen Augen blitzten sie wütend an, auch wenn seine Stimme gefährlich ruhig klang.

»Sie meinen, ich bin hart zu ihr, obwohl ich selbst in der Geschäftsführung bin? Wollten Sie das sagen?«

»Ja, in etwas anderen Worten vielleicht.« Trotzig reckte Ellen ihr Kinn.

Mark lächelte sie abschätzig an. »Das glauben Sie? Meinen Sie wirklich, dass mein Vater seine ganze harte Arbeit einfach so seinem Sohn anvertraut, der sich direkt von der Uni in den Chefsessel setzt? Frau Sander, Sie enttäuschen mich. Bei all dem scharfen Verstand, sind Sie doch sehr blauäugig.«

»Dann klären Sie mich doch bitte auf.«

Betont langsam ergriff Mark sein Weinglas, trank einen Schluck, dabei fixierte er Ellens Gesicht mit einem kalten, harten Blick. Endlich fuhr er fort: »Nach meinem Studium habe ich zunächst in New York als Controller, später als Leiter der Finanzabteilung eines Konsumgüterherstellers gearbeitet. Fünf Jahre später habe ich dann bei Lauritz angefangen als einfacher Mitarbeiter in der Finanzabteilung. Neben dem normalen Job musste ich im Atelier assistieren, die Herstellung neuer Kollektionen verfolgen, Ausstellungen vorbereiten. Mein Vater bestand darauf, dass ich jeden Bereich des Unternehmens genau kenne, jeden Handgriff nachvollziehen kann, um ein feines Gespür für die verschiedenen Abteilungen zu entwickeln. Die Realität hat mit Ihrer naiven Vorstellung nichts, aber auch gar nichts zu tun. Mein Vater hat mir nichts geschenkt, ich musste mir die Position, die ich heute habe, erarbeiten. Zugegebenermaßen bekam ich sie schneller als es in einem anderen Unternehmen der Fall gewesen wäre, aber mein Vater ist ein strenger Lehrmeister und macht da auch bei seinem Sohn keine Ausnahme.«

»Das tut mir leid, ich wollte Ihnen nicht Ihre Kompetenz absprechen.«

»Keine Sorge, Frau Sander, das können Sie gar nicht«, eiferte sich Mark. »Und Isabella wird sich, genau wie ich, ihre Sporen verdienen. Sie weiß das, das ist kein Geheimnis, schließlich sind wir in diesem Sinn erzogen worden.«

»Ich wollte Sie nicht verletzen.«

Der Zorn verschwand aus seinem Gesicht, gleichmütig zuckte er mit den Schultern. »Keine Sorge, Sie können mich nicht so leicht verletzen. Ich habe Ihnen die Situation nur etwas emotional erläutert.«

Der scharfe, fast trotzige Unterton strafte seine Worte Lügen, aber Ellen schwieg, schnitt sich schweigend von dem bereits servierten Kalbsteak ab. Egal, was sie sagte oder tat, Mark verstand es immer falsch.

»Das Gericht ist übrigens die Spezialität des Hauses. Schmeckt es Ihnen?«

»Es ist exzellent. Eine wirklich gute Wahl.«

»Wie sieht Ihr Zeitplan morgen aus?« fragte Mark abrupt. Interessiert schaute er sie an.

Vielleicht sollten sie wirklich lieber über Geschäftliches reden, es war einfach zu schwierig, ihre gegenseitige Abneigung zu kontrollieren.

»Morgen früh treffe ich mich mit dem Marketingchef, danach werde ich mich um Ihre Aufgabenliste kümmern.«

Überrascht hielt Mark inne. »Sind Sie noch nicht damit fertig?«

Bedauernd schüttelte Ellen den Kopf. »Nein, bisher habe ich mich um die Nachbereitung und Analyse unserer Treffen hier in Madrid gekümmert.«

»Dann werden Sie morgen in der Tat sehr beschäftigt sein.«

»Ja, das denke ich auch. Allerdings verstehe ich nicht, wofür Sie diese zusätzlichen Analysen benötigen.«

Nachsichtig legte Mark sein Besteck auf den Teller zurück, neigte den Kopf leicht zur Seite. »Das müssen Sie auch nicht. Schließlich fallen die finanziellen Aspekte nicht in Ihren Aufgabenbereich. Sie brauchen nur die Anweisungen zu befolgen.«

Eisiges Schweigen legte sich über den Tisch, umhüllte sie wie dichter Nebel. Wenn dieser elendige Abend doch nur schon vorüber wäre. Es war wirklich schade um dieses hervorragende Essen, dass sie es nicht genießen konnte.

»Was haben Sie eigentlich genau bei Dillenhorst gemacht?«

»Gearbeitet.« Sie würdigte ihn keines Blickes, wusste nicht, wie lange sie noch ihre Beherrschung wahren konnte, bis ihre aufgestaute Wut aus ihr herausplatzen würde.

»Und was genau haben Sie dort gearbeitet?«

Es fehlte nicht mehr viel, das Fass ihrer Geduld gegenüber seinen Provokationen war bereits gefährlich voll.

»Was genau möchten Sie denn wissen?« Dabei schob sie ihr Besteck auf den geleerten Teller, blickte ihn kühl an.

»Was möchten Sie mir denn erzählen?«

»Nichts, denn ich behandel meine Projekte vertraulich.«

»Das denke ich mir.« Obwohl er seine Worte mehr zu sich selbst gesprochen hatte, verstand sie jedes Wort deutlich. Dieser Mann war die Unverschämtheit in Person, ein Planet für sie gemeinsam war viel zu klein.

»Möchten Sie ein Dessert?«

»Danke, nicht für mich.«

Mark klappte die Menükarte zu. »Gut, dann verzichte ich auch. Möchten Sie noch etwas trinken?«

»Nein danke, ich würde gerne zurück ins Hotel. Ich bin doch recht müde.«

Zweifelnd zog er eine Augenbraue hoch. »So?«

Sie ließ seine Provokation an sich abprallen, atmete erleichtert auf, als Mark die Rechnung bestellte.

Wütend drückte sie die Zimmertür ins Schloss. So ein Ekel, verabscheuungswürdiger Wurm! Bis zum Äußersten hatte er sie provoziert, gehofft, sie aufs Glatteis zu führen, seine bösen Vorurteile endlich ins gewünschte Licht zu rücken! Das nächste Mal würde sie seine Einladung zum Essen ablehnen, egal, was für eine lahme Entschuldigung sie sich dafür ausdenken musste. Erschöpft lehnte Ellen ihren Kopf gegen die Tür. Erst ein Tag war vorbei, ein quälend langer Tag war erst vorüber. Wenigstens hatte sie den morgigen Tag für sich. Erst übermorgen zur Abfahrt zum Flughafen musste sie das Scheusal wiedersehen. Wenn sie doch erst wieder in Hamburg wäre!

KAPITEL 21

Der längliche Hotelpool lag verlassen vor ihr. Sein klares Wasser bewegte sich in leichten Wellen, und die unzähligen kleinen Lämpchen an der Decke erinnerten an einen Sternenhimmel, der sich in der Wasseroberfläche spiegelte. An den Längsseiten des Pools standen hellbraune Korbliegen mit beigen Sitzauflagen, umsäumt von großen Kübeln mit zimmerhohen Palmen. An seiner Rückseite befand sich eine wandbreite Glasfront, die den Blick über Madrid freigab. Es wäre wirklich eine Sünde, während der freien Stunde, die sie dank eines gut gelaufenen Gesprächs mit dem Marketingchef gewonnen hatte, nicht in diesen Pool zu steigen und die verkrampften Muskeln zu entspannen. Schnell wand sie sich aus ihrem Bademantel, duschte sich und stieg die breiten Stufen in den Pool hinab. Sie genoss es, wie das Wasser sie umspielte, sich gefügig unter ihren Bewegungen teilte. Es trug sie mit Leichtigkeit davon. Entspannt schloss Ellen die Augen, schwomm einige Bahnen in Rückenlage, bevor sie die letzten Meter in Richtung Pooltreppe tauchte. Als sie wieder an die Wasseroberfläche schwamm und auftauchte, stand keinen Meter entfernt Mark Lauritz hüfttief im Wasser vor ihr, lächelte sie gefährlich an. Wie lange hatte er dort schon gestanden? Und wieso musste er ausgerechnet jetzt hier im Pool sein? War dieses verdammte Hotel nicht groß genug, um sich einfach mal für wenige Stunden aus dem Weg zu gehen? Das war ja nicht zum Aushalten! Wenn er unbedingt schwimmen wollte, bitteschön. Sie wollte ohnehin gehen.

Entschieden näherte sie sich Mark, der ihr jedoch ungeniert den Weg versperrte. Es half nichts. Sie musste an ihm vorbei. Daher wischte sie sich die Haare aus dem Gesicht, trat langsam auf ihn zu. Was für eine unmögliche Situation, ihm nun im Bikini gegenüberzustehen. Wenigstens hatte er jetzt auch nur eine Badehose an, dachte sie sarkastisch.

»Genug erfrischt?« Marks Stimme triefte vor Ironie.

»Ja, danke der Nachfrage«, antwortete Ellen schroff. Sie spürte, wie unbändiger Zorn in ihr aufstieg, angesammelt über die letzten Wochen dank all seiner Schikanen, nur unterdrückt durch eiserne Disziplin. Sie musste hier raus, so schnell wie möglich, sonst garantierte sie für nichts mehr. Doch das war leichter gesagt als getan. Mark bewegte sich nicht einen Millimeter, verharrte regungslos direkt vor ihr, versperrte ihr so den Weg.

»Ich denke, es war sehr klug von mir, Sie in Paris in meiner Suite arbeiten zu lassen.« Sein Spott war nicht zu überhören, fühlte sich wie eine schallende Ohrfeige an. Ellen krallte, so fest sie konnte, ihre Nägel in die Handinnenfläche, aber die sonst so beruhigende Wirkung blieb dieses Mal aus. Aufgebracht starrte sie in Marks Augen, die gefährlich funkelnd auf sie gerichtet waren, jede ihrer Regungen wachsam beobachteten. »Wer weiß, vielleicht hätten wir sonst die erreichten Ergebnisse bei weitem nicht erlangt, zumal ja auch unser Hotel in Paris einen legendären Pool besaß«, fuhr er unbeirrt fort.

»Das reicht«, brach es wütend aus ihr hervor. Sie trat einen Schritt näher auf ihn zu, zeigte mit ihrem Zeigefinger drohend auf seine nackte Brust. Das hätte er nicht sagen dürfen. Noch ehe sie sich beherrschen konnte, platzte das Ventil, brachte der berühmte Tropfen das Fass ihrer Selbstbeherrschung zum Überlaufen, ihre aufgestaute Wut bahnte sich gewaltsam den Weg. Ihre Augen sprühten vor Zorn und tiefer Verletztheit.

»Sie sind doch nicht mehr ganz normal im Kopf. Ich lasse mir Ihre Schikanen nun schon seit Wochen gefallen, dabei verhalten Sie sich nicht nur äußerst kindisch und unprofessionell, sondern zudem auch absolut respektlos. Sie haben ein echtes Problem, Mark Lauritz. Ich habe Ihnen nichts, aber auch gar nichts getan. Vielleicht sollten Sie einmal bei sich den Grund dafür suchen, anstatt Ihr unmögliches Verhalten ständig an mir auszulassen.«

Halb fasziniert, halb entsetzt schaute Mark sie an, doch Ellen war noch nicht fertig mit ihm.

»Ich bin es leid, unendlich leid, Ihnen ständig beweisen zu müssen, dass ich gute Arbeit leiste und von dem, was ich tue, etwas verstehe. Ihre ständigen, abfälligen Bemerkungen, die jeder Grundlage entbehren, habe ich satt. Sie stehen mir bis hier.« Energisch fuhr sie mit der rechten Hand weit über ihrem Kopf durch die Luft. »Und wo ich gerade schon dabei bin, ich finde Ihren Kontrollzwang krank, einfach nur krank. Ich bin nicht Ihre Sklavin und auch nicht Ihre Schülerin. Sie bezahlen mich für ein Ergebnis. Und wie ich dieses liefere, kann Ihnen absolut egal sein, solange die Arbeit gut ist und das Ergebnis stimmt. Außerdem verlangen Sie unnötige Analysen, die für das Projekt unwichtig sind, schikanieren mich mit Meetings zu gottlosen Zeiten und unternehmen alles, um mich zu sabotieren und mich an meiner Arbeit zu hindern, die Sie im Übrigen auch noch bezahlen. Wenn Sie mich loswerden wollen, dann sagen sie es entweder direkt oder sprechen Sie es mit Ihrem Vater ab.« Sie holte kurz Luft. »Solange ich nichts Offizielles höre, arbeite ich gemäß meines unterschriebenen Vertrages. Und falls Sie vergessen haben, was darin steht, empfehle ich Ihnen, diesen noch einmal gut durchzulesen, bevor Sie mich wieder dumm anmachen.« Sie wollte sich abwenden, doch dann drehte sie sich erneut wutentbrannt zu Mark um, sodass sie nur noch wenige Zentimeter trennten. »Und merken Sie sich eines: wir zwei sind kein Paar und Sie sind nicht mein Liebhaber. Ich verbitte mir daher jegliche Form der Einmischung in mein Privatleben.« Erregt atmete sie ein. »Und wenn Sie mich nun feuern möchten, dann tun Sie das. Das ist mir egal, aber ich will es schriftlich.« Tränen stiegen ihr bei diesen Worten in die Augen, sie wandte sich ab, wollte weg, nur noch weg, als sie Marks Hand an ihrem Arm spürte und im gleichen Moment mit einer raschen Bewegung zu ihm herumgewirbelt wurde. Dabei prallte sie voller Wucht gegen ihn. Seine Augen, die sie an dunkle Gewitterwolken erinnerten, näherten sich den ihren gefährlich nahe, dann spürte sie seinen festen Mund auf ihrem. Ihr ganzer Körper kribbelte, sie spürte Marks warme Haut, fühlte seinen schnellen Herzschlag, sein feuriger Kuss umnebelte ihre Sinne, sie konnte nicht anders, als ihn zu erwidern. Sie konnte nicht mehr denken, fühlte sich durch die Luft gepeitscht, auf einer Reise, die sie nicht kannte, die man ihr anbot und die sie genauso annahm. Ein heißes Feuer rann durch ihre Adern, riss sie erbarmungslos mit sich fort. Bloß nicht aufhören. Raum und Zeit verloren sich, ihre Knie gaben nach. Als ob Mark ihre Schwäche fühlte, zog er sie schützend enger an sich. Das Kribbeln in ihrem Körper schwoll unkontrollierbar an. Sie wollte mehr. Sie wollte ihn, sie wollte Mark.

Der bloße Gedanke an seinen Namen katapultierte Ellen schlagartig zurück in die Realität. Oh Gott, was tat sie hier? Jetzt hatte Mark sie endlich in eine verfängliche Situation gebracht, auf die er schon so lange wartete. Ruckartig riss sie sich von ihm los. Jegliches Blut war aus ihrem Gesicht gewichen, mit vor Entsetzen weit aufgerissenen Augen starrte sie ihn an.

»Herzlichen Glückwunsch, jetzt haben Sie ja endlich ihren Beweis, nach dem Sie schon so lange lechzen.« Gegen ihren Willen rannen Tränen über ihre Wangen. Sie wand sich aus seinem Griff, verließ fluchtartig den Pool, warf sich ihren Bademantel über. Dann drehte sie sich ein letztes Mal zu Mark um, der sie immer noch fassungslos anstarrte. »Und denken Sie daran, schriftlich« rief sie mit brüchiger Stimme, bevor sie aus der Schwimmhalle zum Fahrstuhl stürmte.

Mit zitternden Händen öffnete Ellen ihre Zimmertür, warf sie ins Schloss und glitt kraftlos an ihr herab. Verzweifelt barg sie ihren Kopf in den Händen, weinte bitterlich. Sie hatte alles verloren: ihren Ruf, den Respekt, den sie sich so sehr erhofft hatte, das Projekt, das für ihre Agentur so wichtig war, die gute Referenz von Lauritz und diesen unglaublichen Kuss. Allein der bloße Gedanke daran ließ sie schaudern. So etwas hatte sie noch nie erlebt. Er sprengte jede Skala. Einen Mann, der so küsste, den musste man festhalten. Aber bei ihr musste dies ja ausgerechnet der verabscheuenswürdigste Mann auf der ganzen Welt auslösen! Jetzt konnte er überall herumposaunen, dass er Recht gehabt hatte, dass Ellen Sander nur auf Vergnügen aus war, ihre Zeit in Hotelpools verbrachte und mit ihren Auftraggebern herumknutschte. Ellen schluchzte laut auf, Tränen rannen ihr unaufhörlich über die Wangen. Ihr berufliches Leben lag in tausend kleinen Scherben vor ihr. Was ihr größter beruflicher Erfolg zu sein schien, hatte sich als völliges Desaster entpuppt. Nein, sie musste zugeben, dass

Mark von Anfang an offen zu ihr gewesen war. Aber sie hatte sich überschätzt, nein, sie hatte vielmehr seine Gemeinheiten unterschätzt und nicht damit gerechnet, dass er alle Waffen in die Schlacht führte. Warum hatte er im Pool den Eklat provoziert? Er hatte es gespürt, dass er sie nach allem, was in den letzten Wochen vorgefallen war, ausreichend zermürbt hatte. Dann hatte er sich in seiner vollen Größe und diesem unverschämt gut aussehenden Körper vor ihr aufgebaut und sie mit diesem unglaublichen Kuss überrumpelt. Statt sich mitreißen zu lassen, hätte sie ihm eine schallende Ohrfeige verpassen, ihn in den Schritt treten oder das Hotel zusammenschreien sollen, aber nein, sie hatte den Weg des Verderbens, den Weg der eigenen Erniedrigung und der Niederlage blind vor Verlangen eingeschlagen. Mark verdiente es nicht, sie so aus der Kontrolle und ihre Emotionen so in Wallung zu bringen. Ellen schluchzte erneut. Er hatte es verdammt nochmal nicht verdient, dass sie sich so zu ihm hingezogen fühlte, dass sie wegen seines Kusses alles um sich herum vergaß. Er hatte es nicht verdient, dass sie sich mehr wünschte. Er hatte es nicht verdient, dass sie ihn wollte und sich trotz all seiner Gemeinheiten in ihn verliebt hatte. Verdammt!!! Ellen griff sich vor Entsetzen an den Hals. Nein, sie wollte nicht in Mark Lauritz verliebt sein, sie wollte ihn nie wieder sehen, und doch wollte sie genau das und noch viel mehr. Heiße Tränen der Verzweiflung rannen über ihr Gesicht. Es war alles so ungemein ungerecht.

Mark starrte Ellen entgeistert hinterher. Eben noch hatte sie seinen Kuss leidenschaftlich erwidert, seine uneinnehmbaren

Barrikaden, die er mit jahrelanger Schwerstarbeit mühsam in seinem Inneren errichtet hatte, mit Leichtigkeit niedergerissen, und im nächsten Moment stürmte sie hysterisch und tränenüberströmt davon. Resigniert ließ er sich auf die oberste Stufe des Pools sinken, stemmte seinen Kopf in die Hände. Sein Blick glitt hinaus auf das Panorama Madrids, und doch sah er nichts anderes vor sich als Ellen. Sie hatte ihn so zornentbrannt angefunkelt, ihm so leidenschaftlich die Leviten gelesen, dass er trotz ihrer herben Kritik sich so unglaublich zu ihr hingezogen gefühlt hatte, sie spontan hatte küssen musste. Oh Mann, was hatte er getan? Wieso hatte er Ellen Sander geküsst? Er rieb sich über die Augen, als ob er dadurch den Albtraum ungeschehen machen konnte. Aber es half nichts. Er hatte einen Fehler gemacht, einen riesengroßen Fehler! Er war zu weit gegangen mit seiner Provokation, vor allem mit seinem Kuss. Aber wieso? Er ließ sich doch sonst nicht so um den Finger wickeln. Was hatte Ellen Sander bloß an sich, dass sie ihn zu solchen Aktionen reizte? Wenn er die Augen schloss, dann spürte er wieder ihren weiblichen Körper in seinen Armen, ihre weiche Haut an seiner, ihren unglaublich sinnlichen Mund auf seinen Lippen. Sie schmeckte so süß und feurig, überhaupt nicht kühl, wie man meinen wollte.

Mark schüttelte energisch den Kopf. Was hatte sie ihm alles an den Kopf geworfen? Dass er etwas gegen sie persönlich hätte, sie kontrollierte, kindisch und unprofessionell war, ihre Leistungen nicht anerkannte, sich für ihr Privatleben interessierte. Widerstrebend musste er ihr Recht geben. Er war in allen Punkten schuldig. Was für ein schlechtes Bild musste sie von ihm haben, unprofessionell und mies, wie er sich ihr gegenüber die letzten Wochen aufgeführt hatte. Klar, dass ihr irgendwann einmal der Faden riss, aber das war ja auch seine Absicht gewesen. Er hatte sie entlarven, bloßstellen wollen, doch dazu hätte er sie nicht küssen dürfen. Er selbst hatte eine unsichtbare Linie überschritten, ein klares No-Go. Wie sollte er diesen Schlamassel je wieder ausbügeln? Er würde sich eher die Zunge abbeißen, als diesen Vorfall seinem Vater zu beichten. Da mussten Ellen und er jetzt durch. Sie wollte den Vertrag erfüllen, er wollte ihn nicht kündigen. Doch das war es nicht, was ihn so aus der Bahn warf. Warum schmerzten ihn ihre Vorwürfe nur so stark? Mit ihren Worten hatte sie ihn tief getroffen, denn jedes einzelne zeigte ihm das auf, was er selbst zutiefst verachtete und dennoch ihr angetan hatte. Er war nicht so, konnte dies nicht einfach so hinnehmen. Er musste ihr zeigen, dass sie falsch lag, mit jedem einzelnen Punkt. Er war kein Fiesling und er konnte gute Arbeit sehr wohl anerkennen. Aber eines, das würde er nicht tun, er würde sich nicht aus ihrem Privatleben heraushalten: denn er wollte Ellen.

Mark erschrak über sich selbst. War er von Sinnen? Spielten ihm seine Gedanken nach all dem hier einen Streich? Irritiert starrte er aus dem Fenster. Minutenlang saß er regungslos da, blickte über die in der Abenddämmerung liegende Stadt. Nur langsam, ganz langsam erkannte er den wahren Grund für sein Verhalten.

Ja, er wollte Ellen, wollte sie erobern, sie lieben, sie nie wieder von seiner Seite lassen. Er wollte sie ganz und gar für sich, für sich allein. Oh Gott! Mark ließ seinen Kopf sinken, legte seine Hände um den Hinterkopf. Er liebte Ellen Sander, die einzige Frau, die ihn verachtete und sicherlich nie wieder etwas mit ihm zu tun haben wollte! Die einzige Frau, deren Zusammenarbeit er nie wollte und so schnell wie möglich beenden wollte. Die Frau, die in ihm Gefühle weckte, welche er so gut vergraben geglaubt hatte. Die Frau, die selbst Cora in den Schatten stellte. Und die einzige Frau, die für ihn unerreichbar war. Er hatte es vermasselt! Egal, was hätte werden können, durch sein unmögliches Verhalten hatte er sie auf ganzer Linie verloren. Scheiße, scheiße, scheiße nochmal!

Wieso hatte er Ellen nur mit Cora in einen Topf geworfen? Wie dumm konnte man nur sein? Er war wirklich der dämlichste Trottel unter der Sonne. Und nun war es zu spät!

Resigniert starrte Mark auf die Dächer Madrids. Aber wenn er Ellen schon verloren hatte, dann musste er zumindest die verbleibende Zeit nutzen und ihre Vorwürfe entkräften. Sie sollte ihn wenigstens so kennen, wie er wirklich war, ihn nicht mit seinem unmöglichen Verhalten der vergangenen Wochen in Erinnerung behalten. Er blickte resigniert auf den verwaisten Pool. Seine Lust zu schwimmen war gänzlich verflogen, frustriert stand er auf, trat zur Liege mit seinem Bademantel und verließ enttäuscht den Spa-Bereich.

Ellen wusste nicht, wie lange sie schon an der Tür schluchzte. Der Bikini klebte ihr kalt am Körper und sie fror entsetzlich. Müde rieb sie sich die Arme, in der Hoffnung, die Gänsehaut zu vertreiben, aber es half nichts. Sie brauchte dringend eine heiße Dusche. Hoffentlich hatte sie sich jetzt nicht erkältet. Das fehlte noch. Matt schleppte sie sich ins Bad und öffnete die Duschbrause. Als das warme Wasser über sie strömte, sog sie es tröstend auf. Erst nach endlos erscheinenden Minuten kehrten die Lebensgeister in ihre klammen, kalten Glieder zurück. Als sie endlich die Dusche verließ, fror sie zwar nicht mehr, doch sie fühlte sich schwach und zerschlagen. Mit letzter Kraft schleppte sie sich ins Bett, kuschelte sich so tief sie konnte unter die Decke und schlief vor Erschöpfung kurz darauf ein.

Als sie zwölf Stunden später erwachte, schmerzten ihre Glieder. In ihrem Hals stachen tausend Nadeln und in ihren Schläfen hämmerte es höllisch. Mit schmerzverzogenem Gesicht schielte Ellen zum Wecker. Sie musste aufstehen, schließlich traf sie gleich erneut den Marketingchef, bevor sie am Abend mit Mark nach Rom flog. Resigniert schloss sie die Augen. Wann war dieser Höllentrip endlich vorbei? Vorsichtig drehte sie den Kopf, wagte einen Blick zur Zimmertür, aber kein Briefkuvert war zu sehen. Hatte Mark vielleicht noch nicht das ok von seinem Vater? Also musste sie weiterarbeiten. Ja, das war sie sich schuldig. Das war das Einzige, was sie noch aus dieser verfahrenen Situation retten konnte, der klägliche Rest ihrer Professionalität. Den Vertrag würde sie einhalten, aber das war auch alles. Mit Mark Lauritz war sie fertig.

Endlich war der Termin vorbei. Die letzte Stunde hatte sie sich kaum noch konzentrieren können, denn jeder Muskel schmerzte, ihr Kopf glühte regelrecht. Zumindest hatte sie den Marketingchef ohne Mark getroffen. Seine Anwesenheit hätte sie heute umgebracht. Mit letzter Kraft öffnete Ellen ihre Zimmertür, schob sich hindurch, bevor sie die Tür mit ihrem Absatz ins Schloss drückte, ihre Laptoptasche zu Boden gleiten ließ. Glücklicherweise musste sie erst am Abend zum Flughafen fahren.

Sie konnte sich kaum mehr auf den Beinen halten, jeder einzelne Knochen schmerzte höllisch und sie fror erbärmlich. Was im Taxi als leichtes Frösteln begonnen hatte, war nun zu einem unerträglichen Schaudern angewachsen. Sie musste ins Bett, auch wenn es nur für zwei Stunden sein konnte. Bibbernd vor Kälte schlugen ihre Zähne aufeinander. Mühsam zog sie das Jacket aus, warf es achtlos auf den kleinen Sessel neben dem Bett. Dann streifte sie ihre Schuhe ab, wankte hinüber ins Bad, um sich die Hände zu waschen. Ihre Augenlider brannten. Sie musste sich konzentrieren, um nicht zu fallen. Zitternd setzte sie einen Fuß vor den anderen. Was war nur mit ihr los? Hatte sie sich doch wegen der nassen Badesachen erkältet? Wo war nur ihr Koffer? Sie drehte sich suchend um, als plötzlich der Raum um sie herum schwankte, der Teppichboden ihrem Gesicht gefährlich nah kam. Autsch! Der Aufprall war härter gewesen als gedacht. Ellen versuchte aufzustehen, aber sie zitterte zu sehr, kraftlos sank ihr Körper zurück auf den Teppich, wo sie sich zusammenrollte und verzweifelt versuchte, sich zu wärmen.

Mit zunehmender Besorgnis blickte Mark auf seine Uhr. Es wurde nun wirklich allerhöchste Zeit, dass Ellen kam, wenn sie den Flieger nach Rom nicht verpassen wollten. Sonst war sie doch immer überpünktlich und nun war sie bereits eine geschlagene halbe Stunde zu spät. Er hatte sie den ganzen Tag noch nicht gesehen. Hoffentlich hatte sie sich die gestrige Szene nicht zu sehr zu Herzen genommen. Mark beschlich ein ungutes Gefühl. Egal, er musste sich vergewissern, dass mit ihr alles in Ordnung war. Sie mussten schließlich zum Flughafen, das rechtfertigte ja wohl selbst in Ellens Augen jegliches Nachfragen.

Entschlossen eilte er mit ausholenden Schritten zu ihrer Zimmertür, klopfte energisch. Nichts. Er klopfte erneut. Hatte er sich geirrt oder hörte er hinter der Tür leises Wimmern? Plötzlich ergriff ihn Panik. Geistesgegenwärtig rannte er zum Wagen der Zimmermädchen, der am hinteren Flurende stand, klopfte laut an die offene Tür: »Hallo, ist jemand hier?«

Vorsichtig lugte ein junges Mädchen mit feuerrotem Haar aus der Badezimmertür. Ihre Locken hatte sie zwar mit einem Haargummi zu bändigen versucht, doch einige hatten sich widerspenstig daraus hervorgestohlen und standen wild ab. »Ich bin hier. Kann ich Ihnen helfen?«

»Ich brauche Ihre Hilfe. Meine Freundin wohnt in Zimmer 136 dort drüben. Könnten Sie mir bitte die Tür öffnen? Wir müssen zum Flughafen und sie ist noch nicht erschienen. Ich mache mir wirklich Sorgen.«

Das Mädchen schaute ihn zweifelnd an, nagte unentschlossen an ihrer Unterlippe. »Eigentlich darf ich das ja nicht.«

»Das weiß ich, von mir aus können Sie ja mit mir zusammen hineingehen.« Mark schaute sie flehentlich an. »Bitte«, fügte er eindringlich hinzu. »Es ist wirklich wichtig.«

Zögernd nickte das Mädchen. »Ok, ich glaube Ihnen. Warten Sie.«

Sie schob sich an ihm vorbei und eilte zu Ellens Zimmertür, wo sie die Karte durch den Türschlitz schob. »Ich warte doch lieber hier draußen.«

»Danke.« Mark hatte sich bereits umgedreht und den Türknopf zu Ellens Zimmer geöffnet. Vorsichtig steckte er den Kopf durch den Spalt.

»Ellen?« fragte er fast schüchtern. Sein Blick fiel auf ein unberührtes Bett. Er trat einen Schritt in den Raum und erschrak, als er am Ende des Bettes ein Paar nackte Beine auf dem Fußboden liegen sah, ein klägliches Wimmern vernahm. Oh mein Gott! Mit einem Satz war Mark bei ihr.

»Ellen, was ist los?«

Bei ihrem Anblick erschrak er. Jegliche Farbe war aus ihrem Gesicht gewichen, wie ein Knäuel lag sie zusammengekauert auf dem Fußboden und zitterte wie Espenlaub.

»Ich bin gestürzt und friere.« Sie schaute ihn mit fiebrigen Augen an. »Gehen Sie.« Dann schloss sie ermattet die Augen.

»Sie können hier nicht liegenbleiben. Ich bringe Sie ins Bett.«

»Nicht anfassen, nein.« Ihre Stimme klang panisch.

»Es tut mir leid, aber das muss sein. Ich werde sie jetzt ins Bett tragen.«

Sie schlug die Hände vors Gesicht, wimmerte. Schnell stellte Mark seine Tasche ab, kniete sich neben Ellen. Vorsichtig legte er die Arme um sie, zog sie an sich, damit er sie richtig umfassen konnte, dann stemmte er sich mit ihr hoch und trug sie hinüber zum Bett, wo er sie behutsam auf die Matratze legte und sanft die Decke über sie ausbreitete.

»Ich kann nicht ins Bett, ich muss zum Flughafen«, stammelte sie tonlos.

»Gar nichts müssen Sie. Wir fliegen später. Sie brauchen einen Arzt.« Ohne auf ihre Antwort zu warten, rannte Mark in den Flur und sah erleichtert das Zimmermädchen immer noch an der gleichen Stelle stehen. »Wie gut, dass Sie noch da sind. Bitte rufen Sie einen Arzt. Meine Freundin ist krank. Können Sie das für mich tun?«

»Ja, klar, natürlich. Moment«, stammelte die junge Frau und drückte auf ihr Handy.

»Danke. Ich bin hier im Zimmer, wenn der Arzt kommt.« Und schon war er zurück in Ellens Zimmer geeilt, hatte die Tür hinter sich verschlossen. Schnell griff er nach seinem Handy, schrieb eine SMS an Karin, damit sie ihre Flüge nach Rom erst einmal stornierte. Er konnte ihr später Details für einen anderen Flug geben. Dann trat er ans Bett. Ellen war kaum zu sehen, so tief hatte sie sich in die Kissen und unter die Decke vergraben. Vorsichtig setzte Mark sich auf die Bettkante.

»Ist Ihnen kalt?«

»Entsetzlich«, drang es dumpf aus den Kissen.

»Ich werde Sie jetzt richtig einpacken, dann wird Ihnen gleich warm.« Dabei beugte er sich über sie, klemmte die Bettdecke unter ihren Körper.

Tee, schoss es ihm durch den Kopf. Heißer Tee würde Ellen bestimmt wärmen. Wo war nur der Wasserkocher? Mit großen Schritten eilte Mark hinüber zu dem kleinen Wandschrank und öffnete ihn. Erleichtert zog er den Wasserkocher heraus, goss Wasser hinein und stellte ihn an. Anschließend durchsuchte er die Schubladen nach Teepulver. Ein einzelnes Päckchen »Weißer Tee« fiel ihm in die Hände. Besser als nichts. Hauptsache, Ellen trank etwas Heißes. Erleichtert hörte er, wie sich der Wasserkocher abschaltete. Behände goss er das noch kochende Wasser über den Teebeutel. Doch gerade als er Ellen das warme Getränk anbieten wollte, fing sie hektisch an, sich aus der mühsam zusammengedrückten Bettdecke zu befreien.

»Mir ist heiß. Mir ist so entsetzlich heiß.«

Ergeben stellte Mark die Tasse auf den Nachttisch, zog die Bettdecke ein wenig fort. Ellens Augen glänzten fiebrig, ihre Wangen glühten rot, ihr Haar klebte an ihren Schläfen, ihr Blick wirkte gläsern. Sie schien ihn nicht wirklich wahrzunehmen. Bei ihrem Anblick fühlte Mark sich erbärmlich, wusste nicht, wie er die eiserne Hand, die sich um sein Herz legte, vertreiben konnte. Panisch lief er ins Bad, holte einen feuchten Waschlappen und begann, Ellen behutsam die Stirn zu tupfen. Es schien sie ein wenig zu beruhigen, doch ihr Gesicht glühte zunehmend stärker und ihr Shirt klebte nass an ihrer Haut. Was sollte er tun? Er konnte sie doch nicht einfach umziehen? Ratlos fuhr er sich mit der Hand über die Augen.

»Ellen, Sie müssen sich umziehen, Sie sind vollkommen durchgeschwitzt. Haben Sie etwas zum Wechseln dabei?«

Sie schaute ihn aus großen Augen fragend an, sagte aber nichts. Mark beugte sich näher über sie. »Ellen, hören Sie mich?«

Sie nickte in Zeitlupentempo.

»Ist in Ihrem Koffer noch ein Nachthemd?«

Wieder nickte sie. Wenigstens etwas.

»Darf ich an Ihren Koffer gehen und ein frisches Nachthemd für Sie herausholen?«

Sie schüttelte matt mit dem Kopf, was dennoch als klares Nein zu verstehen war.

Fast erleichtert hörte Mark das Klopfen an der Tür, sprang zeitgleich auf. Ein untersetzter Mann Mitte fünfzig mit graumeliertem Haar stand im Flur, in der einen Hand den

Arztkoffer, in der anderen seine Brille. Sein braunes Jacket hing etwas schief auf seinen Schultern.

»Bin ich hier richtig? Ich bin Arzt. Gonzalez mein Name.«

»Lauritz. Guten Tag. Wie gut, dass Sie da sind. Bitte kommen Sie herein. Bis eben hatte sie Schüttelfrost und nun scheint sie hohes Fieber zu haben.«

»Seit wann ist Ihre Frau krank?« Mark schrak bei der Frage unmerklich zusammen.

»Äh, sie ist nicht meine Frau, sondern eine Freundin«, erklärte er nach kurzem Zögern.

Herr Gonzalez zog vielsagend eine Augenbraue in die Höhe.

»Also, seit wann ist Ihre Freundin krank?«

»Seit heute Morgen, vielleicht aber auch schon seit heute Nacht. So genau kann ich es leider nicht sagen.« Herr Gonzalez warf ihm einen fragenden Blick zu.

»Ich hatte heute Morgen schon sehr früh Termine«, verteidigte sich Mark und kam sich im selben Moment ziemlich albern vor. Wieso verteidigte er sich für etwas, wofür es sich überhaupt nicht zu verteidigen galt? Gut, er konnte schlecht sagen, dass er nur mit Ellen arbeitete, dann würde er als allererstes hinaus geschickt, und Ellen brauchte ihn jetzt. Er hatte ihr gegenüber schließlich auch eine Verantwortung. Besonders nach allem, was gestern Nachmittag vorgefallen war.

Ohne weiter auf ihn zu achten, drehte sich Herr Gonzalez um, griff in seinen Koffer. »Ich werde Sie jetzt untersuchen, Señora.«

Ellen nickte ergeben, hauchte matt: »Danke.«

Mark trat ans Fenster, wandte Ellen und dem Arzt den Rücken zu. Es kam ihm wie eine Ewigkeit vor, bis der spanische Arzt sich endlich räusperte.

»Ihre Freundin hat eine schlimme Erkältung, zudem ist sie dehydriert.«

Bei den Worten drehte Mark sich augenblicklich um, schaute dem Arzt direkt in die Augen, die ihn vorwurfsvoll anblickten.

»Sie müssen sich um Ihre Freundin kümmern, wenn Sie nicht möchten, dass sie ins Krankenhaus kommt. Ich verschreibe Ihnen jetzt ein Pulver, das sie jede Stunde aufgelöst in einem Glas Wasser trinken muss. Wenn sie das nicht tut, dann muss sie sofort ins Krankenhaus. Außerdem sollten Sie ihr dringend etwas Trockenes anziehen, wenn Sie nicht wollen, dass sie auch noch eine Lungenentzündung bekommt.« Er legte den Kopf leicht schief. »Haben Sie mich verstanden?«

Mark nickte. »Ja, habe ich.«

Herr Gonzalez trat einen Schritt auf Mark zu, drückte ihm versöhnlich den Arm.

»Was ich sagen will, ist, dass Sie Ihre Freundin bis morgen nicht aus den Augen lassen dürfen. Sie müssen dafür sorgen, dass sie jede, wirklich jede Stunde dieses Pulver zu sich nimmt und in trockenen Sachen dort liegt. Sie braucht Sie jetzt.«

Mark nickte schweigend.

»Gut, ich habe hier auch noch zwei weitere Medikamente zusätzlich zu dem Pulver aufgeschrieben, die sie ebenso einnehmen muss.«

»Danke, ich werde sofort jemandem vom Hotel bitten, sie zu holen.«

»Tun Sie das.« Herr Gonzalez wandte sich ab, trat noch einmal zu Ellen ans Bett. »Ihr Freund wird sich jetzt um Sie kümmern, Señora. Ich habe ihm alles erklärt.«

Ellen nickte apathisch. »Danke«, hauchte sie matt.

Der Arzt nickte Mark noch einmal eindringlich zu, dann verschwand er durch die Tür.

Mark schaute hinüber zum Bett, aus dem ihn Ellen mit leerem Blick ansah. Es half alles nichts, er musste den ärztlichen Instruktionen Folge leisten.

»So, es tut mir leid, aber ich werde jetzt an Ihren Koffer gehen und Ihnen zuerst etwas Frisches anziehen.«

Ohne auf ihre Reaktion zu warten, öffnete Mark den Reißverschluss. Die Tatsache, dass kein Protest von Ellen zu hören war, ängstigte ihn. Es musste ihr viel schlechter gehen, als er dachte, wenn sie ihn so widerspruchslos in ihren Sachen wühlen ließ. Als er den Kofferdeckel hob, hielt er einen Augenblick inne, alles war ordentlich zusammengefaltet. Schnell hob er ein Kleidungsstück nach dem anderen heraus, bis er erleichtert ein frisches Seidennachthemd in den Händen hielt.

Als der leichte Stoff durch seine Finger glitt und er die zarte Spitze am Dekolleté sah, riss er sich zusammen. Jetzt war keine Zeit für Wunschdenken. Ellen musste gesund werden, das war das Einzige, was im Augenblick zählte.

Mark atmete tief ein. Jetzt kam der schwierigste Teil. Vorsichtig näherte er sich dem Bett, hielt das Nachthemd wie einen Schutzschild vor sich. Ellen zog die Bettdecke bis unters Kinn, obwohl ihr der Schweiß an den Schläfen herunterlief. Das konnte ja heiter werden.

»So, jetzt werde ich Sie aufsetzen und zwar mit dem Rücken zu mir. Dann ziehen wir Ihnen Ihr nasses Ding da über den Kopf und direkt das neue Nachthemd über.«

Als sie sich nicht rührte, fügte er hinzu: »Ich mache auch die Augen zu.«

Langsam zog sie die Decke weg und nickte. »Ich komme alleine nicht hoch, ich habe keine Kraft«, flüsterte sie.

»Kein Problem, ich bin ja da.«

Sanft zog er die Bettdecke zurück, zwang sich, nicht auf Ellens lange, nackte Beine zu schauen. Er wusste, sie beobachtete ihn. Besser er konzentrierte sich auf seine Aufgabe, die war heikel genug.

Langsam zog er Ellen hoch, griff ihr unter die Arme und drehte sie so, dass sie sich mit dem Rücken gegen ihn lehnen konnte. Langsam begann er, das Oberteil über den Kopf zu ziehen, dann warf er es erleichtert hinter sich in den Raum. Nur für den Bruchteil einer Sekunde hielt er inne, ließ seinen Blick über ihren makellosen Rücken gleiten, bevor er nach dem frischen Kleidungsstück neben sich griff und es ihr überstreifte. Den Rest erledigte zum Glück Ellen selbst. Irgendwo waren seiner Disziplin schließlich auch Grenzen gesetzt. Endlich legte Mark sie behutsam zurück in die Kissen, stand auf, wählte die Nummer der Rezeption und gab seine Aufträge sowie die Zimmerverlängerung um zwei Nächte durch.

Das leichte Summen seines Handys weckte Mark. Er musste eingeschlafen sein. Müde rieb er sich den steifen Nacken und streckte die Arme. Der Sessel war wirklich alles andere als der perfekte Ort zum Schlafen. Sofort glitt sein Blick hinüber zum

Bett, wo Ellen regungslos lag. Leise erhob er sich, schlich zu ihr herüber. Immer noch rann Schweiß ihren Hals hinunter. Das musste doch irgendwann mal aufhören. Er hatte jetzt nichts mehr in ihrem Koffer, was er ihr anziehen konnte. Alles Verbliebene waren Blusen und Business Outfits. Was sollte er tun? Wieso hatte sie auch nicht so viele T-Shirts eingepackt wie er? Natürlich! Mark schlug sich gegen die Stirn. Das war die Rettung. Er würde ihr einfach seine T-Shirts anziehen. Aber zuerst brauchte sie die Medizin. Mittlerweile hatte er ja schon Übung darin. Schnell löste er das Pulver auf, dann setzte er sich auf die Bettkante.

»Ellen, es ist wieder soweit. Sie müssen jetzt das nächste Glas trinken.«

Wie all die Stunden zuvor, setzte er sich dicht neben sie, lehnte sich gegen das Kopfende des Bettes. Dann zog er sie sanft, aber bestimmt in seine Arme, sodass ihr Kopf gegen seine Brust lehnte und hielt ihr das Glas mit der Pulverlösung an die Lippen. In kleinen Schlucken trank sie gehorsam die Flüssigkeit, während sie sich völlig erschöpft gegen ihn sinken ließ. Mark zog diesen Moment jedes Mal einen Augenblick länger hinaus als nötig, genoss es, Ellens Körper zu spüren, sie in den Armen zu halten, bevor er sie behutsam wieder zurück in die Kissen legte. Dann eilte er zu seinem Koffer, zerrte ein frisches T-Shirt heraus. Entschlossen kehrte er damit zurück ans Bett und begann zum ungezählten Male, sie umzuziehen. Was für eine absurde Situation. Nun verbrachten sie so viel Zeit auf engstem Raum, noch dazu mit recht intimen Momenten, und alles, was er denken konnte, war, dass Ellen gesund werden musste, nicht ins Krankenhaus durfte. Keine Minute war er seit dem Arztbesuch von ihrer Seite gewichen, hatte stundenlang ihre Stirn betupft. Mal hatte sie ihn entgeistert angestarrt, mal hilflos geweint oder erschöpft geschlafen. Er wurde dieses nagende Gefühl nicht los, dass diese Situation seine Schuld war, ganz allein seine. Der gestrige Tag hatte Ellen viel mehr zu schaffen gemacht, als er für möglich gehalten hätte. Wenn sie ins Krankenhaus kam, dann war er allein dafür verantwortlich. Daher musste er alles tun, um es wiedergutzumachen. Fast panisch kämpfte Mark gegen die aufsteigende Verzweiflung an. Die dämlichen Medikamente mussten doch langsam wirken, aber Ellens Fieber sank nicht um einen Grad, dabei hatte er ihr pünktlich alle verschriebenen Mittel verabreicht. Der Himmel musste ein Erbarmen mit ihm haben, er litt doch schon qualvoll vor Reue. Ergeben ging Mark ins Bad und ließ frisches, kaltes Wasser über den Waschlappen laufen, bevor er in auswrang und zu Ellen zurückging, um ihr erneut sanft die Stirn abzutupfen.

Es war bereits früher Morgen. Die ersten Sonnenstrahlen fielen fahl durch die Fenster, der Nachthimmel verabschiedete sich sanft in erleuchtetem Hellblau. Mark öffnete die Augen und blickte auf Ellen herunter, die neben ihm im Bett lag. Langsam wandte er seinen Kopf nach links, dann nach rechts, um die verkrampfte Muskulatur zu lockern. Ellens Bettlehne schied auch als empfehlenswerter Schlafplatz aus. In seiner Hand hielt er noch den Waschlappen.

Er beugte sich leicht vor, um Ellens Gesicht prüfend anzuschauen und rieb sich die Augen. Konnte es wirklich sein, dass sie friedlich schlief? Kein Schweißtropfen war mehr zu sehen. Vorsichtig hob er die Bettdecke ein wenig hoch, um zu sehen, ob sie erneut nass geschwitzt war. Sein T-Shirt war trocken. Tonnen der Sorgen fielen von seinen Schultern. Erleichtert strich er ihr sanft über die Wange. »Du hast es geschafft«, flüsterte er leise. Dann erhob er sich vorsichtig und streckte sich auf dem gegenüber stehenden Sofa aus, wo er ermattet einschlief.

KAPITEL 22

Ihr war zum Heulen zu Mute. Verzweifelt starrte Ellen aus dem Taxifenster, das sie und Mark zum Flughafen brachte. Die Sonne strahlte vom wolkenlosen Himmel, fühlte sich an wie purer Hohn. Vor ihren Augen flogen die imposanten Häuserfassaden der großen Boulevards mit unzähligen Passanten und Kiosks vorbei, doch sie nahm sie gar nicht wahr. Obwohl die Welt dort draußen sich weiter in ihrem regelmäßigen Takt drehte, hatte sich ihre Welt auf den Kopf gestellt. Nichts war mehr, wie es bei ihrer Ankunft in Madrid gewesen war. Alles war schiefgelaufen, grundlegend schiefgelaufen. Hier saß sie nun neben dem Mann, den sie zutiefst verabscheuen und so schnell wie möglich aus ihrem Leben verbannen sollte, doch stattdessen wünschte sie sich nichts sehnlicher, als dass er sie wieder in die Arme nahm und küsste. Sie fühlte sich hilflos, schwach, unfähig zu wissen, wie sie nun mit Mark umgehen sollte. Ihre Gedanken und Gefühle wirbelten unkontrolliert durch ihren Kopf. Als er sie im Hotelzimmer gefunden und kurzerhand ihre Krankenpflege übernommen hatte, da hätte sie ihn aus dem Zimmer werfen sollen, doch stattdessen hatte sie sich bei ihm geborgen gefühlt mit der absoluten Gewissheit, dass er alles tat, damit sie wieder gesund würde. Sie hatte sich ihm, der sie schikanierte, maßregelte und erniedrigte, vollkommen natürlich anvertraut, seine sanften Berührungen vermisste sie schmerzlich. Wie sollte sie damit nur umgehen? Sie hatte erwartet, dass er wieder der alte Mark sein würde, sobald ihr Fieber verschwunden war, doch anstatt sie zu beleidigen, hatte er ihr einfach einen Rückflug nach Hamburg gebucht, darauf bestanden, sie zum Flughafen zu begleiten und alleine die Romreise anzutreten, damit sie sich bis zum Wochenanfang zu Hause erholen konnte. Seine Fürsorge berührte sie mehr, als sie sich eingestehen wollte, irritierte sie gleichzeitig zutiefst. Hatte er Angst, dass er Schuld an ihrer Krankheit war? Wollte er sich auf diese Weise nur reinwaschen? Oder hatte er vielleicht sogar eingesehen, dass er zu weit gegangen war und bot ihr nun die Friedenspfeife an? Seit er wieder in sein eigenes Hotelzimmer gezogen war, hatten sie kaum miteinander geredet, doch die wenigen Worte, die sie gewechselt hatten, waren sehr höflich gewesen. Vielleicht war es Mark aber auch einfach nur genauso unangenehm wie ihr, dass sie sich so nahe gekommen waren. Für einen kurzen Moment schloss Ellen die Augen, erinnerte sich an die sanften Berührungen des kühlen Waschlappens, die beruhigenden Worte, mit denen er ihr die Medizin einflößte und das Prickeln auf ihrer Haut, wenn er sie sanft in seinen Armen hielt. Ein schmerzvolles Ziehen in ihrer Brust erinnerte sie daran, dass es das Einzige war, was sie von ihrer Liebe zu ihm retten konnte: die Erinnerung an diese Zeit in einem Madrider Hotelzimmer. Sie seufzte leise.

»Alles in Ordnung?«

Fast erschrocken wandte sie ihren Kopf, blickte in Marks fragende Augen.

»Ja, danke. Ich fühle mich nur noch etwas schwach.«

Er nickte schweigend. »Sie sind ja auch erst seit wenigen Stunden wieder auf den Beinen. Vielleicht sollte ich doch mit nach Hamburg fliegen?«

Vehement schüttelte Ellen den Kopf. Das konnte sie nicht von ihm verlangen. Irgendwie würde sie es schon schaffen.

»Nein, bitte nicht. Sie haben schon genug Zeit wegen meiner Erkältung verloren. Die Termine in Rom sind wichtig. Ich schaffe das gut allein. Und falls ich Hilfe brauche, werde ich einfach eine Stewardess bitten, mir zu helfen.«

Mark nickte stumm, blickte ihr prüfend ins Gesicht, bevor er sich abwandte und wieder auf sein Handy schaute. Um seinen Mund lag ein härterer Zug als sonst.

»Ich weiß nicht, wie ich Ihnen danken soll«, begann Ellen leise.

Marks Kopf schnellte herum. Das Eisgrau seiner Augen hatte sich zu einem dunklen Felsengrau verändert, für den Bruchteil einer Sekunde las sie Panik in seinem Blick.

»Da gibt es nichts zu danken. Sie brauchten Hilfe und ich war da, das ist alles.«

Seine Worte wirkten wie Peitschenhiebe, schlugen neue frische Wunden. Sie hatte nicht gedacht, dass es ihm so unangenehm war, sie solch eine Last für ihn dargestellt hatte. Die Erkenntnis, dass sie in seine Fürsorge und Berührungen mehr

hineininterpretiert hatte, als real vorhanden war, traf sie hart.
»Dennoch danke.«
Plötzlich wollte sie nur noch weg von ihm, hinaus aus diesem Taxi und alleine nach Hamburg fliegen. Sehnsüchtig blickte sie auf das große Schild des Flughafens, dessen Gebäude nur noch ein Steinwurf entfernt war.

KAPITEL 23

Produktivität sah anders aus. Resigniert legte Ellen ihren Stift auf den Tisch und trat ans Fenster. Der Himmel hatte sich zugezogen. Grauschwarze Wolken hingen tief am Horizont. Die Nachmittagssonne war einer trüben Stimmung gewichen und es schien, als ob sich die Wolken jede Minute entladen wollten. Nun war es schon eine Woche her, dass sie und Mark zurück in Hamburg waren. Seit sie sich an der Passkontrolle am Madrider Flughafen verabschiedet hatten, hatte sie ihn nicht mehr gesehen. Zugegebenermaßen hatte sie alles getan, um ihm aus dem Weg zu gehen, sich praktisch in ihrem Büro eingeigelt und selbst die Gespräche mit Karin auf ein Minimum beschränkt. Doch auch wenn sie Mark nach allen Regeln der Kunst aus dem Weg ging, so war er doch in ihren Gedanken stets präsent. Auch nach einer Woche hatte sie immer noch keine Lösung gefunden, wie sie mit ihren Gefühlen für ihn klarkommen sollte und vor allem, wie sie diese bis zum Projektende verdrängen konnte. Müde wischte sie sich über die Augen. Diese Entwicklungen waren alles andere als produktiv. Wäre ihr im Hotelpool nur nicht der Wutausbruch passiert, dann hätte Mark sie nicht geküsst, sie wäre nicht krank geworden, Mark hätte sie nicht pflegen müssen, sie hätte keine Zeit mit ihm auf engstem Raum verbracht, in der ihre Anziehung zu ihm in Liebe umgeschlagen war, und sie stünde jetzt nicht hier unproduktiv, rat- und energielos, bis in die Haarspitzen unglücklich verliebt.

Die ersten Regentropfen lösten sich aus den übergroßen Wolken, prasselten gegen die Fensterscheiben. Ellen blickte auf die Wanduhr. Noch zwei Stunden, dann hatte auch sie Wochenende. Ein mattes Lächeln huschte über ihre Lippen. Zum Glück kam Lukas zu Besuch. Sie vermisste ihren Zwillingsbruder mehr als sonst und freute sich auf seine Nähe. Allein seine Anwesenheit würde ihr guttun, das wusste sie. Langsam wandte sie sich ab, setzte sich erneut an ihren Schreibtisch.

Nervös trommelte Mark mit den Fingern auf das Lenkrad, blickte an dem fünfstöckigen Altbau hinauf, in dessen drittem Stock Ellen wohnte. Die ganze Etage war hell erleuchtet. Sie war also zu Hause. Jetzt stand er schon geschlagene zwanzig Minuten hier, unschlüssig, ob er wirklich den neben ihm liegenden Blumenstrauß nehmen, dort drüben klingeln und Ellen um Verzeihung bitten sollte. Er war im Pool zu weit gegangen, dafür wollte er sich entschuldigen. Unsicher biss Mark sich auf die Lippe, dann gab er sich einen Ruck und zog den Zündschlüssel ab, griff nach den Blumen und stieg keine Minute später aus. Schnell schloss er den Wagen ab und drehte sich zurück zum Haus, wo er einen letzten Blick auf die dritte Etage warf und zusammenzuckte. Wieso war alles dunkel?

Suchend schaute er sich um und erkannte einen Mann vor dem Haus, der eben noch nicht da gewesen war. Unbewusst trat Mark in den Schatten seines Wagens, beobachtete gebannt die gegenüberliegende Straßenseite.

Plötzlich erhellte sich die Eingangshalle und Ellen eilte die letzten Meter der Tür entgegen, riss sie auf, während der Mann seine Arme ausbreitete und unmerklich später um Ellen Sander schloss. Sie drehten sich eng umschlungen im Kreis. Mark schluckte. Der Stich in seiner Brust war kurz und tief, doch er konnte seine Augen nicht abwenden. Gebannt beobachtete er, wie der blonde Mann nach der unendlich erscheinenden Umarmung seinen Arm um Ellens Taille legte. Arm in Arm verschwanden sie um die Häuserecke.

Ein begossener Pudel. Ja genauso stand er dort auf der anderen Straßenseite mit seinem lächerlichen Blumenstrauß in der Hand und der naiven Anwandlung, sich bei Ellen zu entschuldigen. Langsam ging Mark um seinen Wagen herum, schloss ihn auf und stieg ein.

War Ellen deshalb über seinen Kuss so erzürnt gewesen, weil sie vergeben war, weil es diesen anderen Mann in ihrem Leben gab? Frustriert schlug Mark mit der Hand auf das Lenkrad, als ob dies etwas an der Situation änderte, wohlwissend, dass dem nicht so war.

Fein, Ellen war nachweislich vergeben und er musste sehen, wo er selbst mit seinen Gefühlen für sie blieb. Vielleicht hatte er es einfach zu spät erkannt, vielleicht hatte er aber ohnehin nie den Hauch einer Chance bei ihr gehabt. Das Letztere war mit an Sicherheit grenzender Wahrscheinlichkeit die Realität. Aber seine Gefühle waren das eine, ihre berufliche Meinung von ihm und ihre Meinung von ihm als Mann waren etwas ganz anderes. Er würde ihr beweisen, dass ihre schlechte Meinung unbegründet war, und wenn dies auch das Einzige war, was er bei Ellen Sander noch erreichen konnte. Enttäuscht startete Mark den Motor und fuhr die Straße hinunter in die dunkle Nacht.

»Was für ein Glück, dass ich dich heute Abend für mich habe.« Lukas drückte Ellen eng an sich. »Du hast mir gefehlt.«
Ellen schmiegte ihren Kopf an die Schulter ihres Zwillingsbruders. »Ich bin auch froh, dich zu sehen. Die letzten Wochen waren die Hölle.«
Er blickte besorgt auf sie herunter. Seine kleine, tapfere Schwester, wenn auch nur zehn Minuten jünger als er, sah müde und blass aus. Er konnte sich nicht erinnern, sie das letzte Mal so erschöpft gesehen zu haben. Normalerweise war sie die Energie in Person.
»Du musst mir gleich alles genau erzählen. Lass uns aber zuerst zu Luigi gehen und seine unschlagbaren Bruschettas essen.«
Ellen lachte. »Oh Lukas, du änderst dich nie. Wie kann man immer nur ans Essen denken?«
»Das stimmt ja gar nicht«, verteidigte er sich. »Ich kenne sehr viele andere Dinge, an die ich häufiger denke, aber ich bin heute Morgen um fünf in München los, habe mich den gesamten Tag mit Andrej Kastzylek herumgeschlagen, um ihn zu überreden, seine Bilder wie abgemacht am Montag in die Galerie zu liefern. Also finde ich meinen Wunsch, etwas Nahrhaftes zwischen die Zähne zu bekommen, nur zu natürlich.«

Ellen küsste ihn versöhnlich auf die Wange. »Entschuldige, du sollst deine Bruschettas bekommen.«
Lukas grinste selbstbewusst. »So ist es brav, kleine Schwester«, worauf er einen Knuff in die Seite erntete.

Neugierig beugte Lukas sich zu Ellen hinüber, blickte sie über den Rand seines Weinglases prüfend an. »Ich denke, du brauchst dringend eine Ablenkung von deinem Projekt.«
»Schön wäre es.« Sie verdrehte die Augen. »Mark Lauritz würde mir die Hölle auf Erden bescheren.«
»Ich kenne zwar den so einschüchternden Mark Lauritz nicht, aber ich kenne dich. Und du brauchst eine Verschnaufpause, Schwesterchen.« Seine Miene hellte sich auf. »Und ich habe auch schon die perfekte Idee dafür.«
»Ach ja?« Ellen neigte fragend ihren Kopf zur Seite. »Dann schieß mal los.«
»Du kommst zu mir nach München und hilfst mir bei meiner Vernissage.«
Erschrocken schlug sie sich mit der Hand vor die Stirn. »Deine Vernissage. Oh Lukas, daran habe ich überhaupt nicht mehr gedacht, bitte entschuldige. Dieses unselige Projekt raubt mir wirklich den letzten Nerv. Natürlich komme ich zu deiner Vernissage. Ich weiß doch, wieviel dir daran liegt. Wann war nochmal der Termin?«
»Samstag. Wenn du aber schon am Freitag kommen und mir ein wenig bei den letzten Vorbereitungen helfen könntest, dann wäre das wirklich super.« Er blickte sie erwartungsvoll an.
Ellen überlegte fieberhaft. Das war schon in einer Woche. Das musste sie schaffen. Sie brauchte lediglich Freitagnachmittag

freizunehmen. So, wie alles im Moment aussah, würden sie ohnehin noch einige Tage auf die Entscheidung der Geschwister Merigneux warten, und mit ihren sonstigen Ausarbeitungen war ein freier Nachmittag zu schaffen.

»Du kannst dich auf mich verlassen, Lukas, ich werde alles tun, damit ich am Freitag zu dir nach München kommen kann.«

KAPITEL 24

Energisch drückte Mark die Türklinke zu seinem Büro hinunter. »Karin«, rief er laut über die Schulter.

»Ja, Mark?« Hastig eilte Karin aus dem angrenzenden Büro, schaute Mark mit großen, fragenden Augen an.

»Bitte sagen Sie Frau Sander, dass ich sie sofort sprechen möchte.« Irritiert hielt er inne, als Karin reglos stehen blieb. »Ist irgendetwas nicht in Ordnung, Karin?«

Sie schüttelte entschuldigend den Kopf. »Es tut mir wirklich leid, Mark, aber Ellen Sander ist nicht im Haus.«

»Nicht im Haus?« echote Mark verständnislos. Er ignorierte das mulmige Gefühl in seinem Magen.

Karin nickte eifrig. »Sie hat sich heute den Nachmittag freigenommen. Montagmorgen ist sie aber wieder da.«

Seine Laune sank bei dieser Information um einige Grad. »Na, das nenne ich Arbeitsmoral, sich einfach so den Freitagnachmittag freizunehmen«, brummte er.

»Ich dachte wirklich, Sie wüssten es. Ihr Vater hat es abgesegnet.«

Er ignorierte den schmerzvollen Stich, zog stattdessen seine Augenbrauen missbilligend zusammen. Warum fragte Ellen seinen Vater und nicht ihn? Er arbeitete schließlich mit ihr zusammen an der Unternehmensfusion und somit war auch er, und nicht sein Vater derjenige, den sie wegen ihres Urlaubs zu fragen hatte. Aber natürlich wusste er, spürte er, dass Ellen ihn mied. Gut, auch er hatte alles getan, um ihr nicht über den Weg zu laufen, aber den Beweis zu erhalten, dass Ellen ihm bewusst aus dem Weg ging, traf ihn gegen seinen Willen hart, besonders da er den Grund jetzt kannte. Wahrscheinlich hatte sie eine Verabredung mit ihrem Freund. Er ignorierte die Enttäuschung, nickte stattdessen knapp. Dann drückte er schweigend die Tür ins Schloss und verdrängte Ellen aus seinen Gedanken.

KAPITEL 25

Es war wie in einem Bienenstock. Überall wirbelten aufgeregte Helfer durch die Räume der weitläufigen Galerie, platzierten Stehtische, Canapés und Broschüren der ausgestellten Werke. Zufrieden drehte sich Ellen um, beobachtete ihren Zwillingsbruder, der in seiner leicht verschlissenen Jeans und einem grauen T-Shirt lässig das letzte Kunstwerk befestigte. Leichtfüßig stieg er von der Leiter, trat einige Schritte zurück und begutachtete mit kritischem Blick die Installation. Endlich nickte er, dann drehte er sich mit einem breiten Grinsen zu Ellen um. »Na, was sagst du?« Theatralisch breitete er seine Hände aus. »Alles fertig. Jetzt kann die Show beginnen.«

Ohne auf ihre Antwort zu warten, trat er neben sie, legte einen Arm um ihre Schultern, führte sie durch den angrenzenden Hauptraum. »Siehst du, es ist alles vorbereitet. Jetzt brauchen wir uns nur noch um uns selbst zu kümmern.« Er küsste sie auf die Wange. »Danke für deine tolle Hilfe, Schwesterchen.«
»Das habe ich wirklich gerne getan.« Ellen strahlte Lukas an. »Ich freue mich riesig auf die Vernissage. Sie wird bestimmt ein toller Erfolg.«
Skeptisch schüttelte ihr Bruder den Kopf. »Hoffentlich, aber das kann man vorher nie sagen. Jetzt müssen wir einfach die Daumen drücken, vor allem, da einige relevante Kunstkritiker und Journalisten kommen werden.« Er klopfte Ellen vergnügt auf die Schulter. »Also zieh dir was Cooles an, schließlich bist du heute die Frau an meiner Seite,« dabei zwinkerte Lukas ihr verschwörerisch zu, doch Ellen entging der traurige Ausdruck seiner Augen nicht. Die Trennung von Tatjana hatte ihr Bruder entgegen seiner Behauptungen wohl doch noch nicht ganz abgehakt. Aber wer konnte Lukas besser verstehen als sie selbst? Auch sie musste mit einer Liebe ohne Zukunft klarkommen. Aber dies war Lukas' Abend und sie würde ihr Bestes tun, damit er zu einem vollen Erfolg für ihn wurde.
»Komm, lass uns gehen, damit wir rechtzeitig zurück sind.

Applaus brandete auf, als Lukas Andrej Kastzylek vorstellte. Mit seinen langen, schwarzen Haaren, die er zu einem Pferdeschwanz trug, der engen Hose aus schwarzem Lack, den gleichfarbigen Cowboystiefeln und dem silbernen Shirt, dessen Vorderseite mit wilden Sprüchen in Weiß bedruckt war und an seinem knochigen Körperbau lose wie ein zu großer Mantel herunterhing, sah er schon ein wenig gewöhnungsbedürftig aus, doch seine Bilder waren ausnahmslos beeindruckend. Mit kräftigen Farben und wilden Pinselstrichen verliehen sie der Leinwand Ausdruck, zogen den Betrachter förmlich in den Bann. Dabei wirkten seine Werke, ganz im Gegensatz zu ihm selbst, energiegeladen und optimistisch. Tief in Gedanken betrachtete Ellen den jungen Künstler, als sich ein weiterer Gast neben sie stellte.

»Darf ich Ihnen ein Glas anbieten?«

Überrascht blickte Ellen erst das Glas, dann ihn an. Seine braunen Augen lachten sie aus einem länglichen Gesicht an, das zu seinem dunkelblonden Stufenschnitt gut passte. Er trug zu seiner Jeans ein weißes Oberhemd, über eine Schulter hing eine Kamera. Lächelnd griff Ellen nach dem Glas.

»Vielen Dank.«

»Mein Name ist Martin Berger, ich bin Journalist für eine überregionale Zeitung. Darf ich Sie fragen, wer Sie sind?«

»Ich bin Ellen Sander, Lukas Sanders Schwester.«

»Das nenne ich doppeltes Glück. Dann können Sie mir später vielleicht einiges Wissenswertes erzählen.«

»Ich befürchte, dass Sie dazu besser mit meinem Bruder sprechen. Er kennt den Künstler sehr genau, ich hingegen nicht. Dennoch gefallen mir seine Bilder ausgesprochen gut. Sie sind sehr intensiv und ausdrucksstark. Finden Sie nicht?«

»Doch, doch.« Er nickte eifrig. »Mich würde Ihre Meinung zu dem Bild dort vorne interessieren. Kommen Sie, begleiten Sie mich dorthin und lassen Sie mich an Ihren Gedanken teilhaben.«

Ellen lachte vergnügt. »Wenn Sie die Meinung eines Laien interessiert. Bitte.«

»Sehr sogar. Kommen Sie.« Schon schob er sich durch die umstehenden Besucher. Ellen folgte ihm neugierig, bis er vor dem überdimensionalen Bild mit den zig Blautönen und dem weißen Streifen, der quer über die Leinwand verlief, stehenblieb.

»Das ist eines meiner Lieblingswerke«, erklärte er. »Was meinen Sie dazu?« Er drehte sich zu ihr um, wartete gespannt auf Ellens Antwort. Doch bevor sie etwas sagen konnte, trat Lukas neben sie.

»Wie ich sehe, haben Sie bereits meine Schwester kennengelernt.« Er schüttelte Martin Bergers Hand.

»In der Tat. Sie hat sich sogar bereit erklärt, mir dieses Bild zu erläutern.«

»Ich bin überzeugt, dass Ellen einige Aspekte finden wird, die Ihnen bisher noch nicht aufgefallen sind. Allerdings müsste ich sie für einen kurzen Moment entführen.«

»Natürlich. Aber könnte ich vorher bitte ein Foto mit Ihnen, Ihrer Schwester und dem Künstler vor genau diesem Bild machen?« Er zuckte entschuldigend mit den Schultern. »Wer weiß, ob wir später dazu noch Gelegenheit haben.«

Lukas nickte zustimmend. »Sehr gerne. Ich hole kurz Andrej.« Während Lukas entschwand, um den jungen Künstler zu holen, drehte Martin Berger sich um, stellte sein Proseccoglas auf den Stehtisch neben sich und griff nach seiner Kamera. Während er den Verschluss abnahm, blickte er Ellen von unten herauf an.

»Ich hoffe, das ist in Ordnung für Sie?«

»Nur, wenn das Ergebnis auch schmeichelhaft für mich ist«, erwiderte Ellen scherzend.

Ein geheimnisvolles Lächeln umspielte seinen Mund. »Davon bin ich überzeugt.« Dabei ließ er seinen Blick bewundernd über ihr kurzes Kleid mit dem großen Kunstdruck gleiten, dessen weiter U-Boot-Ausschnitt über eine Schulter fiel, bevor er hinunter über ihre makellosen Beine zu den hohen Silberstilettos wanderte.

»So, da sind wir.« Lukas tiefe Stimme verhinderte Ellens Antwort. Ihm folgte leicht verschüchtert Andrej Kastzylek. Wie konnte man nur so introvertiert sein und gleichzeitig solch ausdrucksstarke Gemälde kreieren, fragte sich Ellen.

»Bitte stellen Sie sich einen halben Meter vor die linke Hälfte des Bildes. Am besten zuerst Sie, Lukas, dann Ihre Schwester und daneben Sie, Herr Kastzylek.«

Martin drehte eifrig an seiner Linse, hielt die Kamera vor die Augen und bewegte sich leicht auf und ab, bis er den richtigen Winkel für die Aufnahme gefunden hatte. Dann fingerte er erneut an der Linse, bevor er die Kamera ein letztes Mal sinken ließ. »Perfekt. Und nun bitte ich Sie alle um Ihr charmantestes Lächeln.« Er hob die Kamera erneut vor sein Gesicht, um sie kurz darauf wieder sinken zu lassen. »Das ist alles viel zu statisch. Herr Sander, legen Sie doch bitte Ihren Arm um Ihre Schwester und Sie, Herr Kastzylek, drehen sich etwas zur Seite.« Er wartete, bis Lukas, Ellen und Andrej sich wie geheißen positionierten, dann nickte er zufrieden. »Ja, genau so. Sehr schön.« Gekonnt klickte seine Kamera vier, fünf Mal. »Vielen Dank, das war es schon.«

»Vielen Dank, Herr Berger. Vielleicht mögen Sie sich einen Moment mit Andrej unterhalten, bis ich Ihnen meine Schwester zurückbringe?« Lukas lächelte dem Journalisten aufmunternd zu, bevor er Ellen mit sich in den nächsten Raum zog. Außer Sichtweite beugte er sich verschwörerisch zu ihr herüber.

»Sag mal, weißt du eigentlich mit wem du da flirtest?«

»Ich flirte doch überhaupt nicht«, verteidigte sich Ellen.

»Egal, weißt du wer das ist?« Seine Stimme nahm einen eindringlichen Ton an.

»Ja, das ist Martin Berger. Er ist Journalist bei einer überregionalen Zeitung.«

»Ellen, das ist DER Kunstreporter schlechthin und seine Kritik genießt in ganz Deutschland großes Gewicht. Also bitte denk daran, wenn du mit ihm sprichst, ja?«

»Natürlich. Ich habe ihm schon gesagt, dass ich nicht der Kunstexperte bin und er sich an dich wenden soll. Er hat aber darauf bestanden, dass ich ihm meine Meinung zu dem Bild dort gebe.«

Lukas nickte nachdenklich, dann hellte sich seine Miene auf. »Das ist gar nicht so schlecht. Bitte lass in deine Meinung einfach einfließen, dass die verwendete mit Malmessern aufgetragene und lasierend vermalte Impastotechnik in genialer Weise eine einzigartige Metarmorphose des abstrakten Gefühls in transzendente Farben ermöglicht.«

»Lukas, ich bitte dich. Das ist doch Quatsch. Wenn ich das sage, dann weiß er sofort, dass das von dir kommt, und damit schadest du dir doch nur. Ich werde es einfach so interpretieren, dass ich es super finde.«

Ihr Bruder biss sich auf die Lippen. »Aber vergiss bitte nicht, wen du vor dir hast.«

Wenn ich mit Mark Lauritz klarkomme, dann werde ich das auch mit Martin Berger schaffen, Bruderherz. Doch anstatt einer Antwort nickte sie lediglich zustimmend, worauf Lukas sich über ihre Schulter beugte: »Toi, toi, toi.«

»Wird schon schiefgehen. Bis später.« Gut gelaunt drehte sie sich um und eilte zurück zu Martin Berger, der gebannt Andrej Kastzylek lauschte. Schweigend stellte sie sich neben die beiden Männer. Gerade beschrieb Andrej die Bedeutung des tiefen Blaus am äußeren Rand des Gemäldes, bevor er bedeutungsvoll schwieg, sein eigenes Werk sinnend betrachtete. Eine konzentrierte Ruhe senkte sich über die Drei und Ellen fragte sich zum tausendsten Mal, wie ihr Bruder und sie so unterschiedlich sein konnten. Diese Künstlerwelt würde ihr wohl immer fremd bleiben.

»Und was sehen Sie in diesem Blau, Ellen?«

Martins Frage riss sie aus ihren Überlegungen, dabei starrte er unbeirrt weiter auf das großwandige Werk vor ihnen.

»Das Blau erinnert mich an Wasser, an Wellen, die aus der Tiefe des Meeres kommen und sich in die sachteren Gebiete der Strände vorwagen. Dabei spiegeln die verschiedenen Lichtintensitäten die Vielseitigkeit und die Tiefgründigkeit wieder.« Ellen schwieg einen kurzen Moment. »Übertragen kann ich darin Vielschichtigkeit sehen und dass es sich immer lohnt, eine Angelegenheit aus verschiedenen Blickwinkeln zu betrachten, denn häufig ist nichts so eindimensional wie es uns auf den ersten Blick erscheint.« Sie zuckte mit den Schultern. »Aber wie gesagt, ich bin kein Experte, aber ich bin sicher, dass jeder in der wunderbaren Tiefe dieses Bildes etwas für sich entdecken kann.« Sie nickte zufrieden, das hätte Lukas bestimmt gefallen. Hoffentlich war das auch bei Martin Berger der Fall.

Nachdenklich blickte er sie an. »Und Sie sagen, dass Sie kein Kunstverständnis haben?«

»Stimmt«, Ellens fröhliches Lachen hallte durch den Raum, der von Stimmengewirr erfüllt war.

»Das sehe ich anders. Mir gefällt es, wie sie einen direkten Bezug zum realen Leben gefunden haben. Die meisten Menschen verlieren sich bei der Betrachtung von Bildern in Fachbegriffen oder philosophischen Analysen.« Er neigte seinen Kopf leicht zur Seite. »Sie hingegen haben die Essenz direkt für sich herausgezogen. Faszinierend. Darf ich fragen, was Sie beruflich machen?«

»Ich bin selbstständige Beraterin.«

Sein Mund verzog sich zu einem breiten Grinsen. »So etwas in der Art dachte ich mir.« Dann wandte er sich an den Künstler, der immer noch über Ellens Worte nachdachte. »Und was halten Sie von Frau Sanders Interpretation Ihres Werkes?«

»Hochinteressant.« Andrej legte nachdenklich zwei Finger unter sein Kinn. »Aber was bedeutet dann der weiße Streifen für Sie?« Er drehte sich interessiert zu Ellen um.

»Die Lösung.«

»Die Lösung?« echote er verständnislos.

Ihr fiel es schwer, ein Lächeln zu unterdrücken. Vielleicht war die Kunstwelt doch nicht so schlecht, auf jeden Fall war sie weitaus interessanter und vor allem amüsanter als ein Arbeitstag mit Mark.

»Die Lösung für das, was das Blau darstellt.« Sie blickte Andrej offen an. »Das Weiß bedeutet, dass es immer eine Lösung gibt, eine Antwort auf die gestellte Frage.«

»Ah ja, ich verstehe.« Andrej nickte bedeutungsvoll. »Eine wirklich gute Sichtweise.« Plötzlich strahlte er. »Das gefällt mir. Das gefällt mir sogar sehr.«

»Wie schön.« Ellen erhob ihr Glas, stieß sanft mit Andrej, dann mit Martin an, während sich ein junges Paar dem Künstler näherte und ihn um eine Stellungnahme zu einem Bild weiter hinten in der Galerie bat. Stolz entschuldigte er sich.

»Wohnen Sie auch in München?« Martin trank gelassen einen weiteren Schluck Prosecco.

»Nein, ich wohne in Hamburg.«

Anerkennend zog Martin eine Augenbraue hoch. »Auch keine schlechte Wahl. In einem Monat werde ich in Hamburg sein. Wenn Sie mögen, würde ich Sie gerne zu einer dortigen Vernissage einladen. Ich bin schon sehr auf Ihre Interpretation der ausgestellten Werke gespannt.«

»Das hört sich nicht schlecht an, allerdings arbeite ich derzeit an einem sehr zeitintensiven Projekt, sodass ich Ihnen heute keine definitive Zusage geben kann. Wenn es sich einrichten lässt, dann sehr gerne. Wenden Sie sich bitte einfach an Lukas, er weiß immer, wo er mich findet.« Sie lächelte verschmitzt.

Martin blickte ihr eindringlich in die Augen, bevor er nickte. »Abgemacht. Lassen Sie uns darauf trinken.« Die Gläser klirrten leise, als sie miteinander anstießen.

»Ich bin vollkommen erschlagen,« ermattet streifte Ellen sich die Stöckelschuhe von den schmerzenden Füßen und streckte sich auf Lukas' Sofa aus. »Es war ein toller Abend. Ich bin so stolz auf dich, großer Bruder.« Sie knuffte ihn liebevoll in die Seite.

»Das werden wir morgen wissen, wenn wir die Zeitungen aufschlagen, vor allem werden wir dann das Urteil deines Martins wissen.« Er strich sich mit der Hand durchs Haar. »Da sind über zweihundert Leute in der Galerie, von denen mindestens die Hälfte männlich ist und meine Schwester sucht sich ausgerechnet die spitzeste Kritikerfeder für ihre Abendunterhaltung aus.« Er blickte gespielt entrüstest. »Gekonnt, Schwesterchen.«

»Nicht wahr?« Doch dann wurde ihr Gesicht ernst. »Ich denke nicht, dass ich etwas Falsches gesagt habe. Er war von meiner Interpretation sogar so begeistert, dass er mich zu einer Vernissage in Hamburg einladen will.«

Lukas' Kopf schnellte zu ihr herum. »Bitte was?«

»Er hat mich zu einer Vernissage in Hamburg eingeladen.«

»Jetzt fällt mir wirklich gar nichts mehr ein. Martin Berger, DER Martin Berger lädt dich zu einer Vernissage ein?« Lukas lehnte sich entspannt zurück. »Ich denke, das ist in der Tat ein positives Zeichen. Gut gemacht, Schwesterchen.«

»Das will ich wohl meinen. Aber egal, was Martin Berger schreibt, es war eine tolle Ausstellung mit wirklich gelungenen Bildern und einer ansehnlichen Besucherzahl. Alle Gespräche, die ich mitbekommen habe, waren voll des Lobes. Du musst wirklich stolz auf die Ausstellung sein, Lukas, egal was danach in den Zeitungen steht.«

»Das bin ich ja auch«, beschwichtigte er sie. »Es ist einfach nur extrem wichtig, dass ich positive Kritik bekomme. Aber das wird schon. Jetzt haben wir uns erst einmal eine Mütze Schlaf verdient. Und morgen machen wir einen richtigen Faulenzertag.«

»Eine fantastische Idee. Vor allem, da ich am Montagmorgen pünktlich im Büro erscheinen muss, sonst ist die Hölle los.« Ein Seufzer entrann sich ihrer Kehle. Wie gerne würde sie Montag einfach von zu Hause aus arbeiten. Im Büro riskierte sie jede Minute, Mark zu treffen. Und das war nach Madrid das Letzte, was sie wollte.

»Vielleicht sollte ich mitkommen und diesem Herrn Lauritz mal die Leviten lesen?« fragte Lukas mit besorgtem Blick.

»Nein, nein, besser nicht. So schlimm ist er auch nicht«, beschwichtigte Ellen schnell. Nein, so schlimm war Mark wirklich nicht, dachte sie traurig. Nur die Situation, in der sie sich beide befanden, war schier unerträglich.

KAPITEL 26

»Ich wusste gar nicht, dass Ellen Sander so berühmt ist«, schwungvoll wedelte Isabella mit der Sonntagszeitung in der Hand und eilte beschwingt zu ihrem Platz am Frühstückstisch.

»Jetzt setz dich endlich hin«, brummte Mark verstimmt.

»Das ist aber doch eine Wahnsinnsneuigkeit«, strahlte seine Schwester ihn an.

»Die mich nicht im Geringsten interessiert, Schwesterherz.« Und wie um seinen Worten Gewicht zu verleihen, schlug er mit dem Löffel auf die Schale seines Frühstückseis.

»Oh je, da ist aber jemand mit dem falschen Fuß aufgestanden«, flötete Isabella, ohne weitere Notiz von Marks missmutigem Gesichtsausdruck zu nehmen. »Dann lese ich dies eben für den Rest der Familie Lauritz vor, die sich sicherlich dafür interessiert.« Sie holte bedeutungsvoll Luft. »Also, das Foto könnt ihr euch ja gleich ansehen. Ich muss schon sagen, sie sieht echt cool aus in diesem höllisch kurzen Kleid. Das hätte man ihr gar nicht zugetraut, nicht wahr, Bruderherz?«

»Da ich das Foto nicht sehe, kann ich dir leider nicht weiterhelfen.«

»Schon gut. Also, hört euch das an. Münchner Künstlerszene ist um eine anspruchsvolle Ausstellung reicher geworden. Der Galerist Lukas Sander hat das Unmögliche geschafft und mit der erlesenen Ausstellung des scheuen Russen Andrej Kastzylek ein deutliches Ausrufezeichen gesetzt. Die Bilder decken nicht nur die gesamten Schaffensphasen des Künstlers ab, sondern ermöglichen einen abwechslungsreichen und tiefgründigen Einblick in die künstlerische Reife des Erschaffers. Dann kommt blablaba. Jetzt passt auf. Begleitet wurde der begehrte Junggeselle von seiner Zwillingsschwester Ellen Sander.«

Interessiert zog Isabella die Zeitung näher an ihr Gesicht. »Ich denke, ich werde Frau Sander bitten, mir ihren Bruder vorzustellen. Er sieht echt umwerfend aus.«

»Den Teufel wirst du tun«, polterte Mark. »Mach dich doch nicht lächerlich. Nur weil in diesem Käseblatt eine kleine Vernissage erwähnt wird, ist Ellen Sander noch kein VIP und ihr Bruder kein Adonis.«

»Das sagt nur jemand, der dieses Foto nicht gesehen hat. Und außerdem ist dies kein Käseblatt«, beharrte Isabella.

»Aufhören, alle beide. Man könnte meinen, ich habe zwei pubertierende Teenager am Tisch.« Die Stimme ihrer Mutter brachte beide zum Verstummen.

»Schau selbst und du wirst mir Recht geben.« Isabella reichte ihrer Mutter siegessicher die Zeitung. Vorsichtig lugte Mark zu seiner Mutter hinüber. Als er ihr Erstaunen sah, sank seine Laune weiter. War nicht alles schon schlimm genug? Musste er jetzt auch noch beim familiären Sonntagsfrühstück vor Augen geführt bekommen, was für eine tolle Frau Ellen war? Als ob er das nicht selbst wüsste. Und er wusste auch, dass sie einen anderen Mann liebte.

»Ich muss Isabella in zwei Punkten Recht geben. Ellen Sander sieht sehr attraktiv, wenn auch ganz anders aus, und ihr Bruder ist ein sehr gut aussehender Mann«, unterbrach seine Mutter seine Gedanken.

»Siehst du, und deshalb werde ich mich mal mit Ellen unterhalten.«

»Hier, schau selbst.« Seine Mutter reichte Mark die Zeitung.

»Kein Interesse, danke«, wiegelte er gereizt ab.

»Wahrscheinlich hat sie ihm einen Korb gegeben und deswegen kann er sie nicht leiden«, Isabella prustete laut auf bei dem Gedanken.

Mark legte hörbar sein Besteck zur Seite, blickte seine Schwester zornig an. »Bella, es reicht. Noch so eine dämliche Bemerkung und ich gehe auf der Stelle. Ich arbeite mit Frau Sander zusammen, das ist alles. Und wenn ich dir eine wichtige

Lektion mit auf den Weg geben darf, du Grünschnabel, man vermischt Privates nicht mit Beruflichem.«

»Wenn das so ist, dann kannst du dir ja auch den Artikel ansehen und nicht wie ein eifersüchtiger Liebhaber reagieren.« Mark richtete seinen Finger in ihre Richtung. »Ich warne dich.«

»Lies und ich schweige.«

Genervt griff er nach der Zeitung, überflog den vor Lob überschäumenden Artikel. Dann schaute er auf das Foto. Ellen trug ein kurzes Hängerkleid, dessen Ausschnitt locker über eine Schulter fiel. Seine komplette Vorderseite bestand aus einem wilden Kunstdruck. Ihre offen getragenen Haare hatte sie auf einer Seite hinters Ohr geklemmt, sodass ein langes, silbernes Ohrgehänge sichtbar war. Sie wirkte beschwingt, verwegen, unglaublich sexy und absolut lässig, wie sie dort neben ihrem Bruder stand, der seinen Arm um ihre Hüfte gelegt hatte. Mark kniff die Augen zusammen, sein Atem stockte, als er den großen, schlanken Mann mit dem welligen Kurzhaarschnitt wiedererkannte, dem Ellen an ihrer Haustür so stürmisch in die Arme gefallen war. Genau wie an dem Abend hatte er lässig einen Schal um den Hals geschlungen, der farblich genau auf sein gestreiftes Hemd und die weiße Leinenhose abgestimmt war. Typisch Künstler. So ein Mist! Woher sollte er auch wissen, dass sie einen Bruder, genau genommen einen Zwillingsbruder, hatte?

»Und?« Isabella beugte sich neugierig über den Tisch.

»Interessant«, war alles, was er sagte.

»Das ist alles? Nachdem du volle fünf Minuten auf das Foto gestarrt hast und es jetzt förmlich auswendig aufmalen könntest, sagst du nichts anderes als interessant? Also echt

Mark, langsam mache ich mir wirklich Sorgen um dich.« Isabella schnaubte entrüstet.

Genervt blickte Mark auf seine Uhr. »Es ist schon spät. Ich muss noch ins Büro und an unserem Angebot feilen.«

»Jetzt sei doch nicht eingeschnappt. Bleib doch noch.« Isabella war mit zerknirschtem Gesicht um den Tisch herum geeilt, hatte ihm von hinten die Arme um den Hals geschlungen.

»Bella, es hat nichts mit dir und deiner Schwärmerei für Frau Sander oder ihren Bruder zu tun, aber ich muss jetzt wirklich los.« Mit diesen Worten zog Mark widerspruchslos ihre Arme auseinander und stand auf.

»Tschüss Wildfang«, er umarmte sie kurz, bevor er seiner Mutter einen Kuss auf die Wange gab und sich von seinem Vater verabschiedete. Dann eilte er zur Tür hinaus zu seinem Wagen.

Er wusste nicht, worüber er aufgebrachter war, über die Tatsache, dass Ellen ihn nun auch bei einem seltenen familiären Frühstück verfolgte, oder dass er wie ein Trottel falsche Schlüsse bezüglich ihres Bruders gezogen hatte. Auf jeden Fall musste er sich ablenken. Da kam ihm die Arbeit am Angebot gerade Recht. Entschlossen drehte er den Zündschlüssel und fuhr zügig in Richtung Büro. Doch seine Gedanken schweiften immer wieder zurück zu Ellens Foto. Wie anders sie darauf wirkte. Sie schien sich köstlich zu amüsieren. Vielleicht war sie einfach glücklich, dass die Vernissage für ihren Bruder so gut verlaufen war. Vielleicht aber zeigte sie auch nur eine weitere Facette von sich. Sexy, gefährlich und mondän. Marks Schläfen begannen wieder zu pochen, heißes Verlangen durchströmte ihn. Schluss jetzt, Ellen war tabu, vorerst zumindest, und er hatte sich um das Angebot zu kümmern. Außerdem war sie weit weg, wenn auch nur bis morgen früh. Irgendwie fand er den Gedanken tröstlich und schaltete in den nächsthöheren Gang.

KAPITEL 27

Heute Morgen würde sie zum ersten Mal nach Madrid ein Treffen mit Mark haben. Ellen strich sich nervös eine Strähne hinters Ohr. Die ganze Nacht hatte sie wach gelegen, sich den Kopf darüber zermartert, wie sie sich am besten verhalten sollte, doch es hing alles von Marks Verhalten ab. Mit weichen Knien betrat sie die große Eingangshalle, grüßte Susanne, die eifrig von ihrem Stuhl aufsprang und stieg vorsichtig die herrschaftliche Treppe in den zweiten Stock hinauf. Der weiche Teppich verschluckte ihre Schritte. Wie schön wäre es, wenn er sie ganz verschlucken könnte, schoss es Ellen durch den Kopf. Bereits vom Treppenabsatz her hörte sie Stimmen aus dem Konferenzzimmer, lauschte einen Augenblick, doch Marks Stimme war nicht darunter. Besser sie beeilte sich, denn die Besprechung musste jeden Augenblick beginnen. Just in diesem Moment öffnete sich die Bürotür von Herrn Lauritz. Ellen wandte sich höflich um, um den Seniorchef zu grüßen und erstarrte, als sie in Marks Gesicht blickte. Er wirkte ebenso überrascht wie sie, dann verzog sich sein Mund zu einem vorsichtigen Lächeln.

»Guten Morgen. Kommen Sie, das Meeting beginnt jetzt.«
Ellen folgte ihm sprachlos. Mit allem hatte sie gerechnet, aber nicht mit einer solch freundlichen Begrüßung. Wahrscheinlich

war das Marks Strategie, um das Meeting professionell führen zu können. Wenn dem so war, dann würde sie ihr Bestes geben, sich entsprechend zu verhalten. Mark wartete an der Tür, bis sie hindurch getreten war, dann schloss er sie leise, folgte ihr zum Konferenztisch. Wie gewohnt nahm sie zu seiner Rechten neben Alexander Platz, der ihr fröhlich zuzwinkerte. Ellen lächelte kurz und setzte sich schnell. Gebannt schaute sie zu Mark hinüber, der sich gelassen seinen Stuhl zurechtzog.

»Nachdem wir die letzten Wochen so hart gearbeitet haben, freut es mich umso mehr, euch bzw. Ihnen«, er blickte Ellen kurz an, »mitzuteilen, dass wir heute Morgen unser Angebot an die Geschwister Merigneux abgegeben haben.«

Spontaner Beifall brandete auf. Mark lächelte entspannt, doch dann wurde sein Gesicht wieder ernst.

»Es ist noch nichts entschieden. Ich denke zwar, dass unser Angebot äußerst fair ist, doch gehen wir von weiteren Preisverhandlungen aus.« Er schwieg bedeutungsschwer. »Falls wir aber danach zu einem erfolgreichen Abschluss kommen sollten, steht uns eine weitere arbeitsreiche Phase ins Haus.« Er wandte seinen Kopf zu Ellen. Seine eisgrauen Augen blickten sie offen, aber ohne den vertrauten harten Blick, an. »Davon werden vor allem Sie, Frau Sander, betroffen sein. Mein Vater möchte mit den geplanten Workshops sofort nach erhaltener Zusage beginnen. Wir rechnen frühestens in zehn Tagen mit der Entscheidung. Ist das für Sie machbar?« Seine Stimme klang ungewohnt warm, hüllte Ellen ein.

Schnell nickte sie zustimmend. »Ja, kein Problem. Ich kann die zweiwöchige Projektpause gut zur Vorbereitung nutzen.«

Valeries wütendes Schnauben zog sie augenblicklich zurück in die Gegenwart.

»Sehr gut«, antwortete Mark, blickte sie für eine Sekunde nachdenklich an. Dann wandte er sein Gesicht ruckartig Walter zu. »Auch für Sie, Walter, wird das eine anstrengende Zeit, denn wir müssen die Gehaltsniveaus angleichen, die Pensionssysteme umstellen und alle arbeitsrechtlichen Fragen abklären.«

»Ja, das wird sehr intensiv. Versprechen kann ich leider nichts, aber ich werde mein Bestes geben.«

»Mehr verlange ich nicht von Ihnen, Walter.«

»Alexander, du und Valerie, ihr müsst die Kommunikationskampagne fertigstellen, sowohl nach innen als auch nach außen zu unseren Geschäftspartnern. Ich bitte euch diesbezüglich zusammenzuarbeiten.«

»Geht klar, Mark.«

»Ich denke, das war immer Chefsache.« Valeries Stimme klang pikiert.

Mark blickte Valerie durchdringend an. Sein Ton akzeptierte keinen Widerspruch, obwohl er geduldig erklärte: »Das Projekt ist zu groß, als dass eine Person alles machen kann. Ich muss mich um die finanziellen Belange, die Bankgespräche, die Preisverhandlungen und die gesamte Koordination kümmern, daher müssen alle Bereiche auf uns hier aufgeteilt werden. Und da deiner unzähligen Überschneidungen mit Alexanders hat, ist es sinnvoll, dass ihr eng zusammenarbeitet.«

»Wie du willst«, antwortete sie schnippisch.

»Fein, dann hätten wir ja alles geklärt. Wappnen wir uns diese Woche also für den großen Sturm.« Er nickte noch einmal in die Runde, sammelte seine Unterlagen ein und verließ mit ausholenden Schritten den Konferenzraum, gefolgt von Walter und Valerie.

Alexander beugte sich verschwörerisch zu Ellen herüber, sodass seine Lippen fast ihr Ohr berührten. »Habt ihr zwei miteinander geschlafen?«

»Bitte was?« Mit vor Entsetzen weit aufgerissenen Augen fuhr Ellen zu ihm herum, sodass Alexander erschreckt zurückwich. In seinen Augen las sie unverhohlenen Schalk. »Sind Sie so entsetzt, weil ich dahinter gekommen bin?«

Gegen ihren Willen errötete Ellen leicht. »Sind Sie wahnsinnig, solche Märchen zu erzählen? Stellen Sie sich mal vor, jemand hört Sie und glaubt Ihnen womöglich noch.« Blankes Entsetzen stand in ihrem Gesicht geschrieben.

Beruhigend legte Alexander ihr eine Hand auf den Arm. »Keine Sorge, schauen Sie, wir sind doch ganz allein hier. Es hat uns niemand gehört.«

»Das hätte mir gerade noch gefehlt.«

Alexander lachte herzlich. »Entschuldigen Sie bitte, aber Ihre Reaktion war einfach zu süß. Wenn ich es nicht besser wüsste, dann würde ich wirklich zu der Schlussfolgerung kommen.«

Ellen griff sich panikartig an den Hals. »Wie kommen Sie denn bloß darauf, meine Güte, mir wird ja ganz anders.«

»Quatsch, kein Grund zur Panik.« Alexander legte belustigt den Kopf zur Seite, doch seine Augen beobachteten Ellen genau. »Na ja, erst ist Mark kühl zu Ihnen, dann überaus streng und nun scheint er vor Sanftmut zu zergehen. Ich wüsste halt zu gerne, was diesen Sinneswandel bewirkt hat.«

»Ich auch«, entgegnete Ellen spontan, worauf Alexander herzlich lachte. Erleichtert fiel sie darin ein, dann strich sie sich befreit eine Strähne hinters Ohr. »Mensch, haben Sie mir einen Schrecken eingejagt.«

»Weil ich Recht hatte?«

Sie puffte ihn spontan in die Seite. »Das sollten Sie ja wohl besser wissen.«

»Wieso, habe ich etwas verpasst? Zum Beispiel ein Date?« Er zuckte mit den Schultern. »Vielleicht in Madrid?«

Ellens Magen krampfte sich zusammen. »Vielleicht«, antwortete sie vieldeutig, stand abrupt auf. Als sie Alexanders überraschten Blick sah, schüttelte sie lachend den Kopf. »Na, wenigstens lache ich zuletzt.«

Eine Bewegung aus den Augenwinkeln ließ sie zur Tür blicken. Dort stand Mark, beobachtete sie beide mit versteinertem Gesicht. Langsam trat er einen Schritt vor, lehnte sich lässig gegen den Türrahmen. »Darf ich mitlachen?«

»Ich habe Ellen nur gerade gefragt, ob...«

»...wir miteinander geschlafen haben«, entfuhr es Ellen spontan. Angriff war doch immer noch die beste Verteidigung.

»Bitte was?« Aus Marks Gesicht war jede Farbe gewichen.

»Genauso habe ich auch reagiert. Fein, dann wäre das Gerücht jetzt aus der Welt geschafft.« Mit diesen Worten eilte sie zur Tür, wo sie sich neben Mark durch den Türrahmen schob. Ohne ein weiteres Wort ließ sie die beiden Männer, die ihr sprachlos nachstarrten, zurück. Als sie die Bürotür hinter sich ins Schloss drückte, lächelte sie glücklich. So eine spontane Offenheit hatten ihr sicherlich weder Mark, noch Alexander zugetraut. Hoffentlich hütete Alexander sich zukünftig, so aberwitzige

Vermutungen zu äußern. Gedankenverloren trat sie an ihren Schreibtisch, zuckte heftig zusammen, als es an der Tür klopfte.

»Ja bitte?«

Die Tür öffnete sich und Mark betrat ihr Büro. Ellen blickte ihn verblüfft und gleichzeitig befangen an. Es war das erste Mal, dass er sie in ihrem Büro aufsuchte.

»Darf ich kurz hereinkommen?« fragte er höflich.

»Natürlich.« Ellen wagte kaum zu atmen. Gespannt beobachtete sie, wie Mark die Tür hinter sich schloss, langsam auf sie zukam. In seinen Augen las sie ein schelmisches Lachen. Auch das war das erste Mal. Wieviel Wärme dies doch seinen Augen verlieh, die sie normalerweise zornig oder kalt anblickten.

»Kannst du mir bitte erklären, was das eben sollte?«

»Du?«

»In Anbetracht der Tatsache, dass mein Angestellter davon ausgeht, dass wir zwei eine feurige Nacht miteinander verbracht haben, finde ich für diese Unterhaltung »du« passender.«

»Feurige Nacht?« Ellen wurde mulmig. »Davon hat er nichts erwähnt.«

»Mir gegenüber schon.«

»Oh«, war alles, was sie erwidern konnte. In ihrem Kopf wirbelten die Gedanken nur so durcheinander, dass es ihr unmöglich war, einen klaren Gedanken zu fassen. Mark war wirklich keine Hilfe. Er schien die Situation vielmehr zu genießen.

»Alexander besitzt eine blühende Fantasie«, beeilte sie sich zu erwidern, zwang sich, Mark anzusehen. Er sagte kein Wort.

Ungeduldig zuckte Ellen mit den Achseln. »Ich hatte keine andere Wahl als die Flucht nach vorn. Sonst hätte Alexander vermutlich noch gedacht, an seinen Spekulationen sei ein Fünkchen Wahrheit und binnen kürzester Zeit hätte sich das Gerücht seinen Weg durch das Unternehmen gebahnt. Das liegt ja nun wirklich weder in deinem noch in meinem Interesse.« Sie trat leicht ungeduldig von einem Fuß auf den anderen. Irgendwie war Mark berechenbarer, wenn er sie provozierte. Gerade konnte sie ihn absolut nicht einschätzen.

»Das stimmt wohl.« Mehr sagte er nicht, sondern stand mit den Händen in den Hosentaschen vergraben schweigend vor ihr.

»Glücklicherweise hast du genauso schockiert reagiert wie ich. Das war unsere Rettung.«

»Unsere Rettung«, echote er leise. »Dann sitzen wir nun in dieser Angelegenheit im selben Boot.«

Sie nickte lachend. »Ja, scheint so.« Bildete sie es sich ein, oder lag in seinen Augen ein warmer Glanz? Nein, das lag bestimmt nur an diesem ungewöhnlichen Gesprächsthema, rief Ellen sich zur Ordnung. Sie blickte Mark offen an, versuchte zu ignorieren, wie heiße Wellen über sie hinweg rollten. »Danke, Mark.«

Als sie seinen Namen aussprach, gewann sein Blick an Intensität. Ellen spürte, dass er tief in ihre Seele dringen wollte, doch das durfte er nicht. Instinktiv schaute sie zur Seite.

»Schon gut«, war alles, was er schließlich erwiderte, bevor er mit zwei ausholenden Schritten zur Tür ging, die Hand auf die Türklinke legte und kurz darauf verschwunden war.

Ellen sank in den Sessel neben ihr. Oh Mann, was war das denn gewesen? Eine vertraute Unterhaltung mit Mark? Zwei Verbündete gegen die Gerüchteküche des Unternehmens. Und diese Augen. Allein der Gedanke daran, ließ den Raum heiß, ja geradezu stickig erscheinen. Ellen fächelte sich mit der Hand Luft zu. Sie musste sich wirklich beherrschen, wenn Alexander jetzt schon so etwas dachte, dann würde er zukünftig noch feinsinniger ihre Reaktionen beobachten. Und auf keinen Fall durfte irgendjemand, vor allem nicht Mark, herausfinden, dass sie sich in den verabscheuenswürdigsten, ungerechtesten, fiesesten, verachtenswertesten, süßesten, fürsorglichsten und sie um den Verstand bringenden Mark Lauritz verliebt hatte. Niemals durfte dieses Geheimnis ans Tageslicht kommen, koste es, was es wolle! Sie musste sich beruhigen, schnell zur Tagesordnung übergehen. Konzentriert atmete Ellen mehrfach ein und aus, bis sie sich schließlich ruhig genug fühlte, um zu arbeiten.

Doch konzentrieren konnte sie sich nicht mehr. Glücklicherweise hatte sie ab heute zwei Wochen Projektpause. Also raffte sie ihre Unterlagen zusammen und verließ entschieden ihr Büro, eilte die geschwungene Treppe hinunter und sog, kaum dass sie ins Freie getreten war, die warme Luft ein. Beschwingt schlenderte sie zu ihrem Auto, ohne zu ahnen, dass Mark ihr nachdenklich aus seinem Bürofenster nachblickte.

Da ging sie hin. Das hatte er doch immer gewollt, aber freuen konnte er sich jetzt überhaupt nicht darüber. Wie sie dort mit wiegendem Schritt in ihren mörderisch hohen Stöckelschuhen den Parkplatz überquerte, wäre er am liebsten hinter ihr hergelaufen, hätte sie herumgewirbelt und diese irren Lippen wild geküsst. Er hatte sich eben kaum beherrschen können, als sie so dicht vor ihm gestanden hatte.

Er hatte sie aus dem Gleichgewicht gebracht, dass hatte er sofort erkannt, sogar weidlich genossen. Sie konnte mit seiner Liebenswürdigkeit viel schlechter umgehen als mit seinem Zorn oder seiner Härte, dachte er traurig. Vielleicht war das ja nur eine Frage der Gewöhnung?

Nun musste er sich aber erst einmal wieder an das Unternehmen ohne Ellen gewöhnen, bevor sie zurückkommen und ihn auf Schritt und Tritt herausfordern würde. Besser er genoss die friedliche Zeit in vollen Zügen.

Genau in dem Moment, als Ellen ihren Wagen auf die Straße lenkte, klopfte es energisch an Marks Bürotür.

»Herein«, rief Mark bestimmt.

»Mark«, in aufgebrachtem Ton riss Valerie die Tür auf, schloss sie sofort hinter sich und kam in schnellem Schritt auf ihn zu.

»Was gibt es, Valerie?«

»Ich kann nicht mit Alexander zusammenarbeiten, er hat die unmöglichsten Vorstellungen, obwohl er keinen blassen Schimmer von Marketing hat. Das ist aber wichtig, schließlich geht es darum, wie wir Lauritz in der Welt präsentieren und nicht um irgendeine nichtige Verhandlung um ein Kilo Lötkolben.«

»Ich gedenke nicht, meine Entscheidung zu revidieren.«

»Ach nein, bei mir kehrst du den harten Boss raus, aber Ellen Sander fressen wir jetzt aus der Hand, ja?«

»Was soll das? Ich verstehe nicht, was du meinst.«

»Was ich meine? Es ist ja wohl offensichtlich, dass sie dir den Kopf verdreht hat.« Valerie hob abwehrend die Hände. »Und ich will gar nicht wissen, was ihr in Paris und Madrid wirklich getrieben habt. Aber ihr deswegen Urlaub zu schenken, während ich mich mit einem Unwissenden durch unmenschliche Berge von Arbeit hindurchkämpfen muss, ist wirklich alles andere als fair.« Tränen stiegen ihr in die Augen, schmachtend blickte sie Mark an.

Jetzt reichte es. Wütend stemmte er seine Fäuste auf die Tischplatte, beugte sich zu Valerie hinüber.

»Valerie, ich werde deine absurden Fantasien nicht weiter tolerieren. Und wenn du nicht vorsichtiger bist, riskierst du, dass du von Frau Sander eine Verleumdungsklage an den Hals bekommst.«

»Dann habt ihr also nichts miteinander?« Theatralische Tränen rannen Valerie über das Gesicht, hoffnungsvoll klimperte sie mit den Wimpern.

»Außerdem antworte ich auf solche Fragen nicht, da sie weit außerhalb dessen liegen, was dich etwas angeht.«

Valeries schmachtender Blick verwandelte sich in eifersüchtiges Blitzen. »Also doch.«

»Also gar nichts. Aber merke dir jetzt eines ein für alle Mal. Noch ein weiterer Annäherungsversuch oder ein schlechtes Wort über Ellen Sander und du fliegst. Statt dich wie eine eifersüchtige Furie zu benehmen, solltest du dir lieber an ihrer Professionalität ein Beispiel nehmen. Im Gegensatz zu uns allen hat sie in Paris die Nächte durchgearbeitet und sich nicht beklagt. Sie musste kurzfristige Präsentationen und Analysen erstellen und hat auch das mit Bravour gemeistert. Sie hat nicht ihre Zeit damit vertan, mir schöne Augen zu machen oder mir an die Wäsche zu gehen.« Er blickte sie vielsagend an, notierte zufrieden, wie Valerie am liebsten im Boden versunken wäre. »Oh nein, stattdessen hat sie genau das getan, was ich von ihr verlangt habe, wofür das Unternehmen Lauritz sie bezahlt.« Er atmete betont laut aus, sollte Valerie ruhig merken, wie genervt er war. »Ich hoffe, du hast mir gut zugehört, denn ich werde mich nicht noch einmal wiederholen.« Er blickte sie kalt an.

»Schon gut, ich hab es kapiert. Ich konnte ja nicht ahnen, dass es dich ernsthaft erwischt hat. Hoffentlich weiß sie, was sie an dir hat.« Ohne ihn eines weiteren Blickes zu würdigen, hastete Valerie zur Tür und zog diese leise hinter sich ins Schloss.

Mark sank resigniert auf seinen Stuhl. Wieso wusste die ganze Welt, was mit ihm los war? Er hatte doch wirklich nichts gesagt. Es war alles zu verrückt. Entnervt löste er seine Krawatte, warf sie in den nächstbesten Sessel, öffnete seinen Laptop und begann die wartende Exceltabelle zu analysieren.

KAPITEL 28

Fünf Tage ohne Mark Lauritz. Das Leben konnte wirklich schön sein. Was hatte sie nicht alles in den Tagen erledigt? Ellen blickte zufrieden in ihrem Büro um sich. Nicht nur den nötigen Hausputz, die aufgelaufene Post, die liegengebliebenen Büroaufgaben ihrer Agentur und die Planung ihrer ersten Workshops bei Lauritz waren erfolgreich abgearbeitet, sondern sie hatte auch Sport getrieben und sich heute für einen ausgiebigen Kaffeeplausch mit Vivian verabredet. All das war ihr so leicht von der Hand gegangen, weil sie allein war, ohne Mark.

Aber es war keine Erleichterung, die sie verspürte, sondern eine schmerzhafte Leere, die seine Abwesenheit verursachte. Und diese Leere, die mit jedem Tag an Intensität zunahm, war der wahre Grund für ihren Arbeitseifer. Auch ihre Träume waren alles andere als hilfreich. Immer wieder wiederholte ihre Erinnerung die Szene im Pool, spürte sie Marks Lippen auf den ihren, fühlte sie seine sanften Berührungen, als er ihr über die Stirn strich, sie beruhigend in seinen Armen hielt, als sie selbst vom Fieber geschüttelt wurde, unfähig sich selbstständig im Bett aufzurichten. Und immer wieder sagte er ihr, dass sie im selben Boot säßen, blickte sie warm aus diesen unglaublichen Augen an. Müde wischte Ellen sich über die Stirn. Träume und Erinnerungen, das war alles, was sie von ihrer Liebe besaß, besitzen durfte, besitzen würde. Je eher sie dies akzeptierte, umso besser. Es gab keine Hoffnung auf ein Happy End, Mark liebte sie nicht, er mochte sie wahrscheinlich nicht einmal, mehr als Verachtung schien er nicht für sie übrig zu haben. Wenn sie am Ende ihrer Arbeit bei Lauritz seinen Respekt erlangte, dann war das schon viel mehr, als sie erhoffen durfte. Egal, was ihre Gefühle ihr sagten, Mark hatte in ihrem Leben keinen Platz. Sie musste ihn wieder dorthin verbannen, wo er als Auftraggeber hingehörte. Schließlich musste sie bereits in etwas mehr als einer Woche zurück ins Büro und professionell mit ihm zusammenarbeiten.

»Herein«, unwirsch blickte Mark von seiner Arbeit auf. »Ach, du bist es.« Ein Lächeln huschte über sein Gesicht, als seine Schwester ihren Lockenkopf durch den Türspalt steckte.

»Darf ich reinkommen oder steht auf den nächsten Besucher in deinem Büro qualvolle Folter?«

»Lass den Quatsch und mach die Tür bitte zu.«

»Oh je, die warnenden Stimmen haben doch Recht. Ich bin mal lieber auf der Hut.«

Marks Blick verdunkelte sich unheilvoll. »Bella, wenn du schon so hereinschneist, dann rede nicht in Rätseln mit mir. Dafür habe ich jetzt wirklich keinen Nerv.«

Langsam näherte sich Isabella seinem Schreibtisch, setzte sich ungeniert halb auf die Tischplatte, wovon sie wusste, dass ihr Bruder es hasste.

»Bitte lass das, es sind genügend leere Stühle und Sessel in meinem Büro.«

»Was für eine Laus oder Läuseschar ist dir denn über die Leber gelaufen, dass mich selbst die gütigsten Geister dieses Hauses vor dem Betreten deines Büros warnen?«

»Welche Laus?«

»Na diejenige, die für die schlechte Stimmung meines allseits als ausgeglichen, fair und höflich bekannten Bruders verantwortlich ist. Ich will sie lünchen, dann ist alles wieder gut.«

Gegen seinen Willen lachte Mark herzlich.

»So gefällst du mir schon viel besser.«

»Es ist alles ok, glaub mir.« Lässig lehnte er sich in seinem Stuhl zurück, damit seine Schwester endlich Ruhe gab.

Stattdessen stand sie auf, kam um den Tisch herum und setzte sich direkt vor ihm auf die Tischplatte.

»Ich bin nicht zum Vergnügen hier, Bruderherz, ich rette den unternehmenseigenen Frieden und gedenke nicht, mich mit einer so lahmen Ausrede abspeisen zu lassen.« Sie verschränkte die Arme vor der Brust, legte den Kopf schief und schaute Mark inquisitorisch an. Warum waren die Frauen in seinem Leben eigentlich alle so schrecklich willensstark? haderte Mark. »Bella, bitte, ich habe zu tun.«

»Ich auch. Und als vordringlichstes Ziel muss ich herausfinden, wer der Grund für diese anhaltend schlechte Laune ist, die, wie ich zugetragen bekommen habe, begann, als ein guter dunkelhaariger Geist mit langen Beinen und einem irre gut aussehenden Bruder das Unternehmen vor einer Woche verlassen hat.«

Aus Marks Gesicht war jegliche Farbe gewichen. Wieso lag dieser Grünschnabel mit seiner romantischen Ader immer so gefährlich nahe an der Wahrheit? »Du siehst zu viele Liebesfilme.«

»Und du eindeutig zu wenige, wenn du die Zeichen der Zeit so gar nicht sehen kannst.«

Er verdrehte genervt die Augen, was sie jedoch nur siegessicher dazu veranlasste, ihren Zeigefinger in seine Schulter zu bohren. »Ich kenne dich. Ich habe also Recht. Du bist so mies drauf, weil sie dir fehlt. Fantastisch.« Sie sprang begeistert auf, klatschte übermütig in die Hände. »Mensch, bin ich erleichtert.«

Mark drehte sich zu ihr um. Nur mit Mühe konnte er seinen Zorn bändigen. »Und wieso bist du bitteschön erleichtert? Ja,

Ellen Sander leistet gute Arbeit und bei dem mega Arbeitspensum, was vor mir liegt, hätte sie mir ruhig helfen können.«

»Dann hol sie zurück. Ruf sie an.«

»Nein«, erwiderte er entschieden.

»Mama wird super erleichtert sein.«

Blitzschnell sprang Mark auf, griff seine kleine Schwester fest am Handgelenk. »Wenn du ihr oder Paps auch nur ein Sterbenswörtchen erzählst, dann rede ich kein Wort mehr mit dir. Nie mehr«, fügte er mit Nachdruck hinzu. Sie blickte ihn erschrocken an, doch als sie die Ernsthaftigkeit in seinem Blick sah, nickte sie zustimmend.

»Einverstanden, wenn du aufrichtig zu mir bist.«

»Einverstanden. Der Pakt gilt.« Wie praktisch es doch war, wenn man die altbewährten Kindheitsregeln anwenden konnte, einen Schwur, der weder von ihm noch von seiner kleinen Schwester jemals gebrochen werden würde und daher nur in sehr seltenen Fällen zwischen ihnen angewendet wurde.

»Ok, der Pakt gilt«, stimmte sie zu und kam einen Schritt näher. »Du hast dich in sie verliebt, stimmt's? Du wolltest es nicht, hast dagegen angekämpft, aber es ist dennoch passiert, richtig?«

»Ja«, Marks Stimme zeugte von einer Traurigkeit, die Isabella noch nie an ihrem Bruder erlebt hatte. Er trat ans Fenster, wandte ihr den Rücken zu, blickte über den Parkplatz hinüber zum angrenzenden Wald.

»Du hast halt einen sehr guten Geschmack. Ellen Sander ist jemand Besonderes, nicht wahr? Ich wette, sie ist die erste Frau, die du nicht einschüchtern und in den Wind schlagen kannst. Ich wette, sie bietet dir Paroli. Habe ich Recht?«

»Vielleicht.«

»Aber weißt du, warum sie wirklich jemand ganz Besonderes ist?«

Mark zuckte mit den Schultern. »Sag du es mir.«

»Weil sie Cora aus deinem Herzen vertrieben hat, weil sie sich nicht dem Schatten dieser unglückseligen Frau, die dein Herz zuerst gebrochen und dann einfach in den nächstbesten Mülleimer geworfen hat, gebeugt hat. Alleine dafür bewundere ich sie.«

»Du tust ja gerade so, als ob du ganz genau Bescheid wüsstest.«

»Weiß ich ja auch.«

Mark wirbelte bei ihren Worten herum, funkelte sie erregt an. In seinen Augen las sie seine Verletztheit und abgrundtiefe Einsamkeit.

»Ich habe damals mitbekommen, was sie dir an den Kopf geworfen hat. Ich habe wirklich nicht gelauscht, aber sie hat ja so laut geschrien, dass ich es nicht überhören konnte.«

Er wandte sein Gesicht wieder dem Fenster zu, zuckte mit den Schultern. »Ist ja auch egal.«

»Sie hatte dich nicht verdient, Mark. Sie hat dich nur benutzt, um die Karriereleiter hinaufzusteigen, nur um sich den nächstbesten danach zu krallen, der ihr eine weitere Sprosse in Aussicht stellte. Aber Ellen ist nicht so.«

»Danke für die Lehrstunde. Du solltest wirklich ernsthaft darüber nachdenken, ob du nicht lieber Psychologie anstelle von Schmuckdesign studieren solltest.«

»Danke fürs Kompliment, aber ich bin bereits mehr als zufrieden, wenn ich mit meiner scharfsinnigen Beobachtungsgabe dazu beitrage, dich wieder glücklich zu sehen.« Sie schwieg bedeutungsvoll. »Weiß sie es?«

»Nein, und verflucht Bella, du wirst ihr auch nichts sagen, versprich es.«

Widerwillig knabberte sie an ihrer Unterlippe. Mark drehte sich langsam zu ihr um und wiederholte eindringlich: »Los, versprich es!"

»Ja, versprochen«, knickte sie widerwillig ein. »Und warum, wenn ich wenigstens fragen darf?«

»Weil ich Geschäftliches und Privates strikt trenne und nicht gedenke, diese Geschäftsethik aufs Spiel zu setzen. Damit wäre nämlich niemandem geholfen, mir nicht und Ellen auch nicht.«

»Au Mann, dann hoffe ich aber, dass das Geschäftliche schnell vorbeigeht. Übrigens möchte ich Ellen gerne meine Entwürfe zeigen.«

»Du wirst dich damit bis zu ihrer Rückkehr gedulden, bitte.«

Sie lächelte ihn nachsichtig an. »Du musst dich ja genauso gedulden, dann kann ich das auch. Aber bitte sei bis dahin wieder der alte Mark, dem die Leute hier vertrauen, ja? Sonst schürst du nur noch weiter die Gerüchteküche, und damit ist auch keinem geholfen, dir nicht und Ellen Sander auch nicht.«

Mark trat auf seine kleine Schwester zu, nahm sie dankbar in den Arm.

»Du bist ganz schön klug, du Grünschnabel. Danke.«

Als er sie los ließ, stupste sie ihn freundschaftlich an die Nasenspitze.

»Sag Bescheid, wenn du jemanden zum Reden brauchst, ok?«

»Ok.«

»Gut, dann lass ich dich jetzt weiterarbeiten, denn Mama wartet mit dem Abendessen auf mich und wir wollen ja keine schlafenden Hunde wecken.«

»Denk an den Pakt.«

Sie hob lachend die Hände in die Luft. »Natürlich denke ich daran, das weißt du auch. Also, mach's gut.«

»Mach's gut.«

Als sich die Tür hinter seiner Schwester schloss, sank Mark in seinen Schreibtischstuhl. Er war ein schlechter Schauspieler und ein lausiger Boss. Und wenn selbst das ganze Unternehmen ahnte, was mit ihm los war, dann war er noch elendiger als er es selbst vermutete. Stand es ihm so deutlich auf der Stirn geschrieben? Bella hatte direkt ins Schwarze getroffen. Er vermisste Ellen viel stärker, als er es sich ausgemalt hatte. Allein der bloße Gedanke, dass sie zwei Türen weiter saß und arbeitete, beflügelte ihn, verlieh ihm neue Energie. Die kurzen Treffen am Kaffeeautomat, ein zorniger Wutwechsel oder ihre kleinen Giftpfeile, die sie gegen ihn schoss, all das half ihm, die unmenschliche Arbeitsbelastung der Unternehmensfusion mit Elan und guter Laune zu meistern. Er konnte seine Mitarbeiter leiten, motivieren und auch zurechtweisen, die Neugier auf das nächste kleine Intermezzo mit Ellen verlieh ihm neue Kraft. Als sie in wiegendem Schritt zu ihrem Auto gegangen war, hatte sie nicht bloß ihre Unterlagen mitgenommen, sondern auch einen Teil von ihm.

Mark verschränkte seine Arme im Nacken, dachte gründlich über seine Worte nach. Unternehmensethik hin oder her. Was er hier trieb war verlogen und auch nicht produktiv. Er machte sich zum Gespött der Leute, anstatt sein Liebesleben ins Lot zu bringen. Wem wollte er etwas beweisen? Ellen war selbstständig, nicht seine Mitarbeiterin. Ihre Aufgaben würde sie im schlimmsten Fall auch ohne ihn erfolgreich zu Ende führen.

Er musste sich Klarheit verschaffen. Schnell blickte er auf seine Uhr, dann stand er spontan auf. Wenn er sich beeilte, schaffte er noch einen kurzen Abstecher ins Blumengeschäft, bevor es schloss.

In Windeseile fuhr er seinen PC hinunter, griff nach seinem Jacket und löschte das Licht. Er rannte förmlich die Treppe hinunter, nickte dem Nachtportier kurz zu, bevor er in großen Schritten zu seinem Auto lief, das er mit aufheulendem Motor auf die Straße lenkte.

KAPITEL 29

Nervös trommelte er auf das Lenkrad, blickte an dem fünfstöckigen Wohnhaus hinauf. In Ellens Wohnung brannte in allen Fenstern Licht. Sollte er umkehren? Nein, entschied Mark. Es war Zeit, erwachsen zu werden. Und das galt für sie beide. Entschieden griff er nach den langstieligen Rosen und stieg aus. Mit ausholenden Schritten überquerte er die verlassene Straße des ruhigen Wohnviertels, dann drückte er Ellens Klingel. Er wartete. Vier, fünf, sechs Sekunden, endlich knisterte die Gegensprechanlage.

Ellens fragende Stimme durchbrach die Stille. »Ja, bitte?«

»Guten Abend, Ellen. Ich bin es, Mark. Ich muss mit dir sprechen.«

Stille. Ungeduldig trat er von einem Bein auf das andere. »Bitte Ellen, es ist wirklich wichtig.«

Wieder Stille. Dass sie nichts sagte, war schlimmer als jeder Wutausbruch. Die Sekunden verwandelten sich in gefühlte Stunden. Er kam wohl zu spät, hatte seine Chance bei Ellen wohl unwiderruflich vertan. Aus, vorbei. Sie wollte ihm keine zweite Chance geben. Endlich nickte Mark, er musste sich dieser Erkenntnis stellen und wandte sich ab, als plötzlich die Gegensprechanlage erneut knisterte.

»Dritter Stock«, war alles, was sie sagte. Der Türöffner summte. Erleichtert öffnete Mark die schwere Glastür. Mit großen Schritten stieg er zwei Stufen auf einmal nehmend die Treppen hinauf, bis er leicht außer Atem den dritten Stock erreichte. Ellen lehnte barfuß mit verschränkten Armen in der Wohnungstür. Ihr Anblick überraschte ihn. Sie trug eine Jeans und ein schwarzes Shirt, dessen weiter Ausschnitt über eine Schulter fiel, den Blick auf einen schwarzen BH-Träger frei gab. Ihre Arme verschränkte sie schützend vor sich, während ihre Augen ihn wachsam beobachteten.

Als sie den üppigen Blumenstrauß in seiner Hand sah, kniff sie misstrauisch die Augen zusammen, gleichzeitig reckte sie selbstbewusst ihr Kinn.

Diese Frau brachte ihn definitiv um den Verstand. Also konnte er auch beenden, was er begonnen hatte, entschied Mark.

»Hallo, Ellen. Danke, dass du aufgemacht hast.«

»Was gibt es denn so Dringendes?«

Fragend nickte er in Richtung Treppenhaus. »Möchtest du das hier besprechen?«

»Nicht wirklich. Also, komm herein.«

Er folgte ihr in die Wohnung, die zu seinem Erstaunen als ein Loft gestaltet war mit Küche, Ess- und Wohnbereich in einem einzigen riesigen Raum. Die hohe, weiße Stuckdecke bildete den perfekten Kontrast zu den klaren Linien der Möbel, die in unterschiedlichen Creme-und Grautönen variierten. Knallige, großformatige Kunstwerke schmückten die Wände. Bestimmt hatte ihr Bruder sie organisiert. Sehr stilvoll, geradlinig und effizient. Genau wie Ellen. Er drehte sich beeindruckt zu ihr um, blickte in ihre abwartend auf ihn gerichteten Augen.

»Schön hast du es hier.«

»Danke.« Sie bewegte sich nicht einen Zentimeter, fixierte ihn wachsam mit ihrem Blick.

Er räusperte sich. »Ich komme, um mich bei dir zu entschuldigen.« Sie hob lediglich fragend eine Augenbraue. »Für mein unmögliches Verhalten dir gegenüber.«

»Meinst du ein bestimmtes Verhalten?« Sie wirkte wie ein Reh, das seinem Jäger gegenüber steht, schoss es ihm durch den Kopf. Er musste ihr die Wahrheit behutsam beibringen.

»Nein. Ich war wochenlang unmöglich zu dir, ungerecht, selbstgerecht und ekelhaft. Dafür möchte ich mich in aller Form bei dir entschuldigen.« Er streckte ihr die Rosen entgegen.

Vorsichtig griff sie danach. »Woher kommt der plötzliche Sinneswandel?«

Mark verzog den Mund zu einem gequälten Lächeln.

»So plötzlich kommt er gar nicht. Als ich das erste Mal vor deinem Haus stand, um mich zu entschuldigen, da bist du einem anderen Mann enthusiastisch um den Hals gefallen.«

»Ich bin einem Mann enthusiastisch um den Hals gefallen?« Sie klang ungläubig, dachte nach. Plötzlich hellte sich ihre Miene zu einem amüsierten Schmunzeln auf. »Lukas.« Sie legte die Blumen vorsichtig auf die Anrichte neben sich.

»Wie dem auch sei, nun bin ich wieder da, um dich um Entschuldigung zu bitten, für fast alles.«

»Für fast alles? Für was denn nicht?« Neugierig kam sie einen kleinen Schritt näher.

»Nicht für den Kuss.«

»Wie bitte?«

»Ich sagte, ich bitte dich nicht wegen des Kusses um Entschuldigung.«

Als er ihren verdunkelten Blick sah, trat er ganz dicht an sie heran, nahm ihr Gesicht in seine Hände. Sie ließ es geschehen, bewegte sich nicht, wagte kaum zu atmen.

»Ich entschuldige mich nicht für den Kuss, denn um nichts in der Welt will ich ihn ungeschehen machen. Verstehst du?« Langsam beugte er sich zu ihr hinunter, seine Lippen berührten sanft die ihren. Ellen wollte etwas erwidern, doch sein Kuss verschloss zärtlich ihren Mund. Er fühlte, wie ihr Widerstand zögerlich wich, ihre Lippen sich öffneten, sie ihm die so sehnlichst erhoffte erste Antwort gab.

Als er sich endlich von ihr löste, strich er ihr sanft eine Strähne aus dem Gesicht, dann berührte er zaghaft mit seinen Fingern ihre nackte Schulter.

»Ellen, ich liebe dich. Ich weiß, dass du mir das jetzt nicht glaubst und wahrscheinlich nach der versteckten Intrige suchst, aber«, er hob ergeben beide Hände in die Höhe, »da gibt es nichts zu finden. Ich ergebe mich.«

Langsam wich Ellen einen Schritt zurück.

»Glaubst du, nach allem, was geschehen ist, reicht ein Strauß Rosen, ein heißer Kuss und ein kurzes Liebesgeständnis, damit ich dir glauben und vertrauen kann?«

Ihr verletzter Blick brachte ihn fast um den Verstand.

»Was willst du, damit du es kannst? Soll ich es dir schriftlich geben?«

»Vielleicht, denn für mich steht alles auf dem Spiel, verstehst du? Meine gesamte berufliche Reputation, meine Arbeit, mein Projekt bei euch und auch meine Gefühle. Das geht nicht so einfach.«

Mark nickte resigniert. »Ich weiß, ich hab es verbockt. Aber ich sehe meinen Fehler ja ein. Sonst stünde ich jetzt nicht so vor dir, oder?« Er kam einen Schritt näher. »Ich habe das nie mehr in meinem Leben zu einer Frau sagen wollen, aber ich liebe dich, Ellen. Ehrlich! Und wenn du es nicht hören magst oder glauben kannst, dann kann ich das verstehen, aber es wird nichts an dieser unverrückbaren Tatsache ändern.«

Als sie weiterhin schwieg, reglos mit verschränkten Armen vor ihm stand, strich er sich müde durch das Haar. Ein trauriges Lächeln huschte über sein Gesicht. Endlich nickte er.

»Schade. Für einen kurzen Moment hatte ich gehofft, dass es noch nicht zu spät ist. Aber anscheinend habe ich mich geirrt. Vergiss einfach, dass ich da war, ok?« Er wandte sich zur Wohnungstür, griff bereits nach dem Türknauf.

»Warte, Mark«, Ellens Stimme klang panisch.

Erstaunt drehte er sich zu ihr um. Noch bevor er richtig verstand, stürzte sie zu ihm, warf ihre Arme um seinen Hals und presste ihre Lippen leidenschaftlich auf seine. »Bleib«, befahl sie mit belegter Stimme.

Ihre heftige Reaktion riss seine so sorgfältig errichteten Barrikaden erdrutschartig ein. Hemmungslos drückte er sie an sich, wie von Sinnen ließ er sich fallen, mit ihr davontragen. Vage nahm er wahr, wie sie ihm das Jacket von den Schultern streifte, er sie ungeduldig packte, hochhob.

»Hinten links«, flüsterte sie tonlos, bevor er sie ins Schlafzimmer trug und vorsichtig auf ihr breites Bett legte.

»Ich will dich, Ellen.« Seine Stimme klang rauh.

»Sehr gut, ich dich nämlich auch.« Ein leises, wohliges Lachen entrann ihrer Kehle, löste eine heiße Welle des Verlangens in ihm aus. Er war angekommen, schoss es ihm durch den Kopf. Er hatte sie endlich gefunden, die eine, die ihm alles raubte und gleichzeitig alles gab.

»Guten Morgen«, Mark blickte lächelnd auf Ellen hinunter, die leicht verschlafen die Augen öffnete.

»Träume ich?«

»Vielleicht«, sanft fuhr er mit seinem Finger über ihren Arm, während er seinen Kopf auf den anderen Arm stützte. »Dann sind wir schon zwei.«

»Was haben wir getan?«

»Soll ich es dir zeigen, damit du dich erinnerst?«

Sie lachte hell auf. »Warum eigentlich nicht?«

»Das lasse ich mir nicht zweimal sagen.«

Seine bloße Berührung brachte sie um den Verstand, riss sie erneut mit sich fort, weit weg hinauf bis zum Rand des Universums, um sie kurz darauf im wilden Fall zurückzuholen.

Als sie endlich verschwitzt und zitternd Luft holten, schloss Mark Ellen sanft in seine Arme. Gedankenvoll küsste er sie auf ihr Haar. »Ich meine es ernst, Ellen. Ich liebe dich.«
Sie drängte sich näher an ihn, sog die zärtliche Umarmung ein. Dann blickte sie langsam zu ihm auf. Als er seinen Kopf beugte und sie in seine eisgrauen Augen sah, die sie voller Liebe anschauten, fand sie die Antwort, nach der sie sich so schmerzlich gesehnt hatte. Ein zärtliches Lächeln spielte um ihre Lippen, dann hauchte sie einen leichten Kuss auf die Unterseite seines Kinns.

»Glaubst du mir, wenn ich dir sage, dass es mir genauso geht?« Er schaute sie prüfend an, rollte sich mit ihr herum, bis er auf ihr lag, ihr tief in die Augen blicken konnte. »Sag es mir Ellen, sag mir genau, wie es dir geht, damit ich es unmissverständlich verstehe.«
»Ich liebe dich, Mark Lauritz. Ich liebe dich so sehr, dass es wehtut. Es bringt mich um den Verstand, mit dir in einem Raum zu sein, dich aber nicht berühren zu können. Es tut mir weh, wenn du mich zornig oder eiskalt ansiehst. Es gibt mir Kraft, wenn ich ein nettes Wort von dir höre und es macht mich unendlich glücklich zu hören, dass du mich liebst.« Sie lächelte ihn offen an. »Reicht das an Erklärung?«
»Ja, ich denke, das war deutlich.« Er schüttelte fassungslos den Kopf.
»Was ist?«

»Ich frage mich, wie ich all die Wochen so dumm sein konnte, warum ich mich so gegen dich gesträubt, ja dich mit allen verachtenswerten Mitteln bekämpft habe, wo ich doch im Grunde meines Herzens nichts anderes will als dich.«

Er rollte sich zurück auf den Rücken, starrte an die Decke. »Nein, das stimmt so nicht. Ich weiß genau, warum ich all das getan habe. Ich denke, du solltest es auch wissen.«

Er blickte Ellen ernst an. »Du hattest vollkommen Recht, als du mir vorwarfst, ich hätte ein Problem mit dir. Na ja, eigentlich war es ein Problem mit mir selbst, denn ich wollte die Gefühle, die ich für dich empfinde, nicht zulassen.« Er atmete tief ein. »Vor drei Jahren war ich mit einer Frau names Cora verlobt. Naiv und viel zu spät erkannte ich, dass sie nicht mich, sondern meine Position im Unternehmen, vor allem aber die damit verbundenen Karrierechancen liebte. Als sich dann eine bessere Gelegenheit bot, griff sie sofort zu und stieg mit einem Geschäftspartner ins Bett, wohl in der Hoffnung, dass ihr nun der ganz große Durchbruch gelungen war. Siegessicher servierte sie mich eiskalt ab.« Ein zynischer Zug legte sich um seinen Mund. »Wenigstens hat es sich für sie nicht gelohnt, mehr als eine Affäre war nicht für sie drin.« Er strich Ellen behutsam über den Arm.

»Das tut mir so leid, Mark. Und du dachtest, ich sei genau wie sie. Versessen darauf, den großen Durchbruch zu schaffen und dich deswegen zu verführen.«

»Ja. Dumm, nicht wahr?«

Ellens Stirn umwölkte sich nachdenklich. »Hm, schau uns an.« Ihr Blick verdunkelte sich.

Mark schnippte energisch mit den Fingern vor ihren Augen. »Wage erst gar nicht so etwas zu denken. Egal, was mit uns weiter passiert, du kannst den Rest des Projektes locker ohne mich stemmen, hörst du? Du bist genauso professionell, wie mein Vater es von Anfang an gesagt hat. Du bist richtig gut, Ellen, und das sage ich nicht, weil wir eine unglaubliche Nacht zusammen verbracht haben.«

Sie nickte schweigend, doch wich seinem Blick aus.

»Schau mich an«, forderte er sie auf.

Langsam wandte sie ihm ihr Gesicht zu. Tränen schimmerten in ihren Augen.

»Du hast gewonnen.« Ihre Stimme war zu einem zerbrechlichen Flüstern geworden, doch er hatte jedes ihrer Worte genau verstanden. Sie wandte ihr Gesicht ab. Sofort legte er seinen Finger unter ihr Kinn, zwang sie sanft, ihn anzuschauen.

»Glaubst du das nach alldem hier wirklich immer noch?« Er atmete schwer ein. »Was muss ich tun, damit du mir endlich vertraust und dieses dämliche Kriegsbeil vergisst?«

»Nichts, gar nichts«, flüsterte Ellen. »Es ist nur so, dass ich dir schutzlos ausgeliefert bin.« Er sah, wie eine einzelne Träne über ihre Wange rann, ihn im Innersten zerriss.

»Warte.« Er schlug die Bettdecke zurück, rannte zur Schlafzimmertür, wo er seine Anzugshose achtlos hingeworfen hatte. Ungeduldig griff er in die Tasche, zerrte eine kleine Samtschachtel hervor und eilte zurück zu Ellen.

»Siehst du diese Schachtel?«

»Das ist verrückt.«

»Psst. Lass mich ausreden. Diese kleine Schachtel beinhaltet einen Ring, einen alten Ring. Er gehörte einst meiner Urgroßmutter, dann meiner Großmutter und danach meiner Mutter, bevor sie ihn mir gab, um ihn der Frau zu schenken, die für mich die Liebe meines Lebens ist.« Er zuckte gleichgültig mit den Achseln. »Das ist unsäglich kitschig, ich weiß, aber so ist nun mal die alte Familientradition, und in unserer Familie werden Traditionen hochgehalten.«

»Der Ring gehörte Cora«, presste Ellen hervor.

»Falsch. Cora wusste noch nicht einmal etwas von dem Ring. Irgendwie konnte ich es nicht über mich bringen, ihr diesen Ring zu schenken.« Sein Mund verzog sich zu einem breiten Lächeln. »Dieser Ring ist ein Geschenk ohne Erwartung und ohne Pflicht. Er ist nur ein Beweis, ein Geständnis, dass man den Menschen gefunden hat, mit dem man sein restliches Leben verbringen will. Ein Geständnis, dass man seine andere Hälfte, sein Glück, seine große Liebe gefunden und den Mut besessen hat, es ihr zu sagen.« Er ließ die kleine Schachtel vorsichtig aufschnappen. Ein goldener Ring mit einem großen, flach eingefassten Saphir steckte in der Mitte des roten Samtkissens. In seinem Rahmen erkannte sie zwei ineinander verschlungene Herzen. Es verschlug ihr die Sprache.

»Dieser Ring ist für dich, Ellen, denn du bist die Liebe meines Lebens.«

»Du bist verrückt Mark, wir kennen uns doch kaum.«

»Wir kennen uns gut genug, um es mit Gewissheit zu sagen. Ellen, ich möchte den Rest meines Lebens mit dir verbringen. Du musst jetzt nicht antworten, der Ring gehört so oder so dir.

Dennoch möchte ich dich fragen, in aller Aufrichtigkeit: Willst du meine Frau werden?«

Ellen wagte kaum zu atmen. Tränen füllten ihre Augen. »Bist du sicher, dass du das willst? Bist du dir ganz sicher?«

»Ich war noch nie so sicher wie jetzt.«

Sie nickte gerührt. »Ja, Mark, ich will. Ich will deine Frau werden, den Rest meines Lebens mit dir verbringen, auch wenn es das Verrückteste der Welt ist, was wir hier gerade tun.«

Er beugte sich zu ihr hinunter, küsste die einsame Träne fort. »Ich verspreche dir, ich werde alles tun, damit du diese Entscheidung nie bereust.«

Ein schelmisches Lächeln huschte über ihr Gesicht. »Wirklich alles, hm?« Doch dann wurde sie ernst. »Ich verspreche dir, dass ich alles tun werde, damit du nie Zweifel an der Richtigkeit dieser Frage haben wirst.«

Er beugte sich langsam zu ihr hinunter, küsste sie feierlich. Dann griff er nach dem Ring. »Jetzt lass uns mal schauen, ob er auch passt.« Vorsichtig streifte er ihn ihr über den Ringfinger, nickte zufrieden, als sie ihn begutachtete.

»Es ist der schönste Ring, den ich je gesehen habe.«

KAPITEL 30

»Guten Morgen, Karin.« Mark betrat entspannt das Büro seiner Sekretärin.

»Guten Morgen, Mark.« Sie sprang sofort auf. »Ich muss gestehen, ich habe mir schon Sorgen um Sie gemacht, nachdem

Sie heute Morgen nicht im Büro erschienen sind.« Sorgenvoll zeigten sich zwei steile Falten auf ihrer Stirn.

»Keine Sorge«, er lächelte ihre Bedenken einfach weg. »Ich habe nach den letzten anstrengenden Wochen endlich richtig ausgeschlafen«, er machte eine bedeutungsschwere Pause, bevor er in verschwörerischem Tonfall hinzufügte: »Und meine Laune ist auch wieder gut. Ich befürchte, die letzten Tage war ich wohl ungenießbar. Dafür entschuldige ich mich bei Ihnen.«

»Ach wo«, verlegen winkte Karin ab. Er kannte seine Sekretärin und verstand, dass er wirklich unleidlich gewesen sein musste. Darum strahlte er sie mit seinem charmantesten Lächeln an.

»Aber nun geht es mir wieder gut, ich bin ganz der Alte.«

Sie klatschte begeistert in die Hände. »Ach, das ist aber wirklich schön. Möchten Sie eine Tasse Kaffee? Ich habe extra frischen für Sie gekocht.«

»Das ist eine wunderbare Idee.«

Als Karin von ihrem Stuhl aufsprang, hob Mark abwehrend die Hand. »Den Kaffee kann ich mir wirklich selber holen. Sie haben Wichtigeres zu tun, Karin. Vielen Dank, dass sie ihn bereits gekocht haben.«

Als er sah, wie sich ihr Gesicht gefährlich rot färbte, trat er an die Kaffeemaschine und schenkte sich ein. Seine Erklärung schien wirklich plausibel zu sein. Und so weit entfernt von der Wahrheit war sie nicht, schließlich hatte er ja wirklich zum ersten Mal seit Wochen sehr gut geschlafen. Allein bei dem Gedanken schmunzelte er und trank schnell einen Schluck Kaffee, dann nickte er Karin noch einmal lächelnd zu und verschwand in seinem Büro.

Mark hatte kaum die Bürotür hinter sich geschlossen, als Karin zum Hörer griff und Alexanders Nummer wählte.

»Hallo Alexander, hier spricht Karin. Ich wollte Ihnen nur wie versprochen mitteilen, dass Mark jetzt im Büro ist.« Sie lauschte seiner Antwort, nickte dann eifrig. In leiserem Tonfall fuhr sie fort: »Keine Sorge, seine Laune ist wunderbar wie immer. Er hat sich einmal richtig ausgeschlafen und ist nun wieder ganz der Alte. Sie können ihn daher bestimmt gleich um Rat fragen.«

Lächelnd legte sie auf. Es war bestimmt ganz in Marks Sinn, dass jeder wusste, dass seine unerträgliche Laune der letzten Woche lediglich am Schlafmangel gelegen hatte. Zufrieden setzte sie sich in ihrem Stuhl zurecht und öffnete die nächste Email.

Mark überflog gerade seine möglichen Strategien für die bevorstehenden Preisverhandlungen, als es an seiner Tür klopfte.

»Herein«, rief er gut gelaunt und grinste Alexander neugierig an, als dieser seinen Kopf vorsichtig durch die Tür steckte.

»Ich habe gehört, dass es o.k. ist, wenn ich dich störe.«

»Wie schön, dass die Buschtrommel im Hause Lauritz noch einwandfrei funktioniert«, grinste Mark, nickte in Richtung des gegenüber stehenden Sessels. »Komm rein. Was gibt es?«

»Ich brauche deinen Rat, denn mit Valerie ist eine normale Diskussion unmöglich. Sie muss sich zudem hauptsächlich von deinem Korb erholen.«

Mark verdrehte entnervt die Augen, dann blickte er Alexander offen an. »Jetzt mal ehrlich, der war doch schon längst überfällig, oder?«

Alexander lachte herzlich auf. »Stimmt, aber in Ellens Haut möchte ich trotzdem nicht stecken.«

»Ich denke, Frau Sander wird das verkraften. Bis sie zurück ist, sollte Valeries Wut sich bereits ein wenig beruhigt haben. Aber wozu brauchst du meinen Rat?« Mark beugte sich neugierig vor.

»Es geht um die Lieferantenliste. Ich habe ja schon in Paris gesehen, dass die ausgearbeiteten Konditionen viel zu paradiesisch sind. Unsere zwei Französinnen können ja Experten in Sachen Schmuck sein, aber vom Einkauf scheinen sie herzlich wenig zu verstehen. Ich frage mich daher, ob wir die Liste um einen Großteil der Lieferanten erleichtern und die Einkaufskontingente unserer eigenen Lieferanten erhöhen. Wir verschenken sonst unglaubliche Prozente der Marge.«

»Das klingt plausibel, aber ich möchte nicht den Eindruck erwecken, dass wir alles, was das Unternehmen ausmacht, kurz und klein hacken, sobald wir das Ruder übernommen haben. Lass uns erst eine genaue Analyse jedes einzelnen Lieferanten mit deinen Verbesserungsideen erstellen. Wenn du sie fertiggestellt hast, setzen wir uns zusammen und gehen alles genau durch, damit wir unsere Entscheidung auch richtig kommunizieren können.«

»Super, das ist mal ein Plan.« Alexander stand gelassen auf. »Hast du übrigens schon Neuigkeiten aus Frankreich bekommen?«

Mark schüttelte verneinend den Kopf. »Nein, aber damit rechnen wir auch frühestens in ein paar Tagen.«

»Ok, dann mache ich mich mal wieder an die Arbeit.«

»Viel Glück«, erwiderte Mark, gerade noch rechtzeitig, bevor Alexander die Tür hinter sich ins Schloss zog.

Lächelnd griff Mark nach seinem Handy und wählte Ellens Nummer.

»Sander, hallo?«

»Guten Morgen, ich bin es«, er grinste ins Telefon.

»Guten Morgen ist gut, wir haben bereits viertel nach eins«, sie lachte ihn fröhlich aus.

»Wirklich?« Rasch blickte er auf seine Armbanduhr und gab ihr Recht. »Ich habe die Zeit gar nicht bemerkt.«

»Du hast dir ja auch einen langen Vormittag im Bett gegönnt.«

»Und das war auch sehr gut so. Ich wollte dir übrigens nur kurz sagen, dass ich dich vermisse und mich schon sehr auf heute Abend freue.«

»Dito, dito, dito.« Er konnte ihr Lächeln förmlich vor sich sehen.

»Ich bringe übrigens unser Abendessen vom Chinesen mit. Passt es dir so gegen acht?«

»Acht ist perfekt. Ich freue mich, bis dann.«

»Bis dann. Ciao.« Er legte auf, hielt sich nachdenklich das Handy gegen das Kinn. Wie gut, dass er gestern endlich zu Ellen gefahren war.

»Woran denkst du?« Mark schreckte auf, die Stimme seines Vaters riss ihn unsanft zurück in die Gegenwart.

»Mensch, hast du mich vielleicht erschreckt.« Er zeigte auf sein Handy. »Äh, ich habe überlegt, ob ich mich mal bei den

Geschwistern Merigneux melden soll, schließlich haben sie unseren Vorschlag jetzt schon seit einer Woche vorliegen.« Gut, das war glatt gelogen und er hasste es, seinen Vater anzulügen, aber es war nur eine kleine Notlüge. Er wollte die Geschwister ja wirklich anrufen, nur hatte er das nicht jetzt, sondern vor dem Anruf bei Ellen gedacht.

»Das ist nicht mehr nötig. Ich habe gerade mit ihnen gesprochen.« Behutsam schloss sein Vater die Tür, setzte sich seinem Sohn gegenüber in den Sessel. »Sie finden unseren Vorschlag fair, jedoch möchten sie, erwarteterweise, einen höheren Verkaufspreis.«

»Und welche Erhöhung schwebt ihnen vor?« Mit gerunzelter Stirn wartete Mark gespannt auf die Antwort.

»Achthunderttausend.«

»Mehr nicht?« Mark schaute seinen Vater ungläubig an. »Das ist ja noch nicht einmal die Hälfte dessen, was wir erwartet haben.«

»Ich war genauso überrascht wie du, mein Sohn. Ich habe aber zwischen den Zeilen verstanden, dass beide unbedingt bald verkaufen möchten und ihr in Paris einen sehr guten Eindruck hinterlassen habt.« Er blickte seinen Sohn aufmerksam an. »Wenn ich »ihr« sage, dann beziehe ich mich auf dich u n d vor allem auch auf Frau Sander. Besonders eine der beiden Schwestern scheint sehr viel von ihr zu halten.«

»Achthunderttausend, Mensch Paps, das ist ja perfekt. Hast du direkt geantwortet?«

»Hast du überhaupt zugehört, was ich dir gerade gesagt habe?«

»Ja, ja, sie wollen an uns verkaufen, unter anderem weil eine der beiden Damen Merigneux hin und weg ist von Ellen Sander.«

Unmerklich zog sein Vater eine Augenbraue hoch, musterte seinen Sohn scharf. »Ich habe ihnen gesagt, dass wir darüber nachdenken und ihnen morgen Bescheid geben.«

»Warum erst morgen?«

»Damit es nicht so offensichtlich ist, dass wir die Preiserhöhung als sehr niedrig ansehen.« Er schwieg einen Moment. »Darüber hinaus bin ich übrigens sehr froh zu sehen, dass deine gute Laune wieder zurückgekehrt ist. Ich hatte mir schon ernstlich Sorgen gemacht.«

»Quatsch, einmal richtig ausschlafen und schon ist alles wieder in Ordnung.«

»Fein. Kommst du heute zum Abendessen?«

Mark verzog seinen Mund zu einem entschuldigenden Lächeln. »Das tut mir leid, Paps, im Moment ist das zeitlich schwierig. Kann ich vielleicht Freitagabend in einer Woche vorbeikommen?«

»Du weißt doch, dass du jederzeit kommen kannst. Ich sag deiner Mutter Bescheid, damit sie dir dein Lieblingsessen kochen kann.«

»Sehr gut«, Mark grinste das breite Grinsen eines verhätschelten Sohnes, dann schaute er seinen Vater schelmisch an. »Bei der Gelegenheit würde ich gerne auch etwas mit euch besprechen.«

»So? Was denn?«

»Das werde ich euch nächste Woche beim Abendessen erzählen.«

Sein Vater schüttelte missbilligend den Kopf. »Diesen Dickschädel hast du von deiner Mutter und nicht von mir geerbt. Also gut, dann Freitagabend zur gewohnten Zeit.« Dabei erhob er sich und blickte auf Mark herunter. »Wenn wir morgen einwilligen, dann solltest du umgehend dein Team und auch Frau Sander informieren. Wir haben danach keine Zeit mehr zu verliefen. Zeit ist Geld, mein Junge.«

»Natürlich, Paps, mache ich.«

Erstaunt blickte ihn sein Vater über die Ränder seiner Brille an. »Nanu, kein Gemeuter, kein Gejaule, dass du Frau Sander anrufen musst? Junge, du wirst mir unheimlich.«

Mark war aufgestanden und lachend auf seinen Vater zugetreten.

»Nicht unheimlich Paps, erwachsen.« Dann umarmte er ihn fest. »Herzlichen Glückwunsch zur Erfüllung deines Lebenstraums. Lauritz erobert den europäischen Markt.«

Sein Vater klopfte ihm ungeduldig auf die Schulter. »Keine voreiligen Glückwünsche, warten wir erst das offizielle Ergebnis ab.«

»Einverstanden.«

Der Seniorchef nickte seinem Sohn noch einmal wohlwollend zu, bevor er mit ruhigem Schritt Marks Büro verließ.

Jemand klingelte Sturm. Das konnte nur Mark sein. Mit klopfendem Herzen rannte Ellen zur Tür, froh darüber, dass die Wartezeit endlich vorüber war. Aufgeregt war sie die letzte halbe Stunde in ihrer Wohnung, wie ein Tiger in seinem Käfig, auf und ab gelaufen, hatte sich immer wieder prüfend im

Spiegel angesehen, ihre Uhren überprüft, um sicher zu sein, dass sie auch richtig gingen.

Ihr Magen knurrte langsam, doch jetzt, wo Mark endlich da war, verspürte sie schlagartig keinen Hunger mehr. Stattdessen klopfte ihr Herz wild, eine freudige Neugier erfüllte sie. Es war so unwirklich, dass Mark und sie nun ein Paar waren und sogar heiraten wollten. Mit Spannung blickte sie zum Fahrstuhl, dessen leiser Rington Mark ankündigte. Schon öffnete sich die Tür: Mit einer großen Tüte in der rechten, seiner schwarzen Jacke in der linken Hand, betrat er den Flur. Warm lächelte er sie an, seine eisgrauen Augen leuchteten hell, erinnerten sie an einen klaren Wintermorgen. Statt seines Maßanzuges trug er Jeans mit einem sportlichen Sweatshirt, das farblich perfekt zu seinen modischen Sneakers passte.

Ellens Herz klopfte bis zum Hals. Sie wusste nicht, was sie genau erwartet hatte, vielleicht ein wenig Befangenheit oder Scheu in seinem Verhalten, aber nichts davon war zu spüren. Glücklich kam er auf sie zu, zog sie mit liebevoller Selbstverständlichkeit in die Arme und gab ihr einen leidenschaftlichen Kuss. Dabei stieg ihr der Duft der süßsauren Soße aus der Tüte in seiner Hand in die Nase. Gegen ihren Willen musste sie lachen.

Irritiert hielt er inne, blickte ihr fragend in die Augen, wich nur wenige Millimeter zurück. »Bin ich so lustig? Ehrlich gesagt hatte ich eine etwas andere Reaktion erwartet.«

Sie schaute ihn an, las ein Lachen in seinen Augen und entspannte sich.

»Es tut mir leid, aber der Duft aus der Tüte dort hat mich irgendwie abgelenkt.« Sie nickte leicht in Richtung seiner rechten Hand. Er folgte ihrem Blick, grinste ebenso. »Entschuldige, das hatte ich total vergessen.«

»Wie schön, dass du endlich da bist.« Sie stellte sich auf die Zehenspitzen, hauchte ihm einen zärtlichen Kuss auf den Mund. »Ich schlage vor, wir gehen jetzt erst mal hinein.«

Er nickte zustimmend, ließ sie widerstrebend los. Schon griff sie nach der Tüte und eilte zur Küchenanrichte. Fasziniert blickte er ihr nach, wie sie mit wiegendem Gang den Raum durchquerte. Eine tiefe Welle des Glücks überrollte ihn.

Leise schloss Mark die Wohnungstür, hing seine Jacke an die Garderobe und folgte Ellen. Sie hatte bereits die verschiedenen Dosen aus der Tüte geholt, deren Inhalt inspiziert und füllte sie nun in verschiedene Porzellanschüsseln.

»Wie war dein Tag?« Neugierig blickte sie für einen kurzen Moment von ihrer Arbeit auf, bevor sie die nächste Plastikschachtel öffnete.

»Wir sind heute einen großen Schritt weitergekommen.«

Mitten in der Bewegung hielt Ellen inne, wartete auf seine Erklärung.

»Wir scheinen kurz vor der Einigung mit den Geschwistern Merigneux zu stehen. Noch ist nichts entschieden, aber wenn die nächste Verhandlungsrunde nach unseren Vorstellungen verläuft, dann ist die Fusion entschieden.«

Ellens Gesicht hellte sich auf. »Das ist ja wunderbar«, strahlte sie.

»Nicht wahr?« Er grinste schelmisch, löste sich vom Türrahmen und kam langsam auf sie zu. Er stellte sich dicht hinter sie, schlang die Arme zärtlich um ihre Taille und legte seinen Kopf in Ellens Halsbeuge. »Ich soll dir übrigens von meinem Vater ausrichten, dass deine Arbeit sofort nach der Zusage beginnt.« Er küsste sie leicht auf den Hals und fuhr fort: »Dann wird es ziemlich arbeitsintensiv für dich, aber zumindest sehe ich dich dann wieder jeden Tag im Büro.«

Sie schüttelte leicht den Kopf. »Da werde ich solche Zutraulichkeiten wie jetzt aber nicht dulden, das weißt du schon, oder?«

»Wofür hältst du mich?« fragte er betont entrüstet, dann drehte er Ellen zu sich um.

»Für einen ziemlich strengen Boss«, antwortete sie mit gerunzelter Stirn, bevor sie in Richtung Küchenanrichte nickte. »Magst du jetzt essen? Es wäre doch zu schade um das leckere Essen.«

Mark verzog seinen Mund zu einem breiten Grinsen. »Das ist eine gute Idee. Kann ich das schon hinüberbringen?«

»Gerne.«

Noch ehe sie sich versah, griff er bereits an ihr vorbei nach zwei Tellern, eilte mit ihnen zum Esszimmertisch. Schnell nahm sie die verbleibenden Schüsseln und folgte ihm.

»Ich liebe chinesisches Essen«, genüsslich schob sich Ellen eine weitere Stäbchenladung des süßsauren Hähnchens in den Mund.

»Somit hätten wir eine weitere Gemeinsamkeit«, grinste Mark.

»Ich freue mich wirklich, dass die Preisverhandlungen so gut laufen«, nahm Ellen das Thema wieder auf.

Mark nickte zustimmend. »Mein Vater ist übrigens davon überzeugt, dass die Kooperationsbereitschaft nicht zuletzt durch die hohe Meinung einer der Eigentümerinnen von dir beeinflusst ist.« Behutsam legte er die Stäbchen auf den Teller vor sich, dann blickte er Ellen offen an. »Ich frage mich ehrlich gesagt immer noch, was du mit Virginie Merigneux im Hotel besprochen hast.«

Ellens Gedanken schweiften zurück ins Pariser Hotel. Sie zuckte kurz mit den Schultern. »Ich habe sie nach dem wahren Grund für den Unternehmensverkauf gefragt, da sie ja offensichtlich das Unternehmen nur schweren Herzens aus den Händen gibt.«

»Du hast sie so direkt gefragt?« Mark blickte Ellen ungläubig an.

»Ja«, nickte Ellen. »Sie hat meine Offenheit wirklich zu schätzen gewusst und mir daraufhin, meine Frage beantwortet.«

»Und?« Neugierig beugte er sich zu ihr hinüber.

Einen Moment lang blickte Ellen ihn nachdenklich an, aber das war nicht mehr der arrogante, abscheuliche Mark Lauritz vor ihr, sondern ihr zukünftiger Ehemann, der Mann, den sie liebte und der ihr ebenso seine Liebe gestanden hatte. Instinktiv spürte sie, dass er ihre Information nicht gegen Virginie Merigneux verwenden würde. »Ihr Ehemann hat sie für ihre Schwester verlassen.«

»Magali Merigneux?« Ungläubig starrte Mark sie an.

»Genau die.«

Mark begriff, nickte nachdenklich. »Unter den Umständen ist es natürlich nur zu verständlich, dass sie so schnell wie möglich verkaufen wollen.« Als er Ellens sorgenvolles Gesicht sah, verzog er seinen Mund zu einem tröstlichen Lächeln. »Keine Sorge, wir haben ihnen einen fairen Preis gemacht. Ich denke, die Verhandlungen werden zu beiderseitigem Einverständnis führen.«

Erleichtert nickte Ellen. »Das ist gut zu wissen.«

Er blickte auf ihren Teller. »Hast du noch Hunger?«

Verneinend schüttelte sie den Kopf.

»Sehr gut, dann lass uns jetzt zum gemütlichen Teil des Abends übergehen, auf den ich mich schon den ganzen Tag freue.«

Ohne ein weiteres Wort stand er auf, kam um den Tisch herum, griff nach ihrer Hand. Dann hob er sie kurzerhand hoch und trug sie hinüber ins Schlafzimmer.

KAPITEL 31

Elanvoll stieg Ellen die Stufen zur oberen Büroetage hinauf. Erst zwei Wochen war es her, dass sie zuletzt hier gewesen war. Was war in der Zwischenzeit nicht alles passiert, wie anders war nun alles? Ein verschmitztes Lächeln umspielte ihre Lippen. Mark würde erst in einigen Minuten da sein, denn er musste vorher noch in seine Wohnung fahren. Sanft berührte sie die zarte Goldkette um ihren Hals, an der sie den Ring unter ihrer Bluse verbarg. Ihn am Finger zu tragen war hier im Unternehmen nicht möglich. Zu groß war die Gefahr, dass ihn jemand der Angestellten erkannte. Aber das war auch nicht weiter schlimm, schließlich trug sie ihn ja trotzdem bei sich. Glücklich blieb Ellen einen Moment am oberen Treppenabsatz stehen. Sie freute sich auf die Arbeit, endlich konnte sie mit Mark zusammenarbeiten, brauchte keine Angst vor einer nächsten Auseinandersetzung mit ihm zu haben. Wie sie wohl mit der neuen Situation umgehen konnten? Lächelnd schritt sie den Flur hinab, blieb an Karins offener Bürotür stehen.

»Guten Morgen, Karin. Ich bin wieder da.«

Marks Sekretärin blickte von ihrer Arbeit auf, erhob sich freudestrahlend und schüttelte Ellens Hand. »Ich freue mich sehr, Sie wiederzusehen.« Mit einem Zwinkern nickte sie in Richtung Kaffeemaschine. »Der Kaffee ist auch schon gekocht.«

»Fantastisch«, lachte Ellen. »Dann lege ich nur kurz meine Akten ins Büro und hole mir eine Tasse.«

Als sie erneut Karins Büro betrat, fand sie es verwaist vor. Routiniert holte Ellen eine Tasse aus dem Schrank und goss sich Kaffee ein.

»Guten Morgen.«

Mit einem leichten Lächeln auf den Lippen wandte sie sich um.

»Guten Morgen.«

Wie Mark in seinem dunkelblauen Anzug in der Tür stand und sie anblickte, kribbelte es sofort in ihrem Magen. Sie musste sich zusammenreißen. Daher hob sie leicht ihre Kaffeetasse. »Der Kaffee ist frisch gekocht. Möchten Sie auch einen?«

»Sehr gerne, danke.« Lächelnd kam er näher, nahm eine Tasse aus dem Schrank und hielt sie ihr hin. Schnell warf Ellen einen prüfenden Blick über seine Schulter, vergewisserte sich, dass sie allein waren. »Ich habe noch gar nicht mit dir gerechnet«, flüsterte sie.

»Ich habe mich auch beeilt. Schließlich stehen einige Termine in meinem Kalender und eine sehr ambitionierte Beraterin ist im Haus.« Er lächelte sie liebevoll an. Als er Schritte auf dem Flur vernahm, trat er instinktiv einen Schritt zurück. »Ich möchte mit Ihnen in einer Stunde die Planung der nächsten Schritte besprechen. Wenn wir erst die Zusage der Verkäuferinnen haben, ist dafür keine Zeit mehr.«

»Natürlich«, antwortete Ellen schlicht, während sie über Marks Schulter hinweg Karin beobachtete, die sich leise auf ihren Schreibtischstuhl setzte.

»Gut. Also um zehn in meinem Büro.« Mark nickte kurz, dann wandte er sich um, lächelte Karin zu und verließ ohne ein weiteres Wort den Raum.

Ellen klopfte an Marks Bürotür. Es war zehn Uhr. Keine Antwort. Sie klopfte erneut. Als sie immer noch nichts hörte, öffnete sie vorsichtig die Tür. Mark hielt den Telefonhörer in der einen Hand, bedeutete ihr mit der anderen, einzutreten. Lautlos folgte Ellen seiner Aufforderung, während Mark sein Gespräch mit der Bank beendete. Schweigend nahm sie in dem Sessel ihm gegenüber Platz und schaute ihn an.

Allein ihn zu sehen, machte sie glücklich. Sie konnte es kaum glauben, dass sie beide sich noch vor zwei Wochen nicht ausstehen konnten und sich das Leben unerträglich gemacht hatten. Oder war das nur ein verzweifeltes Zeichen für die bereits vorhandene Anziehung zwischen ihnen gewesen? Ach, es war egal, sie liebte diesen gut ausssehenden, intelligenten und liebevollen Mann dort auf der anderen Seite des Schreibtisches. Ihr Blick wanderte hinauf zu seinen Augen, die sie fragend anschauten. Ihr Mund verzog sich zu einem geheimnisvollen Lächeln. Endlich legte Mark auf.

»Schade nur, dass du so weit weg bist. Es fällt mir echt schwer, dich nicht zu berühren.«

»Mir auch, aber es geht nicht anders.«

Mark nickte zustimmend. »Gut, ich werde es heute Abend gebührend nachholen.«

Ellen lachte belustigt auf. »Ich werde dich beim Wort nehmen.«

Als Antwort zwinkerte er ihr zu. »Wenn wir schon keinen Spaß haben können, sollen wir dann die nächsten Schritte besprechen?«

»Gerne. Ich bin schon sehr neugierig, ob wir es ohne Streit schaffen, miteinander zu arbeiten.«

Er hielt inne, legte den Kopf leicht zur Seite und blickte Ellen nachdenklich an: »Ich glaube, wir sind ein perfektes Team, vor allem jetzt, nachdem die Sachlage zwischen uns geklärt ist. Aber um auch dich davon zu überzeugen, lass es uns einfach ausprobieren.«

»Ja, lass uns anfangen.« Ellen zog ihren großen Notizblock und einen Stift aus der Tasche, schaute Mark abwartend an.

»Also gut, im Moment arbeite ich eng mit der Bank zusammen, um die Finanzierung der Kaufsumme zu regeln und die Abwicklung vorzubereiten. Alexander erarbeitet ein Konzept für den Einkauf und Walter überlegt sich, wie wir die verschiedenen Pensionssysteme aufeinander abstimmen können, darüber hinaus arbeitet er die Mitarbeiterbewertungen durch. Was sind deine Pläne?«

»Ich arbeite gerade die Workshops nach der Unternehmensübernahme aus. Der erste soll in Paris mit den dortigen Mitarbeitern stattfinden, für sie ergeben sich aus dem Unternehmenskauf die größten Veränderungen und Risiken. Außerdem kennen sie das Unternehmen Lauritz nicht. Darüber hinaus arbeite ich an der Markenstrategie mit dem Ziel, eine

Markenpyramide zu kreieren, damit die Marketingkosten in Italien, Frankreich und Spanien so gering wie möglich bleiben. Anschließend finden dann die Workshops hier in Hamburg statt, damit auch die Mitarbeiter vor Ort ihren Platz im neuen, großen Unternehmen verstehen.« Sie atmete tief durch, wartete ab. Als Mark sie weiter schweigend anblickte, fragte sie: »Und, was hältst du davon?«

»Ich denke, das ist ein gut durchdachter Plan.« Sein Mund verzog sich zu einem Lächeln, als er ihren misstrauischen Blick sah.

»Bist du sicher?« Ellen kniff leicht die Augen zusammen.

»Ja, bin ich. Ich habe kein Problem damit zu kritisieren, aber ebenso wenig damit, zu loben.«

Sie nickte bedächtig. »Ja, das mag sein. Es ist nur so völlig ungewohnt für mich.« Dann zuckte sie erleichtert mit den Schultern. »Aber ein sehr schönes Gefühl. Danke.«

»Wann planst du deinen Workshop in Paris?«

»Sobald ich von dir erfahre, dass die Verhandlungen abgeschlossen sind, werde ich meinen Flug buchen. Ich brauche schätzungsweise zwei Tage Vorbereitungszeit, dann findet der Workshop statt.«

»Wow, das ist bald.«

Ellen schüttelte belustigt den Kopf. »Sei doch froh, das wolltest du doch immer.«

»Ja, und ich will es immer noch.«

»Und du wirst es sehr erfolgreich abwickeln, davon bin ich überzeugt.«

Er blickte sie dankbar an. »Ich liebe dich, Ellen Sander, habe ich dir das heute schon gesagt?«

»Ja, das hast du, aber noch nicht in deinem Büro.«

»Dann bin ich ja froh, dass ich das Versäumnis jetzt nachgeholt habe.« Dabei schob er seinen Schreibtischstuhl zurück und ging zwei Schritte um den Schreibtisch herum, als es an der Tür klopfte. Mark hielt inne, verdrehte theatralisch die Augen, dann rief er: »Ja bitte?«

Die Tür öffnete sich einen Spalt und Karins Kopf erschien im Türspalt. Ihr Blick flog entschuldigend zu Mark, dann zu Ellen. »Entschuldigen Sie, Mark. Herr Lünen ist angekommen und wartet drüben im Konferenzzimmer auf Sie.«

»Danke Karin, ich komme sofort.« Er nicke seiner Sekretärin lächelnd zu, die leise die Tür schloss. Dann trat er einen weiteren Schritt auf Ellen zu, fuhr ihr sanft mit dem Finger über die Wange. »Ich muss jetzt unseren Anwalt treffen, danach wird es mit einigen weiteren Terminen weitergehen. Wann sehe ich dich heute Abend?«

Ellen erhob sich ebenfalls, sodass sie dicht vor ihm stand. »Ich denke, ich werde heute erst später heim kommen. Um zehn sollte ich aber da sein. Kommst du dann?«

»Ja, ich freue mich jetzt schon darauf.«

»Wunderbar.« Sie griff nach ihren Sachen, reckte ihren Kopf und küsste ihn leicht auf den Mund. »Ich freue mich auch schon.« Dann verließ sie mit federleichtem Schritt Marks Büro.

»Hallo, Ellen.« Alexander erklomm die letzte Stufe der Treppe. »Wie schön, Sie wiederzusehen. Ich habe Sie die letzten beiden Wochen vermisst.«

»Hallo Alexander.« Ellen trat einen Schritt auf ihn zu. »Es ist schön, wieder hier zu sein.«

»Haben Sie Ihre Grippe gut überstanden? Wirklich schade, dass Sie gerade in der Projektpause krank geworden sind.«

Ellens schlechtes Gewissen regte sich. Nach den unvorhergesehenen Ereignissen hatte sie Alexanders Einladung mit der lahmen Entschuldigung einer Grippe abgelehnt. Aber wie hätte sie sonst ablehnen können, ohne ihn zu verletzen? Sie nickte zustimmend, schenkte ihm ein dankbares Lächeln. »Mir geht es wieder gut. Vielen Dank für Ihr Verständnis.«

Er zuckte gutmütig mit den Schultern. »Kein Problem. Vielleicht schaffen wir es ja ein anderes Mal.« Sein Blick glitt hinter Ellen. »Hallo Mark. Ich habe gerade Ellen gesagt, wie gut es ist, dass sie ihre Grippe rechtzeitig zum Ende der Projektpause überstanden hat.«

Ellen schüttelte unmerklich mit dem Kopf. Marks unpassendes Timing hatte sich bisher nicht geändert. Lächelnd drehte sie sich um, begegnete seinem Blick.

Fragend zog er eine Augenbraue in die Höhe? »Sie waren krank, Frau Sander? Das wusste ich ja gar nicht.«

Sie konnte sehen, wie er es genoss. Aber das irritierte sie nicht im Mindesten, schließlich hatte sie die kleine Notlüge ja für ihn ins Feld geführt.

»Ja, leider. Deswegen musste ich Alexanders Einladung schweren Herzens absagen.« Ihr Blick wirkte zerknirscht, durchdrungen von einem schlechten Gewissen und dem Wissen, einen wunderbaren Abend verpasst zu haben. Marks Augen funkelten provozierend. »Nun sind Sie ja wieder gesund...« Er machte eine vielsagende Pause. »Aber statt hier im Flur mit meinem Angestellten zu flirten, möchte ich Sie bitten, Ihre To-do-Liste nicht zu vergessen.« Dann nickte er beiden knapp zu und verschwand im Büro seines Vaters.

»Nehmen Sie es ihm nicht übel, Ellen. Wahrscheinlich würde er Sie selber gerne zum Abendessen einladen und ist einfach eifersüchtig.« Alexander lachte belustigt, dabei zeigten sich zwei Grübchen um seinen Mund.

Ellen stimmte in sein Lachen ein. Erleichtert atmete sie auf. Mark hatte es wunderbar verstanden, sich normal zu verhalten, wenn man den freundlichen Tonfall beiseite ließ. Sie strich sich eine Strähne hinter das Ohr. »Sind Sie in den letzten Wochen gut vorangekommen?«

Alexander seufzte abgrundtief. »Ehrlich gesagt, es war die schlimmste Woche meines Lebens.«

»Warum denn das?« Ellens Stimme klang ein wenig erschrocken.

Vertraulich beugte sich Alexander vor, senkte die Stimme. »Ich musste mit Valerie zusammen an einer Analyse arbeiten. Das war die absolute Höllenstrafe. Vor allem, nachdem sie eine klärende Auseinandersetzung mit Mark hatte, die sie noch nicht überwunden hat.«

Ellen bemühte sich mit äußerster Disziplin, sich das freudige Kribbeln in ihrem Bauch nicht anmerken zu lassen. »Die Auseinandersetzung muss ja beachtlich gewesen sein. Ich dachte, die beiden seien s e h r gut befreundet.«

Alexander verstand ihre Anspielung und lachte vergnügt.

»Iwo, die beiden sind Studienkollegen und daher befreundet. Doch Valerie hat mit ihren ständigen Flirtversuchen wohl das Maß überspannt. Ein weiterer Fehltritt von ihr und sie fliegt.«

Ellen starrte ihn mit großen Augen an. »Sagt das Mark?«

»Richtig. Und ich weiß es von einer bis auf die Knochen gekränkten Valerie.« Mit gespielter Theatralik fuhr Alexander sich durch das Haar.

»Und da soll ich mit dieser Frau eine Analyse durchführen. Volle zwei Tage sind dafür draufgegangen, sie zu beruhigen und ihr zuzuhören, wie sie sich die Wut aus dem Bauch schrie.«

»Du liebe Güte. Sie verdienen einen Orden.«

»Mindestens«, stimmte er ihr ergeben zu.

»Das darf doch nicht wahr sein.« Marks Stimme ließ Ellen herumwirbeln. Bevor er seine alte Rolle weiterspielte, zwinkerte sie Alexander rasch zu.

»Ich muss wieder an die Arbeit, bis später.« Sie nickte Mark knapp zu und eilte den Gang hinunter zu ihrem Büro.

Ohne sich noch einmal umzuschauen, schloss sie die Tür hinter sich. Sie hätte jubeln können, über die Neuigkeiten. Mark hatte also wirklich Partei ergriffen und Valerie hatte es nun ein für alle Mal akzeptieren müssen, dass ihre Flirtversuche unerwünscht waren. Wunderbar. Einfach wunderbar. Gut gelaunt setzte Ellen sich an ihren Schreibtisch und vertiefte sich in die Vorbereitungen für ihren Workshop.

Als sie endlich den PC herunterfuhr, war es draußen stockfinster. Sie blickte auf die Uhr und erschrak. Wenn sie vor Mark in ihrer Wohnung sein wollte, musste sie sich beeilen. Flink verstaute sie ihre Unterlagen, eilte den Flur hinunter. Aus Gewohnheit blickte sie zu Marks Bürotür, unter der ein schmaler Lichtschimmer sichtbar war. Erstaunt blieb sie stehen, blickte um sich. Der restliche Flur lag verlassen vor ihr. Kurzentschlossen klopfte sie an die Tür, lauschte Marks

»Herein«. Neugierig öffnete sie die Tür und erblickte ihn inmitten unzähliger Papiere, die auf seinem Schreibtisch verteilt lagen. Er hatte die Krawatte abgenommen und die Hemdsärmel hochgekrempelt. Als er sie erblickte, lehnte er sich in seinem Sessel zurück, lächelte sie liebevoll an.

»Ah, Frau Sander. So spät noch im Büro?«

Kopfschüttelnd trat sie ein. »Genau wie Sie, Herr Lauritz. Allerdings fahre ich jetzt heim.«

Mark blickte rasch auf seine Uhr, dann grinste er vielsagend. »Eine ausgezeichnete Idee. Ich denke, das werde ich auch tun. Geben Sie mir eine Minute, dann müssen Sie nicht allein über den dunklen Parkplatz gehen.«

Ellen lehnte sich entspannt an den Türrahmen und beobachtete, wie Mark die Unterlagen auf seinem Schreibtisch zusammenschob, in die Schublade seines Containers steckte und ihn abschloss. Dann griff er nach dem Jacket, das verlassen über dem Stuhl hing und kam mit zwei ausholenden Schritten auf sie zu. Ganz dicht blieb er vor ihr stehen, sie konnte ihn förmlich spüren, doch er berührte sie nicht.

»Sollen wir?« fragte er sanft.

»Mit dem größten Vergnügen«, lachte Ellen und stieg vor ihm die Treppe hinunter.

Ellen legte ihren Notizblock auf den Konferenztisch und blickte sich in dem noch leeren Raum um. Eine Woche war sie nun wieder im Unternehmen, eine Woche, in der sie ihre Arbeit genoss, in der Mark und sie wunderbar zusammenarbeiteten und ihre Freizeit gemeinsam voll auskosteten. Sie lächelte.

Allein der Gedanke an Mark verursachte ein aufreizendes Kribbeln in ihrem Nacken.

»Sie scheinen ja gut gelaunt zu sein.« Marks Stimme unterbrach ihre Gedanken. Mit einem verschmitzten Grinsen beobachtete sie, wie er den Konferenzraum betrat und seine Unterlagen auf seinen Platz legte.

»Das bin ich auch.«

Er schenkte ihr einen liebevollen Blick. »Das freut mich, dann geht es dir wie mir«, sagte er so leise, dass nur sie ihn hören konnte. Dabei wies er mit der Hand auf die Papiere vor sich. »Es ist soweit, nun geht es wirklich los.«

»Wow«, war alles, was ihr spontan einfiel. »Herzlichen Glückwunsch! Das müssen wir später gebührend feiern«, flüsterte sie zurück.

Schnelle Schritte auf dem Flur ließen sie inne halten. In lautem Stakkato näherte sich Valerie, eilte in den Konferenzraum und blieb für eine Sekunde sprachlos auf der Türschwelle stehen. Ihr Blick flog zwischen Ellen und Mark hin und her, dann hatte sie sich gefasst, setzte ein betont fröhliches Lächeln auf und zwitscherte ein unbeschwertes »Guten Morgen«. Der Blick ihrer Augen strafte ihre Worte Lügen, aber Ellen sah es ihr, nach allem, was Alexander ihr erzählt hatte, nach. Es musste schwer für Valerie sein, nach so einer klaren Abfuhr Haltung und Professionalität zu wahren, vor allem, da sie von beidem nicht sonderlich viel zu haben schien.

»Guten Morgen«, antworteten Mark und Ellen gleichzeitig.

Stolz warf Valerie ihren Kopf zurück, stakste zu ihrem Platz am Konferenztisch.

»Mark, ich habe dir meine Analyse gemailt.«

Er nickte knapp. »Ja, ich habe sie gesehen. Allerdings hatte ich noch keine Zeit, sie zu lesen.«

»Schade«, sie zuckte resigniert mit den Schultern. »Dann werde ich bis zu deiner Antwort warten müssen.«

Noch ehe Mark etwas erwidern konnte, erschienen Walter und Alexander in der Tür, grüßten höflich. Während Alexander mit großen Schritten zu seinem Platz neben Ellen ging, schloss Walter bedächtig die Tür und schritt in würdevollem Gang zu seinem Stuhl. Als sie endlich alle um den langen Konferenztisch saßen, räusperte sich Mark.

»Guten Morgen.« Er schwieg bedeutungsvoll. »Nachdem wir die letzten Wochen all unsere Zeit, Arbeit und Mühen in den erfolgreichen Abschluss der Verhandlungen gesteckt haben, freut es mich besonders, euch bzw. Ihnen allen mitzuteilen, dass das Unternehmen Lauritz das französische Unternehmen »La Petite Bijouterie Dorée« gekauft hat.«

Spontaner Applaus brandete auf. Marks Gesicht zeigte keine Regung, aber Ellen erkannte den Stolz und die Freude in seinem Blick. Er hatte hart für diesen Sieg gearbeitet und freute sich auf die nächsten Schritte, die der Unternehmenskauf mit sich brachte. Eine warme Woge der Liebe und des Stolzes überrollte sie. Schnell blickte sie auf ihren Block, um ihre Gefühle wieder zu kontrollieren und sich nichts anmerken zu lassen.

Als sie aufschaute, blickte sie geradewegs in Valeries Augen, die sie wachsam und wissend ansahen. Ellen las Enttäuschung in diesem Blick, dann, fast unmerklich, nickte Valerie in Ellens Richtung und deutete ein scheues Lächeln an.

Ellen erwiderte das Lächeln, bevor sie erneut Marks Ausführungen lauschte.

Was für ein Morgen: Endlich begann die Unternehmensfusion, Valerie bot ihr einen Waffenstillstand an und in drei Tagen war sie wieder in Paris.

KAPITEL 32

Beschwingt trat Ellen an die Tür ihrer Suite, zog mit einem gedankenvollen Lächeln die Karte durch den Schlitz. Manchmal gab es wirklich lustige Zufälle. Keine zwei Monate war es her, dass sie genau diese Hoteltür geöffnet hatte, in dem festen Glauben, es sei ihre Suite. Sie hielt kurz inne. Was war nicht alles bei ihrem letzten Aufenthalt in Paris passiert - die ständigen Streitgespräche mit Mark, seine nicht enden wollenden Provokationen, ihr unbändiger Wunsch, seinen Respekt zu gewinnen. Hatte sie sich vielleicht gegen ihren Willen bereits in Paris in Mark verliebt? Keine Ahnung, Ellen zuckte ergeben mit den Schultern. Seither war so unglaublich viel geschehen. Schade, dass sie dieses Mal alleine hier war. Entschieden schob sie die Suitetür auf und betrat den im weichen Licht erleuchteten Flur der Suite. Sie drückte die Tür hinter sich ins Schloss, lehnte ihre Laptoptasche an die Wand und wandte sich zum Wohnzimmer.

Auf der Türschwelle blieb sie wie angewurzelt stehen, starrte den Mann an, der wie selbstverständlich dort im Sessel saß, ein Glas Orangensaft in der Hand hielt und sie charmant anlächelte.

Langsam stand er auf, stellte sein Glas auf den kleinen Couchtisch und kam zu ihr herüber.

»Schon komisch. Jedes Mal, wenn du mich zum ersten Mal in dieser Suite siehst, hast du diesen vollkommen überraschten Gesichtsausdruck. Vielleicht war es doch keine so gute Idee, dir genau diese Suite zu buchen.« Ohne auf ihre Antwort zu warten, nahm Mark Ellens Kopf zwischen seine Hände, beugte sich zu ihr hinunter, küsste sie leicht auf den Mund. »Hallo, mein Liebling.«

Ellen schüttelte immer noch ungläubig den Kopf, während ihr Herz heftig pochte und eine Million Schmetterlinge in ihrem Bauch zu flattern schienen.

»Das kann jetzt nicht wahr sein, oder? Ich träume das hier doch, oder?«

»Wie fühlt es sich denn an?« Sanft zog Mark Ellen an sich und küsste sie leidenschaftlich. Als sie wieder Luft bekam, schob Ellen Mark leicht von sich.

»Wieso bist du nicht in Hamburg? Und wieso buchst du mir genau diese Suite?«

Mark lachte leise, amüsierte sich köstlich über Ellens Unverständnis. »Ich dachte, dass wir Karins ursprünglichen Irrtum endlich korrigieren sollten und du dir einige romantische Stunden in Paris gönnen solltest. Dein letzter Aufenthalt mit mir hier war nicht schön.« Ein Schatten legte sich über sein Gesicht. »Ich war absolut ungerecht zu dir, allein die Erinnerung daran beschämt mich. Daher habe ich entschieden, dass wir heute Abend Paris einfach gemeinsam genießen sollten.« Sanft strich er mit seinem Finger über Ellens Wange, ein verschmitztes Lächeln lag in seinen Augen. »Und wenn ich ehrlich bin, dann habe ich mich bereits in Paris in dich verliebt, wer weiß, vielleicht sogar hier in dieser Suite.«

»Wohin gehen wir?« Ellen schaute Mark fragend an. Er hatte seinen Arm um sie gelegt, langsam schlenderten sie an den Tuillerien entlang in Richtung Seine. Die Sonne stand bereits tief, tauchte die Straßen in ein warmes, orangefarbenes Licht, verlieh dem Louvre einen mystischen Hauch, wie ein Zauber aus einer längst vergangenen Zeit.
Glücklich lehnte Ellen ihren Kopf an Marks Schulter, genoss jeden Schritt, den sie gemeinsam gingen. Ihr Herz war leicht, sie hatte das Gefühl zu schweben. Glück war greifbar, verwandelte das Alltägliche in etwas Magisches. Nur noch wenige Schritte, und sie würden die Seine erreichen. Ach, wie romantisch Paris doch war!
»Wie süß von dir, wir gehen an der Seine spazieren«, seufzte sie glücklich.
Er küsste sie aufs Haar, lachte belustigt. »Es tut mir leid, deine Träume zu zerstören, aber wir gehen nur wenige Schritte an der Seine spazieren, denn unser Bâteaux Mouches wartet auf uns.« Ellen blieb jäh stehen, blickte überrascht zu Mark auf. »Ist das wirklich wahr?«
Als er grinsend nickte, reckte sie sich und küsste ihn überschwenglich. »Du bist einfach wunderbar. Der perfekte Anfang für einen romantischen Abend.«
»So war es auch gedacht, allerdings habe ich vorher noch eine Überraschung für dich.« Er zog sie näher an sich, genoss es, mit ihr im Arm dem Sonnenuntergang entgegen zu gehen.

»Voilà«, verkündete Mark, als sie den breiten Trottoir verließen und die hohen Säulen der Brücke passierten.

»Die Pont des Arts, die Brücke der Verliebten«, juchzte Ellen. »Du schenkst mir heute Abend wirklich das volle Programm.«

Die Freude stand ihr so klar im Gesicht geschrieben, dass Mark unwillkürlich lachte. Sein warmes, dunkles Lachen umhüllte Ellen, sie fühlte sich wie im Märchen.

»Sagen wir es lieber so, ich gebe mir ernsthaft Mühe. Schließlich habe ich einiges gutzumachen.«

Vehement schüttelte Ellen den Kopf. »Nein Mark, jetzt lass es gut sein. Ich will nicht in die Vergangenheit schauen, sondern nur nach vorn. Wer weiß, vielleicht musste unsere Geschichte so beginnen, damit wir heute hier zusammen sein können.«

»Vielleicht«, stimmte Mark nachdenklich zu.

In der Mitte der Brücke hielt er an. Begeistert blickte Ellen auf die unter ihnen gleitenden Boote, blickte hinüber zur hell erleuchteten Kuppel des Invalidendoms. In der Ferne erstrahlte der Eiffelturm, seine Lichter blinkten, als ob er ihnen zuwinkte. Mark stellte sich hinter Ellen, schlang die Arme um sie und lehnte seinen Kopf gegen ihren. »Woran denkst du?«

»Ich könnte ewig hier mit dir stehen«, sinnierte Ellen. »Und dass du mir schon immer gerne ins Ohr geflüstert hast.«

»Siehst du, auch wenn wir zwei es nicht wahrhaben wollten, du hast mich halt von Anfang an magisch angezogen.« Er küsste sie leicht aufs Haar.

»Diese Vorstellung gefällt mir.«

»Ich zeig dir, was mir gefällt.« Bei diesen Worten drehte er Ellen langsam zu sich herum, blickte ihr tief in die Augen, so tief und weit wie ein Ozean, schoss es ihm durch den Kopf, bevor er sich zu ihr herunterbeugte und sie sanft küsste.

Die Nacht war perfekt zum Träumen. Begleitet von leiser Musik zogen die angestrahlten Gebäude an ihnen vorbei, fuhren sie unter den altehrwürdigen Brücken hinweg, auf denen die verliebten Pärchen umschlungen standen. Auch sie hatten vor wenigen Minuten dort oben gestanden und die Magie von Paris gespürt. Diesem Abend wohnte der Zauber der Liebe inne, übermalte die Stadt, ließ die Romantik erstrahlen, hielt die Zeit für einen magischen Moment an, so intensiv empfand Ellen jede einzelne Minute puren Glücks. Dieses Gefühl war nicht mehr zu steigern, die Perfektion des Abends nicht mehr zu verbessern, da war sie sich sicher. Ihren Kopf an Marks Schulter gelehnt, ihre Finger in seinen verschränkt, genoss sie den warmen Wind auf ihrer Haut, ließ sich von den sanften Klängen und den warm erleuchteten Sehenswürdigkeiten betören. Mit leisem Bedauern beobachtete sie, wie das Boot seine Anlegestelle erreichte, die Fahrt zu Ende war. Sie seufzte leise. »Schade, dass es schon vorbei ist.«

Aufmunternd drückte Mark ihre Hand. »Sei nicht traurig, wir können es so oft du magst wiederholen.« Er zwinkerte ihr vergnügt zu. »Aber jetzt sollten wir etwas essen, mein Magen knurrt schon unangenehm laut.«

»Du Armer. Lass uns ein Restaurant in der Nähe suchen.«

»Das brauchen wir nicht. Wir nehmen uns schnell ein Taxi, denn ich habe bereits einen Tisch für uns reserviert.«

Ellen schüttelte beeindruckt den Kopf. »Wann hast du das denn alles gemacht?«

Als er lediglich eine Augenbraue hochzog, nickte Ellen. »Ich verstehe, Karin.«

Er warf ihr einen missbilligenden Blick zu. »Nein, nicht Karin. Meine romantischen Arrangements buche ich selbst.«

»Du überraschst mich immer wieder.«

Mark blieb jäh stehen. »Gibst du also zu, dass du mich vollkommen falsch eingeschätzt hast?«

»Ich gebe es zu. Und ich gestehe dir noch etwas. Ich bin heilfroh darüber.« Sie lachte fröhlich, zog ihn an der Hand weiter in Richtung Straße.

»Es ist nicht das, was ich glaube, oder?«

»Liebling, so sehr ich dir auch antworten möchte, du musst schon etwas deutlicher werden.« Nur mit Mühe verkniff sich Mark das Lachen. Er platzte fast vor Neugier, Ellens Gesicht zu sehen, wenn sie wusste, wohin er sie zum Essen ausführte.

Sie standen auf der großen Wiese vor dem Eiffelturm. Um sie herum flanierten Verliebte, spazierten Familien und bevölkerten Touristengruppen das weitläufige Areal. Doch Ellen nahm sie alle nicht wahr. Sie sah nur den Eiffelturm. Stolz reckte er sich in den sternenklaren Nachthimmel, demonstrierte seine Einzigartigkeit. An seinen Stahlstreben blinkten tausende von Lichtern im Sekundentakt, zeugten vom Beginn einer neuen Stunde in dieser einmaligen Nacht voller Liebe und Romantik.

»Fahren wir dort hinauf?« Sie wagte nicht, Mark anzuschauen.

»Ich wusste schon immer, dass du ein ganz schlaues Köpfchen hast.«

Ellen wirbelte herum zu ihm. »Ein Abendesssen mit dir am Anfang des Himmels. Du lässt meine Träume wahr werden. Ich weiß gar nicht, wie ich dir für all dies danken kann.«
Mark tippte ihr mit dem Finger auf die Nasenspitze. »Du sollst mir nicht danken, du sollst es einfach nur genießen. Komm, lass uns den Fahrstuhl nehmen.«
Sie gab ihm einen Kuss auf den Hals, legte ihren Arm um seine Hüften und genoss jeden einzelnen Schritt, den sie sich dem Eiffelturm näherte.

Der Abend war einzigartig gewesen, doch jetzt war Mark froh, dass sie endlich vor der Suitetür standen, zu groß war sein Verlangen nach Ellen. Er kickte die Flurtür lässig mit dem Fuß zu, während er zeitgleich Ellen in seine Arme zog. Seine Hände strichen ihr sanft und aufreizend zugleich den Rücken hinunter.
»Ich weiß nicht, wie oft ich hiervon geträumt habe, als wir in Paris waren«, flüsterte er ihr leise ins Ohr.
»Wirklich? Das wusste ich ja gar nicht.« Ellen lachte herzlich. »Darüber bin ich auch wirklich froh. Nicht auszudenken, wie du dieses Wissen gegen mich verwendet hättest.«
Ellen überlegte einen Augenblick, dachte angestrengt nach. »Keine Ahnung, aber es hätte mir die Zeit in Paris sicherlich erträglicher gemacht.«
Sanft fuhr Mark mit dem Finger die Konturen ihres Gesichtes nach. »Ich wünschte, ich könnte die Zeit zurückdrehen, alles noch einmal von vorne beginnen. Ich würde so vieles anders machen.« Seine grauen Augen blickten reuevoll in die ihren. Ellen spürte seinen Kummer, der an ihm nagte, ihn nicht aus

den Klauen entlassen wollte. Marks Schmerz über das Vergangene schnitt auch ihr ins Herz, sie musste etwas tun. Plötzlich umspielte ein Lächeln ihre Lippen.
»Nachdem der Abend bisher ausnahmslos gelungen war, lass uns einfach die Zeit zurückdrehen.«
Verständnislos runzelte Mark die Stirn, starrte sie irritiert an.
»Gib mir fünf Minuten«, lachte Ellen und entwand sich ihm in Richtung Schlafzimmer.

Wie so oft vor einigen Wochen stand er auch jetzt am Fenster der Suite, genoss den atemberaubenden Blick über Paris. Die Lichter der Gebäude leuchteten in der dunklen Nacht, jedes erzählte seine eigene Geschichte, zusammen brachten sie die Stadt der Liebe zum Strahlen, verhalfen schüchternen Teenagern zum ersten Kuss, gaben ihm und Ellen endlich die Chance auf einen Neuanfang. Mark atmete tief aus. Ja, Neuanfang war gut. Was gäbe er darum, seine Gemeinheiten ungeschehen zu machen, die Wochen der Schikanen in Wochen der angenehmen Zusammenarbeit zu ändern. Er verzog seinen Mund zu einem dankbaren Lächeln. Ellen war sein wahres Geschenk des Himmels.
»Mark, kannst du bitte mal kommen?« Ellens helle Stimme drang aus dem Schlafzimmer zu ihm herüber. Sofort wandte er sich um.
»Komme schon.« Mit ausholendem Schritt eilte Mark in das gegenüberliegende Zimmer, wo er wie angewurzelt auf der Türschwelle stehen blieb.
Vergangenheit und Gegenwart vermischten sich, wurden eins. Träumte er das alles?

Vor ihm stand Ellen in der Badezimmertür, die Haare fielen ihr in großen, nassen Locken auf die Schultern, mit nichts anderem bekleidet, als mit dem sehr kurzen Badehandtuch. Doch im Gegensatz zum letzten Mal, als er sie so vor sich gesehen hatte, starrte sie ihn nicht wütend an, sprühten ihre Augen nicht vor Zorn. Sie lächelte ihn an, verführerisch und sinnlich.

Langsam trat er auf sie zu, legte seine Hände vorsichtig um ihr Gesicht und hauchte ihr einen leichten Kuss auf die Lippen. Dann berührte er vorsichtig, geradezu andächtig ihre Haare, vielleicht um sich selbst zu versichern, dass er nicht träumte, dass dies die Wirklichkeit war.

In seine Augen trat ein freudiges Funkeln, dann vergrub er eine Hand in Ellens nassen Locken, zog sie eng an sich und senkte seinen Mund zu einem leidenschaftlichen Kuss auf ihren. Ort und Zeit verschmolzen, der Traum, der ihn so viele Nächte in diesem Zimmer um den Schlaf gebracht hatte, wurde endlich wahr. Wild, zügellos, leidenschaftlich ließen sie ihren Gefühlen freien Lauf, nahmen, gaben und stillten den Durst der Sehnsucht, der sie bei ihrem letzten Aufenthalt in Paris gequält hatte. Die Reue, der Schmerz wechselten in Freude, ungehemmte Leidenschaft und pures Glück.

Als sie sich endlich voneinander lösten, lächelte Mark Ellen glücklich an.

»Ich habe mir diesen Moment so oft vorgestellt, allein der Gedanke daran hat mir unzählige Nächte dort in dem Bett geraubt. Und doch ist die Realität um so vieles wundervoller, als ich es mir je ausmalen konnte.«

Seine Worte lösten ein erdrutschartiges Kribbeln in Ellens Magen aus, glücklich fuhr sie ihm mit der Hand durch das Haar.
»Und wie ging es in deinen Träumen weiter?«
Mark grinste breit. »Das werde ich dir jetzt zeigen.«

KAPITEL 33

Marlene beobachtete ihren Sohn über den Rand ihrer Brillengläser, wie er gut gelaunt nach der Kartoffelschüssel griff und sich ungeniert den Teller füllte. In den letzten Wochen hatte er nur wenig gegessen und es beruhigte ihr besorgtes Mutterherz, dass zumindest sein Appetit zurückgekehrt war.
»Hey, lass mir auch noch ein paar Kartoffeln übrig. Ich habe schließlich genauso großen Hunger wie du«, beschwerte sich Isabella.
»Du solltest mir dankbar sein, dass ich dir helfe, deine schlanke Linie zu behalten.«
»Dafür brauche ich aber deine Hilfe nicht. Übrigens sind Kartoffeln sehr gesund und viel kalorienärmer als allgemein angenommen. Wenn du mir also helfen willst, meine schlanke Linie zu behalten, dann teilst du diese fair mit mir.«
»Wenn du darauf bestehst, hier«, er reichte ihr die halbvolle Schüssel, nur um sofort zwei große Fleischstücke aufzuspießen und sich auf den Teller zu legen.
Marlene schüttelte missbilligend den Kopf. »Also wenn man euch so hört, dann denkt man, man hat zwei Schulkinder am Tisch. Wann werdet ihr endlich erwachsen?«

Auf Marks Gesicht erschien ein amüsiertes Lächeln. »Ich für meinen Teil bin erwachsen.«

»Ach ja, und wie willst du uns das beweisen?« forderte seine Schwester ihn heraus.

»Ich werde heiraten.«

Ein Scheppern zerriss die Stille, als die Porzellanschüssel in tausend Stücke auf dem Parkettboden zerbrach. Dieser Augenblick sollte in Öl festgehalten werden, grinste Mark. Sein Vater, seine Mutter und seine Schwester verharrten wie Salzsäulen in ihren Bewegungen, starrten ihn mit offenen Mündern an. Nur mit äußerster Mühe konnte er sich ein lauthalses Lachen verkneifen. Er hatte den perfekten Augenblick gewählt, das Urkomische dieser Situation würde er ganz sicher nie vergessen.

»Schmeckt euch das Essen nicht?« fragte er betont naiv in die Runde, bevor er sich ein großes Stück Fleisch in den Mund schob und ungeniert weiter aß.

»Habe ich gerade richtig gehört?« Die Stimme seiner Mutter klang, als ob er zum Mars fliegen wollte.

»Ja, ich werde heiraten.« Er lachte ihr glücklich ins Gesicht. Plötzlich klatschte Isabella enthusiastisch in die Hände.

»Du hast es getan, richtig? Du hast auf deine dämlichen Prinzipien gepfiffen, stimmt's?«

»Isabella, bitte mäßige deinen Ton«, ermahnte sie ihr Vater streng. Und im selben Ton fuhr er fort: »Mark, ich finde das nicht sehr fein, mit uns Spielchen zu spielen, besonders nicht in einer solch wichtigen Angelegenheit.«

»Ich spiele keine Spielchen, Paps.«

Sein Vater machte eine wegwerfende Handbewegung. »Dann möchte ich jetzt gerne wissen, wie lange du deine Verlobte schon kennst.« Er schüttelte empört den Kopf. »Wenigstens vorstellen hättest du sie uns ja können.«

»Gerhard«, seine Frau legte ihm beruhigend die Hand auf den Arm. »Jetzt reg dich bitte nicht so auf, er ist doch gerade dabei, uns alles zu erzählen, und außerdem leben wir ja nicht mehr im Mittelalter, wo die Eltern die Ehefrauen ihrer Söhne aussuchen.«

Mark lachte belustigt auf. »Vielleicht doch, Mama.«

»Bestimmt sogar«, fiel Isabella ein. »Oh, sie ist einfach wunderbar«, entfuhr es ihr.

»Bella«, ermahnte sie Mark.

Herr Lauritz' Blick flog aufgebracht zwischen seinen Kindern hin und her.

»Du kennst sie?«

»Wir kennen sie alle, Paps.«

»Du hast sie mir ja förmlich auf den Hals gehetzt«, fügte Mark sarkastisch an seinen Vater gewandt hinzu.

»Ich habe bitte was?« Hilfesuchend blickte Herr Lauritz zu seiner Frau, die immer noch überrascht wirkte und Mark nachdenklich anstarrte. Dann hellte sich ihre Miene plötzlich auf. Ein Strahlen glitt über ihr ganzes Gesicht.

»Nein, Mark, wirklich? Kann es wirklich die Person sein, an die ich denke?«

Als sie sah, dass er feierlich nickte, traten Tränen in ihre Augen. Spontan sprang sie von ihrem Stuhl auf, eilte um den Tisch herum zu ihrem Sohn, der ebenfalls aufgestanden war. Sie umarmte ihn voller Freude. Dann hielt sie ihn auf Armeslänge von sich, blickte lange in seine Augen. Wie sehr hatte sie gehofft und gebetet, dass sie wieder strahlten und bezeugten, dass ihr Sohn glücklich war. Das, was sie jedoch gerade sah, übertraf ihre Hoffnungen bei weitem.

»Hast du noch den Ring?« fragte sie leise.

»Nicht mehr, ich habe ihn ihr geschenkt.«

Erneut zog sie ihren Sohn an sich. »Du kannst dir gar nicht vorstellen, wie glücklich du mich machst, dass du die Liebe deines Lebens heiraten wirst«, flüsterte sie in sein Ohr.

»Danke, Mama.«

»Ja, aber wer ist sie denn nun?« polterte sein Vater ungeduldig.

»E l l e n S a n d e r«, riefen Isabella und seine Frau wie aus einem Mund, brachen dann in übermütiges Lachen aus, als sie den verdutzten Gesichtsausdruck von Herrn Lauritz sahen.

»Ellen Sander? Das kann doch gar nicht sein. Du kannst sie doch nicht ausstehen!«

»Zeiten ändern sich, Paps.«

»Ellen Sander? Das kann ich nicht glauben.« Sein Vater konnte sich gar nicht beruhigen.

»Willst du sie anrufen und fragen?«

Herr Lauritz blickte ihn ernst an. »Es ist wirklich Ellen Sander?«

»Ich schwöre es!«

Langsam breitete sich ein zufriedenes Lächeln auf dem Gesicht seines Vaters aus. »Ich habe ja immer gesagt, dass du deine Meinung über sie noch ändern wirst.«

Mark zuckte ergeben mit den Schultern. »Du siehst, Paps, auch dieses Mal hast du wieder Recht gehabt.«

»Ups, ich glaube die Schüssel ist nicht mehr zu retten, und die drei letzten Kartoffeln wohl auch nicht mehr.« Isabella schaute entsetzt auf den Parkettboden neben ihrem Platz.

»Aus gegebenem Anlass ist das heute nicht schlimm. Hol lieber schnell eine Flasche Champagner aus der Küche. Wir müssen auf diese wunderbare Neuigkeit anstoßen, Liebes.« Marlene setzte sich bei diesen Worten wieder auf ihren Platz.

»Übrigens brauchst du dir wegen der bevorstehenden Unternehmensfusion keine Sorgen zu machen, Paps. Ellen und ich haben beschlossen, die neuesten Entwicklungen für uns zu behalten und uns im Unternehmen so weit wie möglich aus dem Weg zu gehen, damit sich alle auf die Arbeit konzentrieren.«

»War das deine oder Frau Sanders Idee?« Sein Vater schaute ihn neugierig über den Rand seiner Brille an.

»Es war Ellens Idee.«

»Gratuliere mein Junge, du hast dich für eine intelligente und professionelle Frau entschieden. Den guten Geschmack hast du von mir geerbt.« Dabei grinste er seine Frau übermütig an, die lächelnd den Kopf schüttelte.

»Wann bringst du sie denn zum Essen mit?«

»Wieso? Sie war doch gerade erst zum Abendessen hier.«

»Aber das war doch eine völlig andere Situation, Mark«, entgegnete seine Mutter entrüstet.

»Bald, Mama, bald.«

Ende

Ebenso von Andrea Walberg erschienen:

**1. Roman der Jahreszeiten-Reihe:
Der Schimmer des Frühlings**

Um Abstand von Job und Großstadt zu bekommen, reist Jessie kurzentschlossen in die Berge. Doch ihre Urlaubspläne werden durch den äußerst attraktiven, aber mysteriösen Christopher durchkreuzt. Gegen besseren Wissens beginnt sie eine Romanze mit ihm. Alles scheint perfekt, bis sie eine Entdeckung macht, die sie erschüttert. Nun gibt es für Jessie nur noch ein Ziel: nichts wie weg…

ISBN: 978-3-7347-5544-6
Auch als E-Book erhältlich

**2. Roman der Jahreszeiten-Reihe:
Der Hauch des Sommers**

Mel hätte ihr Leben gern fest im Griff, wenn ihr nur nicht immer wieder ihr bester Freund dazwischen funken würde. Seit Jahren verdreht er ihr schon den Kopf und erst nach einem einschneidenden Erlebnis schafft sie es, sich von ihm zu lösen. Sie flieht nach Amrum, um einen klaren Kopf zu bekommen und trifft dort gleich zwei Männer, die ihr Leben nachhaltig verändern. Wie wird sie sich entscheiden? Wo schlägt ihr Herz?

ISBN: 978-3-7357-5143-0
Auch als E-Book erhältlich

Korallenträume

Auf den Malediven hat sich Rebecca ein neues Leben als Hoteldirektorin aufgebaut, doch dann quartiert sich ihr Ex-Verlobter David im Hotel ein und bringt ihr neues Leben in Gefahr: Schon einmal hat er Rebeccas Vertrauen missbraucht, sie so gezwungen, alles aufzugeben. Aber dieses Mal ist Weglaufen keine Option. Rebecca entschließt sich, für ihr Leben ohne David zu kämpfen. Wird sie dieses Duell gewinnen?

ISBN: 978-3-7431-0247-7
Auch als E-Book erhältlich